S'ENFUIR

L'édition originale de ce livre a été publiée pour la première fois en 2016,
en anglais, par Walker Books, sous le titre *20 Questions for Gloria*.

Loi n° 49-956 du 16 juillet 1949 sur les publications destinées à la jeunesse,
modifiée par la loi n° 2011-525 du 17 mai 2011.

ISBN : 978-2-09-256325-0

S'ENFUIR

Martyn Bedford

Traduit de l'anglais par Julie Lopez

Nathan

À la mémoire de l'oncle Jim.
Et à « l'oncle » John Barker,
qui a été comme un second père.

Q1
COMMENÇONS PAR LE DÉBUT, D'ACCORD ?

Inspectrice Katharine Ryan :

Cet entretien est enregistré et filmé, avec le consentement des parents et de la personne interrogée. Nous nous trouvons dans la salle d'interrogatoire n° 1 au commissariat de police de Litchbury, le 14 juin. Heure : 10 h 12. L'entretien est mené par moi-même, l'inspectrice Katharine Ryan, des services de police du West Yorkshire. Présente également, dans le cadre du soutien lors de l'entretien d'un mineur, la mère de la personne interrogée. Pouvez-vous me donner votre nom, s'il vous plaît ?

Mme Elizabeth Ellis :

Oh oui. Liz… Je veux dire (raclement de gorge) madame Elizabeth Mary Ellis.

Inspectrice Ryan :

Merci. J'interroge… Pourrais-tu donner ton nom complet s'il te plaît ?

Gloria Ellis :

Gloria Jade Ellis.

Inspectrice Ryan :

Parfait. Quel âge as-tu, Gloria ?

Gloria :

Quinze ans. Seize en octobre.

Inspectrice Ryan :

Cela te convient-il que je t'appelle Gloria ? Je sais que ta mère t'appelle Lor, alors…

Gloria :

Gloria ira très bien.

Inspectrice Ryan :

Bien. Bon, comme je l'ai expliqué, Gloria, il s'agit d'un entretien, pas d'un interrogatoire. Tu es là de ton plein gré, c'est-à-dire ta propre volonté de…

Gloria :

Je sais ce que signifie « gré ».

Inspectrice Ryan :

Je ne voulais pas te paraître condescendante. Je tiens juste à ce qu'il n'y ait aucun malentendu sur la nature de ce que nous faisons aujourd'hui. Donc, comme je le disais, tu es là de ton plein gré pour nous aider à comprendre ce qui s'est passé. C'est tout. Nous sommes bien d'accord ?

Gloria :

(Hochement de tête.)

Inspectrice Ryan :

Pour l'enregistrement, s'il te plaît.

Gloria :

Oui, je suis d'accord.

Inspectrice Ryan :

Excusez-moi. (Elle appuie sur le bouton de l'interphone.) Est-ce que les niveaux sont bons, Mick ?

Technicien :

(Voix seulement.) Ouaip.

Gloria :

Le type qui s'occupe du micro s'appelle Mick ?

Inspectrice Ryan :

Combien de fois t'a-t-on fait cette blague, Mick ?

Technicien d'enregistrement :

Huit cent soixante-trois fois. Rien que ce mois-ci. (Rires.)

Inspectrice Ryan :

Croyez-le ou non, nous avons un sergent nommé Pete Sargent et un maître-chien qui s'appelle David Aboy.

Gloria :

Vous inventez.

Inspectrice Ryan :

10 h 15, la personne interrogée accuse l'inspectrice menant l'entretien de mentir. (Rires.)

OK, tout est bon. Gloria, merci d'être venue ce matin. Cela fait moins de vingt-quatre heures que tu es rentrée chez toi, et j'imagine que la dernière chose dont tu as envie, c'est d'être ici à répondre à un tas de questions. Merci à vous aussi, madame Ellis ; j'apprécie votre coopération.

Mme Ellis :

Nous voulons simplement savoir ce qu'il…

Inspectrice Ryan :

Vous devez être heureuse de l'avoir retrouvée.

Mme Ellis :

Oh oui. Oui. (Reniflement.) Désolée, je me suis promis que je ne me laisserais pas aller.

Inspectrice Ryan :

Prenez votre temps.

(À Gloria.) Et toi ? Tu es contente d'avoir retrouvé tes parents ?

Gloria :

(Pas de réponse.)

Inspectrice Ryan :

En tout cas, tu as bien meilleure mine après une bonne nuit de sommeil, une douche et des vêtements propres.

Gloria :

Écoutez, je sais que vous devez être sympa, gagner ma confiance et tout ça, mais est-ce qu'on ne pourrait pas…

Inspectrice Ryan :

On appelle ça le relationnel. Avec quelqu'un de ton âge, je suis censée demander quel genre de musique tu aimes, ton film préféré, ta matière favorite. Tes hobbies.

Gloria :

Je fabrique moi-même mes boucles d'oreilles. Ça vous intéresse ?

Mme Ellis :

Lor, pourquoi tu es comme ça ? Elle est de notre côté.

Inspectrice Ryan :

Non, Gloria a raison ; on devrait aller droit au but et passer aux choses sérieuses. Que tu puisses sortir d'ici et rentrer chez toi le plus vite possible.

Bon, je vais juste t'expliquer le processus. Dans un instant, je vais te demander de tout me raconter sur les événements de ces quinze derniers jours. Prends tout le temps dont tu auras besoin. Tant que tu parleras, je ne t'interromprai ni te poserai de questions que si j'y suis obligée, pour clarifier les choses dans ma tête. D'accord ?

Nous ferons des pauses régulièrement, bien sûr. Et tu peux en demander une à tout moment.

Bien. Dernière chose, je dois m'assurer que tu comprends bien à quel point il est important que tu sois complètement honnête avec moi aujourd'hui. Essaie de te rappeler autant de détails que possible, aussi précisément que possible, OK?

Gloria :

Toute la vérité et rien que la vérité. (Elle se signe.) Que Dieu me vienne en aide.

Inspectrice Ryan :

Je suis sérieuse.

Gloria :

Moi aussi.

Inspectrice Ryan :

Pour tout te dire, les gens se sont beaucoup inquiétés pour toi. Ta mère, ton père. Nous tous. Une fille de ton âge qui disparaît pendant aussi longtemps... Tu peux imaginer ce qu'on a cru. Et nous sommes ravis et soulagés que tu sois de retour parmi nous. Mais si on veut y voir plus clair, il faut que tu me racontes tout ce qui t'est arrivé pendant ton absence. Étape par étape.

Gloria :

Il m'avait dit que vous feriez ça. Que vous me feriez jouer le rôle de la victime.

Inspectrice Ryan :

Personne ne veut te… Ce n'est pas ce que nous faisons, Gloria. Nous avons quinze jours d'inconnu. Quinze blancs. Je ne peux pas remplir ces trous sans ton aide. C'est tout.

Gloria :

(Pas de réponse.)

Inspectrice Ryan :

Tu penses pouvoir faire ça pour moi ?

Gloria :

(Pas de réponse.)

Inspectrice Ryan :

Raconte juste les choses comme elles se sont passées. À ton propre rythme, avec tes propres mots. D'accord ?

Gloria :

(Haussement d'épaules.)

Inspectrice Ryan :

Gloria ?

Gloria :

(Hochement de tête.) Oui.

Inspectrice Ryan :

Parfait. Bon. Commençons par le début, d'accord ?

Q2
COMMENT PEUT-ON DISPARAÎTRE DE SOI-MÊME ?

L'inspectrice Ryan ne ressemble pas à une policière avec son jean déchiré, ses tennis et son haut noir à manches courtes acheté chez Zara. Elle a dû choisir cette tenue en pensant à moi, pour me mettre à l'aise. J'ai lu quelque part que, lorsque des enfants témoignent au tribunal, les avocats et les juges retirent leurs perruques[1] et leurs robes pour paraître moins intimidants. Le lieu joue son rôle, lui aussi. À la télévision, on voit toujours des murs nus, des sièges rigides et une ampoule derrière un grillage. Cette salle d'interrogatoire me rappelle un hall d'hôtel : une table basse triangulaire, de

1. Au Royaume-Uni, les avocats et les juges, notamment, portent des perruques lors des procès.

confortables fauteuils violets, une plante verte dans un bac, des reproductions de tableaux au mur et une fontaine à eau teintée de bleu dans un coin, comme une sculpture de glace.

Je suis tellement fatiguée que je pourrais me rouler en boule et m'endormir. Il me faudra plus d'une nuit dans mon lit pour effacer ces deux dernières semaines.

Imaginez leur tête si je demandais une pause maintenant, avant même que nous ayons commencé.

Malgré ses sourires, l'inspectrice Ryan semble crevée. À cran. Elle veut le retrouver. L'interroger. Mais d'abord, elle doit s'occuper de moi. Elle me dit de prendre tout le temps dont j'ai besoin, mais je sens son impatience. Papa et maman sont pareils. Non pas qu'ils m'aient interrogée depuis mon retour ; la police leur a probablement demandé de ne pas me poser de questions. Mais ces questions sont là quand même, flottant dans l'air, informulées. En attendant, ils se contentent de me tenir la main, de me serrer l'épaule, de me frotter le dos, de m'embrasser sur le sommet du crâne, de me demander si je vais bien, si je veux boire ou manger quelque chose, si j'ai assez chaud ou trop chaud, ou alors de me répéter qu'ils sont heureux que je sois rentrée à la maison. Enfin, tout ça, c'est quand ils ne fixent pas du regard mes cheveux décolorés en blond, comme s'ils voulaient s'assurer que je ne suis pas un imposteur se faisant passer pour leur fille. Ou quand ils ne me contemplent pas comme ils devaient le faire quand j'étais bébé.

Pendant l'une de mes siestes, je me suis à moitié réveillée et je les ai vus, à la porte de ma chambre, le bras de papa autour des épaules de maman, en train de me regarder.

Ils ont eu peur que je sois partie pour toujours. Puis, soudain, j'ai réapparu. C'est un miracle. Je suis un miracle. Et ils ont du mal à croire que je ne vais pas m'envoler de nouveau.

C'est drôle, je ne me suis jamais considérée comme portée disparue. Comment peut-on disparaître de soi-même ?

J'ai déjà commencé à m'expliquer hier, à la maison, après que le médecin de la police a autorisé l'inspectrice Ryan à me parler.

Ce n'était pas ce qu'ils pensaient, ai-je essayé de leur dire.

Cela ne m'a pas menée bien loin. Ma diction d'ivrogne et mon incapacité à aligner deux phrases n'ont rien arrangé. J'étais épuisée, a décrété l'inspectrice. L'interrogatoire pouvait attendre.

— On ressaiera demain, quand tu seras un peu plus en forme. Moins confuse.

Elle parlait comme un professeur qui soupçonne un élève de mentir, mais lui donne une deuxième chance de dire la vérité.

J'étais couchée quand papa l'a raccompagnée à la porte. Je l'ai entendu lui demander si elle pensait que j'étais en état de choc post-traumatique.

— C'est possible, a-t-elle répondu d'une voix étouffée, avant d'ajouter quelque chose que je n'ai pas saisi.

— Est-ce que le docteur l'a… auscultée ? a poursuivi papa. Je veux dire… entièrement ?

J'ai cru avoir manqué la réponse de l'inspectrice, mais elle a simplement dû prendre son temps pour répondre.

— Non. Je ne peux pas l'autoriser avant de savoir si ce jeune garçon lui a fait quelque chose.

— Vous n'êtes quand même pas en train de me dire que vous pensez qu'il n'a rien fait ?

— Monsieur Ellis, tout ce que je dis, c'est qu'on doit l'entendre de la bouche de Gloria.

Puis la porte d'entrée s'est ouverte, et la clameur des journalistes, des photographes et des équipes de caméramans placés derrière la barrière, de l'autre côté de la rue, a résonné dans le vestibule.

Je me suis blottie sous ma couette, j'ai fermé les yeux, et je me suis imaginée ailleurs.

Apparemment, pendant mon absence, le hashtag *#oùestGloria?* m'avait rendue célèbre.

Hier soir, je regardais les infos à la télé, et une journaliste a fait un reportage en direct devant notre maison, pour parler de moi. Si j'étais allée à la fenêtre et avais tiré les rideaux, j'aurais pu me faire coucou à moi-même. C'est bizarre et un peu effrayant de penser que j'ai manqué à autant de gens, qu'ils se sont inquiétés pour moi, m'ont cherchée partout. Quand mes parents m'ont montré certains trucs en ligne et dans les journaux, j'avais l'impression qu'on parlait de quelqu'un d'autre. D'une autre Gloria.

Pourtant, c'est moi désormais. C'est devenu mon histoire.

Sauf que « où est Gloria ? » s'est transformé en « où était Gloria ? », en « qu'a-t-il fait à Gloria ? » et en « où est le garçon qui a enlevé Gloria ? ».

Où est-il ? Je ne pense qu'à ça. À chaque instant depuis que c'est terminé.

L'inspectrice Ryan veut tout entendre depuis le début. Depuis le premier des quinze jours, je suppose ; le jour où j'ai disparu. Mais tout a commencé quelques semaines avant ça.

Cela n'a pas commencé par une disparition, mais par une apparition.

C'était un lundi matin comme les autres et la salle d'appel était pleine de vie, le blues du début de semaine noyé par les bavardages du genre « qu'est-ce que tu as fait ce week-end ? ». M. Brunt venait d'ouvrir son carnet. Les fenêtres étaient ouvertes, laissant entrer le ronronnement d'une tondeuse à gazon et l'odeur de l'herbe fraîchement coupée. Cela avait réveillé le rhume des foins de Tierney. Même avec les yeux rouges et le nez qui coule, elle est jolie, telle une princesse accablée de chagrin. Elle a éternué trois fois, en plein sur notre table.

— Merci d'avoir partagé ça avec nous, Tierney, a dit M. Brunt. Si vous en avez d'autres en réserve, je vous remercie de vous retourner ; vos camarades du dernier rang n'ont malheureusement pas pu en profiter.

J'aimerais dire qu'il y a eu un signe, un présage – la lumière du soleil qui aurait baigné la salle de classe dans une aura étrange, un papillon bleu qui serait entré par la fenêtre pour se poser sur ma manche –, mais cela n'a pas été le cas. Je ne me rappelle pas à quoi je pensais (aux devoirs que j'avais oublié de faire, probablement, ou alors je me demandais si maman avait signé mon carnet), ni de mon humeur (je devais être ailleurs, j'imagine ; impatiente d'atteindre la fin de la journée, de la semaine), mais je trouve ça bizarre, que ces moments n'aient pas plus vibré.

M. Brunt a tapé dans ses mains, comme il le fait toujours avant les annonces à la classe. Comme d'habitude, il a enchaîné avec un « très bien, les 3e B, écoutez ».

Depuis qu'il est notre professeur principal, M. Brunt ne porte que des nuances de marron (costumes, cravates, chaussures, chaussettes, pull à l'occasion.) Même ses chemises blanches ont viré au beige. Il devait déjà enseigner à l'époque où les élèves avaient des encriers.

Ce matin-là, il a à peine eu le temps d'entamer ses annonces avant que la porte s'ouvre et qu'un garçon entre dans la salle. Grand, dégingandé, avec des cheveux très noirs, très fins et très raides lui tombant jusqu'aux épaules. Avec sa peau mate, il avait un air mi-méditerranéen, mi-indien. Mais malgré sa taille, son nez aux proportions masculines et la barbe de trois jours peu soignée qui lui poussait sur le menton et la lèvre supérieure, il aurait pu passer pour une fille. Cela ne tenait pas qu'à ses cheveux longs ; il y avait quelque chose de féminin dans ses manières et dans sa façon de bouger. Une sorte de grâce. Son uniforme [1] était bien trop petit pour lui, révélant deux bandes de mollets poilus et une paire de poignets noueux encerclés de nombreux bracelets multicolores.

Il n'avait pas frappé avant d'entrer. Et ça, ça n'allait pas plaire à M. Brunt.

— C'est qui ? a murmuré Tierney à travers ses narines encombrées par le rhume des foins.

Pas un « c'est qui » du genre « waouh, il est mignon », plutôt un « c'est qui, ce mec bizarre ? ».

Une ou deux personnes ont ricané.

Il était assez grand pour être en première ou en terminale, mais il n'aurait pas porté d'uniforme si cela avait été le cas. Je ne le reconnaissais pas de toute manière, et j'étais sûre que je me serais souvenue de lui si je l'avais déjà vu au collège. Malgré son physique atypique et ses vêtements trop serrés, il ne montrait aucun signe d'embarras. La tête haute, il examinait la classe avec une assurance détendue.

---

1. Au Royaume-Uni, les collégiens doivent porter un uniforme.

— Et si on recommençait, jeune homme ? a lancé M. Brunt.

J'ai cru que le garçon allait ignorer la question. Finalement, avec un demi-sourire, il s'est tourné vers le professeur.

— Recommencer quoi, monsieur ?

Un accent distingué, poli. S'il avait conscience d'avoir fait quelque chose de mal, il le cachait bien.

M. Brunt lui cédait quelques centimètres et cela semblait le contrarier de devoir lever la tête pour le regarder, comme si c'était sa faute. Il a tendu le doigt.

— La porte.

Le nouvel arrivant paraissait sincèrement perplexe.

— Quoi, la porte ?

— J'aimerais que vous frappiez avant d'entrer dans ma salle de classe.

— Mais je suis déjà dans votre salle de classe.

— Alors pourriez-vous ressortir, frapper à la porte, et entrer quand je vous y autoriserai ?

— Je pourrais facilement faire tout cela, mais, si vous me permettez, monsieur, ce serait faire un bien pauvre usage de mon temps. Et du vôtre, d'ailleurs.

Un drôle de son s'est échappé de la bouche de

M. Brunt. Toute la classe était parfaitement silencieuse et immobile.

Le garçon a continué :

— Vous avez déjà précisé que vous souhaitiez que les gens frappent avant d'entrer. Très bien, c'est noté, je le saurai pour la prochaine fois. Ce que vous faites maintenant, c'est tenter d'affirmer votre autorité sur moi en essayant de me ridiculiser. (Il a haussé les épaules.) Alors, c'est non.

Tout simplement : non.

Je n'osais ni respirer ni même jeter un coup d'œil à Tierney, certaine que j'allais éclater de rire si je croisais son regard. De toute manière, je n'arrivais pas à détacher les yeux de ces deux personnages, face à face, tels deux boxeurs au début d'un combat. Ou deux amants dans un téléfilm. C'est ça : il n'y avait aucune agressivité dans le ton ou le langage corporel du garçon ; il était détendu, presque séducteur. Assise là, fascinée, je l'ai imaginé se pencher pour embrasser M. Brunt sur les lèvres.

Comme s'il avait eu exactement la même pensée, ce dernier a reculé d'un demi-pas.

Contrairement à certains professeurs, M. Brunt n'a pas tendance à s'emporter contre nous, individuellement ou en groupe ; je ne crois pas l'avoir déjà entendu hurler. Pas vraiment. Mais nous savons où il place la limite et nous savons pertinemment quand nous l'avons franchie. Ce matin-là, cependant, il semblait dérouté. Un vieil homme confus s'étant échappé de la maison de retraite et se retrouvant on ne sait comment dans une salle remplie d'adolescents.

— Vous êtes, vous… qu'avez-vous… c'est absolument… jeune homme, je veux que vous…

Il a dû recommencer cette phrase dix fois sans arriver au bout. Puis il a abandonné. Il est resté planté là, les épaules basses, la tête inclinée pour dévisager l'intrus, comme s'il attendait ses prochaines instructions. C'était presque choquant de le voir comme ça.

Le garçon a volé à son secours.

— Nous ne sommes pas partis du bon pied, dirait-on, monsieur, lança-t-il, arborant toujours ce demi-sourire, avant de lui tendre la main. Bonjour, je m'appelle Uman. (Il a prononcé : *ou-maan.*) Vous devez être M. Brunt.

Le professeur principal fixait sa main du regard, comme si c'était la première fois qu'il en voyait une. Peut-être avait-il remarqué tous les bracelets – une violation flagrante du code vestimentaire – et hésitait à l'attaquer sur ce point.

— Uman ? a-t-il répété.

— Padeem. Uman Padeem.

M. Brunt a froncé les sourcils, lui a pris la main, l'a serrée. Du moins, il l'a laissé lui serrer la sienne.

Tenant toujours la main du professeur, Uman Padeem a dit :

— Je suis le nouveau.

Depuis, j'ai vu de nombreuses fois l'effet qu'Uman produit sur les gens, mais, ce matin-là, c'était presque littéralement incroyable, comme si l'épisode avait été mis en scène, le professeur et le nouveau de mèche pour faire une farce à la classe.

— Qu'est-ce qu'il a, Brunt ? ai-je murmuré à Tierney.

Elle s'est contentée de secouer la tête.

— On dirait qu'il a été drogué.

— Ou hybnodisé.

— Ou quoi ?

— Hyb-no-di-sé.

— C'est bien ce que j'avais compris.

Pendant les heures et les jours qui ont suivi, ce fut l'une des théories sur l'« effet » Uman Padeem : il jetait un sort hypnotique sur les gens. Dans la salle d'appel, cependant, tout ce que nous pouvions faire, c'était assister, déconcertés, stupéfaits, à la capitulation de M. Brunt.

— Le nouveau ? demanda-t-il. Je n'étais pas inform… Laissez-moi vérifier si j'ai… (Il s'approcha de son bureau et manipula son ordinateur.) Vous êtes sûr que… Ah oui, nous y voilà.

Quand il eut fini de lire, il se leva. Lissa sa cravate. Examina Uman avec une expression des plus étranges. Je sais ce qu'elle signifiait, désormais, mais sur le coup, je n'ai pas pu l'interpréter.

— Bien, dit-il en désignant les rangées de bureaux, vous pouvez vous joindre à nous, Uman. (Il prononça son nom comme s'il le testait.) Et, euh… Bienvenue en 3e B.

— Merci, monsieur.

Quoi qu'il ait lu sur son ordinateur, la confrontation avec Uman sur le fait de frapper à la porte n'avait plus d'importance. Le nouveau avait défié le professeur, de façon spectaculaire, et il allait s'en sortir sans problème. Je m'attendais à ce qu'il ait l'air content de lui ; n'importe quel autre garçon de la classe ayant réussi un tel coup d'éclat serait allé s'asseoir en se pavanant avec un petit sourire suffisant. Uman, en revanche, avait effacé toute trace de sourire sur ses lèvres. À vrai dire, il semblait navré pour M. Brunt.

— Il y a un siège libre près de la fenêtre, dit le professeur en le pointant du doigt. À côté de Luke.

Uman Padeem jeta un coup d'œil dans cette direction. Puis il balaya la salle du regard, comme quand il était entré. Cette fois, il semblait regarder plus attentivement, comme s'il nous évaluait un par un. Son attention s'est posée sur nous. D'abord sur Tierney. Puis sur moi. Puis sur Tierney de nouveau. J'ai tellement l'habitude. Il ne pouvait m'avoir regardée que quelques secondes, mais cela m'a paru plus long. Son visage n'exprimait rien. Je me suis forcée à ne pas détourner les yeux.

Mais pour qui tu te prends, toi ? Je me rappelle distinctement avoir pensé ça alors qu'il me dévisageait ; il avait peut-être embrouillé les idées de M. Brunt, mais je n'avais pas l'intention de me laisser faire.

Chose étrange, pendant cette exploration visuelle de la classe, personne n'a rien dit. Même M. Brunt est resté patiemment debout à côté de lui, attendant qu'il ait terminé ce qu'il pouvait bien être en train de faire. Que faisait-il, d'ailleurs ? Je crois qu'aucun de nous ne le savait, mais, malgré le côté bizarre de la situation, tout le monde semblait admettre que c'était son droit.

Finalement, Uman a bougé.

À grandes enjambées à la fois gauches et gracieuses, il s'est frayé un chemin entre les bureaux. Jusqu'au nôtre. Ou, plus précisément, jusqu'à la moitié occupée par Tierney. Évidemment.

— Salut, lui a-t-il dit. Comment tu t'appelles ?

— Tierdey.

— Bien, Tierdey, ça ne te dérangerait pas de…

— Elle s'appelle Tier-ney, l'ai-je coupé. Avec un « n ».

Uman m'a regardée, ayant retrouvé son demi-sourire, avant de poser de nouveau les yeux sur mon amie.

— Tier-ney, je peux te demander d'aller t'asseoir à côté de Luke, s'il te plaît ?

— Ça ba bas, non ? a-t-elle répliqué avec une expression à mourir de rire.

— Elle parle en danois ? m'a-t-il demandé.

— Rhume des foins, ai-je répondu.

— Dans mon ancien collège, on pouvait étudier des langues exotiques, comme le mandarin, mais le rhume des foins, je suis épaté !

C'était assez drôle, à vrai dire, mais je n'avais pas l'intention de le montrer. Et puis quel genre d'établissement propose des cours de mandarin ?

J'ai regardé M. Brunt, me demandant s'il allait intervenir. Manifestement, non. Comme le reste de la classe, il se contentait de regarder le déroulement de la scène, comme fasciné.

— Alors, Tierney-avec-un-n, a repris Uman en désignant la chaise vide à côté de Luke. Qu'est-ce que tu en dis ?

— Bas guestion ! Bourguoi je debrais bouger ?

— Parce que ton amie a l'air d'être de loin la personne la plus intéressante de la pièce et que, avec tout le respect dû à Luke, je préférerais m'asseoir à côté d'elle.

***

Uman Padeem a apporté bien des surprises en 3e B ce matin-là, mais aucune plus grande que celle-ci : Tierney a ramassé ses affaires et est allée s'asseoir avec Luke.

Je résume cet épisode sans interruption de l'inspectrice Ryan. Mais elle me coupe par une question. Je ne peux pas le lui reprocher. C'est exactement la question que j'aurais posée à ce moment-là. C'est celle que je me suis posée sur le coup – et que j'ai ensuite posée à Uman – sans jamais obtenir de réponse vraiment satisfaisante.

— Gloria, demande-t-elle. Pourquoi t'a-t-il choisie, à ton avis ?

— Je ne sais pas.

— Tu n'en as aucune idée ? Tu ne lui en as jamais parlé ?

— Quoi, vous ne pensez pas que je suis assez intéressante pour que ce soit la seule raison ?

Maman émet un tss désapprobateur.

— Tu as dû y penser souvent depuis, reprend l'inspectrice.

— Est-ce que le pourquoi est important ?

— Ce pourrait être un facteur, en effet.

— Un facteur.

— De ses motivations.

Avant de répondre, je bois une longue gorgée d'eau. J'observe son genou bronzé à travers son jean déchiré, la fine couche de duvet blond.

— Il m'a choisie parce qu'il m'a choisie. C'est tout.

Je m'empêche d'ajouter : *Qui sait ce qui attire une personne vers une autre ?* Je ne pense pas qu'elle apprécierait qu'une collégienne ayant environ trente ans de moins qu'elle lui assène ce genre de réflexion.

L'amour au premier regard, a déclaré Tierney. Mais il ne s'agissait pas de ça. Entre Tierney et moi – entre moi et la plupart des filles de la classe –, pourquoi un garçon m'aurait-il choisie ? Je n'ai jamais entretenu l'illusion de lui avoir plu au premier regard, sans parler d'amour. En toute honnêteté, il m'a fallu un moment pour déterminer s'il m'aimait bien. Et si je l'aimais bien, moi.

Après l'arrivée explosive d'Uman dans la classe, le temps qu'il nous restait avant que M. Brunt nous relâche s'est avéré décevant.

Uman s'est assis à côté de moi. Mais il n'a rien dit. Et il n'a rien fait, à part avoir une quinte de toux. Parfois, les garçons – et moins souvent, les filles – toussent pour perturber le cours ; ils travaillent en équipe, toussent chacun leur tour, déconcentrant le professeur sans que celui-ci puisse prouver qu'ils agissent délibérément. La toux d'Uman semblait réelle. (Elle l'était, je le sais désormais.) Elle eut néanmoins pour effet de perturber encore plus ce pauvre vieux Brunt. Alors que nous sortions pour nous rendre à notre première heure de cours, il a demandé à Uman si ça le dérangerait de rester discuter un moment. S'il était d'accord. Quand Uman a accepté, le visage de M. Brunt a revêtu une expression de soulagement surpris. Le garçon faisait ce qu'on lui demandait. Il semblait presque reconnaissant.

Comme j'allais atteindre la porte, Uman m'a appelée.

— Tu m'attends dans le couloir, OK?

— T'attendre dans le couloir ? Non.

Vraiment, c'était un drôle de numéro. Je suis sortie sans un regard en arrière et je suis partie en cours (d'anglais, je crois), me hâtant pour rattraper Tierney.

— C'était quoi, ça ? ai-je demandé.

— Guel drôle de tybe.

— Non, *toi*. Pourquoi tu lui as laissé ta place ?

Elle a fait une grimace comme pour dire : *et alors* ?

— Bas de guoi en faire un blat, franchement.

J'ai laissé échapper un rire.

— Ça, Tier, ça ne te ressemble pas du tout.

— Il est noubeau.

— Je sais qu'il est nouveau, mais ce n'est pas...

Et ainsi de suite. Il ne faisait aucun doute, malgré ses efforts pour minimiser la situation, que Tierney était troublée par ce qui s'était passé ; par ce qu'elle avait fait, mais aussi par le pourquoi. Elle semblait aussi perdue que M. Brunt.

— Qui c'est ? ai-je entendu demander quelqu'un derrière nous. D'où il sort ?

Uman Padeem était sur toutes les lèvres, nos bavardages résonnant dans le couloir alors que la classe de 3e B se dispersait.

Q3
POURQUOI MOI ?

Je ne l'ai pas revu jusqu'à l'intercours. En fait, je l'ai entendu avant de le voir.

— Où étais-tu passée ?

Je me suis retournée et je l'ai vu qui faisait la queue derrière moi à la cafétéria.

— Quoi ?

Je savais de quoi il parlait, bien sûr, mais j'étais agacée qu'il insinue que je n'avais pas respecté une sorte d'accord.

— Tu ne m'as pas attendu.

— C'est exact, ai-je dit en me détournant.

— Enfin, peu importe. Tu es là, maintenant.

— Non, c'est toi qui es là, maintenant. Moi j'étais déjà là.

— Techniquement, nous sommes tous les deux là, mais je vois ce que tu veux dire. Où est ton amie danoise ? a-t-il ajouté.

— Elle est allée à l'infirmerie pour prendre un peu de Piriton. Et elle n'est pas danoise.

— Tierney, a-t-il dit, comme s'il venait de se rappeler son prénom. Elle est très jolie, n'est-ce pas ?

J'ai soupiré. Je lui tournais toujours le dos.

— Oui, elle l'est.

— Mais tu es bien plus compliquée.

— Compliquée. Merci, ai-je dit d'une voix monocorde, dénuée de toute émotion. Je ne saurais te dire à quel point ça me touche.

— Compliquée, ou complexe ?

— Tu ne me connais même pas.

— Je lis les gens aussi facilement que les livres.

— Tu lis les gens. Bien sûr.

Nous étions au début de la queue. J'avais prévu d'acheter un sachet d'abricots secs, mais cette conversation agaçante me donnait envie de chocolat.

— Tu ne prends rien ? ai-je demandé en déballant une barre chocolatée tandis que je m'éloignais du comptoir, Uman sur mes talons.

— Je ne sais pas comment tu t'appelles, a-t-il dit.

Sa taille était déconcertante. Il était plus grand que mon père, mais avec un corps et des membres d'adolescent, comme si on l'avait étiré pour lui donner la taille d'un adulte. Quant à son visage, j'aurais tué pour avoir ses yeux (en forme d'amande, marron chocolat), ses pommettes (hautes, ciselées), ses cheveux (aussi brillants que ceux d'un mannequin dans une pub pour du shampooing), mais son nez était un peu trop gros et ses poils clairsemés donnaient l'impression qu'un enfant avait gribouillé sur son visage pendant qu'il dormait. Il avait la moitié supérieure du visage d'une fille et la moitié inférieure de celui d'un garçon.

— Pourquoi as-tu pris la peine de t'asseoir à côté de moi ? ai-je demandé. Tu m'as complètement ignorée ensuite.

— Voyons voir si je peux le deviner.

Il parlait de mon prénom. Il marchait à côté de moi, étudiant mon profil alors que je quittais le réfectoire et sortais dans la cour.

— Hum… Tu ressembles à une…

— Gloria, dis-je, ne voulant pas me prêter à ce petit jeu.

— Oh, comme dans l'hymne, *Gloria in excelsis* ?

Ça me changeait. La plupart des gens me demandent si je porte le prénom de l'hippopotame dans *Madagascar*. Certains garçons saluent encore mon entrée dans une classe par des « je les aime grosses, je les aime bombées », même si le film remonte à des années et si je ne suis ni grosse ni bombée.

— Non, comme dans la chanson de Van Morrison.

— Je croyais qu'elle était de Patti Smith ?

— Elle l'a reprise.

— On se la joue old school ?

J'ai essayé de ne pas sourire.

— Apparemment, Gloria est le deux centième prénom le plus donné au Royaume-Uni.

— Ça t'embarrasserait si je te chantais le refrain ici même, tout de suite ? m'a-t-il demandé.

Ici même, tout de suite, désignait une cour de récréation grouillant d'élèves attirés dehors par le soleil printanier. Je n'ai pas mordu à l'hameçon.

— Personne ne m'appelle Gloria, de toute manière. Mes amis m'appellent Lory, ou Glo-Jay, les profs m'appellent tous Lory – à part Mme Carnody, qui me prend pour Kate-qui-est-en-seconde – et chez moi, on m'appelle Lor.

Je me suis surprise à me demander pourquoi je lui racontais ça.

— Glo-Jay ?

— Mon deuxième prénom, c'est Jade.

Je lui ai proposé un morceau de barre chocolatée. Il a secoué la tête.

— Eh bien moi, je t'appellerai Gloria.

— Parce que tu aimes être différent.

— Non, parce que c'est charmant.

— OK, il va falloir que je trouve un endroit pour vomir, maintenant.

Il a ri. Puis il a toussé à plusieurs reprises et n'a pas pu parler pendant un moment.

J'ai attendu qu'il se remette.

— Ça va ?

— C'est la tuberculose, a-t-il sifflé en se tamponnant les lèvres avec sa manche.

Ses bracelets – environ six, mélange de bois, de métal et de plastique – ont cliqueté les uns contre les autres.

— Si tu voyais les taches de sang sur mon mouchoir.

— Non, mais sérieusement, c'est une vilaine toux.

— Je pourrais être le personnage d'un roman victorien.

J'ai repéré Emma, Molly et Bekah de l'autre côté de la cour, qui regardaient dans notre direction, parlant sans doute de nous. D'ordinaire, Tierney et moi passions tous nos intercours avec elles. C'était l'occasion de me détacher d'Uman, de m'excuser et d'aller les rejoindre. Quelques minutes plus tôt, c'est ce que j'aurais fait. Mais je ne le trouvais plus aussi irritant. À vrai dire, c'était étonnamment facile de parler avec lui, alors qu'on venait à peine de se rencontrer. Et puis, il était nouveau. Inhabituel. D'accord, il était trop sûr de lui pour son propre bien, il avait commandé Tierney et ridiculisé M. Brunt, mais… eh bien, il était ce qui était arrivé de plus intéressant à Litchbury depuis bien longtemps. Et il me parlait à moi.

J'ai sorti une bouteille d'eau de mon sac et la lui ai tendue.

Il a bu.

— Merci, a-t-il dit d'une voix moins enrouée, le souffle plus régulier.

Il a pris une autre gorgée et me l'a rendue.

— On ne t'autorisera pas à garder ça, ai-je dit en désignant ses bracelets.

— Je sais. J'étais en cours de géographie à l'instant, et Mme Vaux m'a demandé de les enlever. J'ai décliné, naturellement.

— Tu as décliné.

— Nous parlions de la disparité économique entre les nations développées et celles en développement, a-t-il dit avec nonchalance. Mes bracelets étaient hors contexte.

— Et tu lui as dit ça ?

En réalité, l'ayant vu à l'œuvre avec M. Brunt, j'imaginais aisément la scène. *Mme Vaux, avec tout le respect que je vous dois…*

— Pour une femme intelligente, elle a mis plus longtemps que je ne m'y attendais pour saisir le message, a-t-il poursuivi en secouant la tête, comme déçu par la professeure de géographie. Nous avons perdu plusieurs minutes sur cette question de bracelets et, après ça, je crains qu'elle n'ait plus retrouvé son *mojo* pédagogique.

Mon rire est resté coincé entre ma gorge et le fond de mon nez.

— Ah oui, Mojo pédagogique. J'ai adoré leur premier album, mais j'ai eu l'impression qu'ils s'étaient un peu égarés avec le second.

Il a hoché la tête.

— Tu vois, c'est bien ce que je disais sur toi.

— Quoi ?

— La complexité. Tu sais parfaitement ce que j'entends par « mojo pédagogique », mais tu choisis d'en déformer le sens pour cacher ton intelligence derrière un voile d'humour. (Il sourit.) C'est mieux que « jolie », tu ne crois pas ?

Je lui ai décoché un regard. Je le trouvais à nouveau agaçant, avec ses suppositions sur mon compte.

— Tu viens d'un milieu très BCBG, pas vrai ?

— Et toi, tu viens d'un milieu très Yorkshire.

— Tu viens d'où, alors ?

— Mon accent vient du Berkshire. D'un point de vue ethnique, si cela t'intéresse, je suis une sorte de méli-mélo. Origines méditerranéennes et moyennes-orientales, en gros.

— Et qu'est-ce que tu fais ici ?

— Je suis né en Grande-Bretagne. Pourquoi n'y serais-je pas ?

— Non, je voulais dire à Litchbury.

— Ah, OK. (Pour la toute première fois, il a hésité.) Je suis venu ici avec mes parents. Pour le travail de mon père.

Son père avait été recruté par un chasseur de têtes, m'a-t-il expliqué. Un gros cabinet d'avocats spécialisé dans le droit des entreprises voulait qu'il développe une de leurs filiales. Jusque-là, Uman avait passé toute sa vie dans le sud du pays ; il était allé dans une école privée, puis dans un pensionnat, dès l'âge de huit ans. Le mois de mai n'est pas la période idéale pour changer d'établissement, a-t-il ajouté avec un sourire, en se désignant, surtout quand on fait sa taille et qu'on espère trouver des vêtements adaptés dans la boutique d'uniformes du collège.

— Enfin bon, je ne serai à Litchbury que jusqu'aux grandes vacances.

Puis, nommant un pensionnat ridiculement cher de la région, il a ajouté :

— J'y ai une place en septembre.

Si j'avais réfléchi, je me serais rendu compte que son histoire ne tenait pas debout. Pour quelques mois, et vu que ses frais de scolarité devaient déjà être payés, pourquoi ne serait-il pas resté dans son pensionnat au sud du pays, attendant la fin du trimestre pour rejoindre sa famille ? Mais sans me laisser le temps d'assimiler ce qu'il venait de dire, il m'a désarçonnée en changeant de sujet.

— J'aime bien tes boucles d'oreilles.

Il a tendu la main et a saisi doucement mon lobe gauche, examinant le petit disque tout simple, avec son motif de primevère sur fond blanc. Ce geste m'a surprise, mais je ne me suis pas écartée.

— Délicat, a-t-il commenté. Inhabituel.

— Je les ai fabriquées moi-même.

— Vraiment ? a-t-il demandé, l'air surpris.

La cloche a sonné la reprise des cours. Il a laissé retomber sa main le long de son corps.

Sortant un agenda de son sac, il l'a ouvert sur son emploi du temps.

— Maths. En P-07, où que ce soit.

— Comme moi.

— Parfait. On pourra s'asseoir ensemble.

— Non, je suis toujours avec Tierney en maths.

— Dans ce cas, séchons le cours.

— Qu'est-ce que tu racontes ?

— Qu'est-ce qui nous empêche de partir d'ici et de faire quelque chose de plus intéressant ?

— Comme quoi ?

— Il doit exister un nombre infini de possibilités ; après tout, il ne s'agit que d'un cours de maths. Mais franchement, ça m'est égal. Je préférerais passer cette heure avec toi.

Je l'ai dévisagé. Il semblait parfaitement sérieux.

— Je ne vais pas sécher, ai-je dit.

— Pourquoi ?

— Parce que c'est dingue. Parce que tu es dingue.

— Tu pourrais bien avoir raison, Gloria.

J'aimais l'entendre prononcer mon prénom, ce qui est étrange, parce que je n'ai jamais beaucoup apprécié « Gloria » et que j'ai toujours insisté pour qu'on en utilise une version raccourcie.

— Non, tu as raison, a-t-il repris. Allons en maths.

J'ai éprouvé une pointe de déception perverse. L'idée de sécher les cours était peut-être dingue, mais elle était excitante. La cour s'était presque entièrement vidée. Alors qu'il faisait mine de rentrer, j'ai posé la main sur son bras pour l'arrêter.

— Uman, est-ce que je peux te demander pourquoi ?

— Pourquoi quoi ?

— Pourquoi moi ? Et ne me ressors pas ces conneries sur le fait que je suis intéressante et compliquée.

— OK, voilà la vérité : quand je t'ai vue ce matin, je me suis rendu compte immédiatement que tu étais malheureuse. Que ta vie… (il a cherché le mot juste)… te décevait.

Je l'ai cherché sur Google. Pendant la pause-déjeuner, j'ai trouvé un coin tranquille près des courts de tennis où je captais le wi-fi, j'ai allumé mon iPad et j'ai passé Internet au peigne fin à la recherche d'Uman Padeem. Il n'était pas sur les réseaux habituels – Twitter, Facebook et compagnie – et apparemment, il n'avait rien posté sur des sites de partage de photos. Une recherche plus générale a produit 225 résultats en 0,19 seconde, aucune liée à « Uman Padeem », mais seulement à son nom ou à son prénom, ou à des noms similaires. *Essayez avec cette orthographe : uzma nadeem, umer nadeem, ayman nadeem, amman padam.*

Il est possible d'avoir vécu quinze ans sans laisser aucune trace virtuelle. Possible, mais pas facile. Tous les gens que je connais apparaissent quelque part sur le Web. Apparemment, Uman n'avait jamais participé à aucun événement sportif ou musical, à une collecte de fonds pour une association caritative, joué dans une pièce de théâtre, remporté un concours de peinture ou de poésie, ne s'était jamais fait prendre en photo lors d'une fête, d'une foire, d'un défilé de carnaval ou d'une crèche vivante, ni rien fait pour que son nom apparaisse sur le site d'une école ou dans un journal régional.

Finalement, j'ai abandonné. À la place, j'ai ouvert l'application dictionnaire et j'ai cherché le mot « pédagogique ».

Comment avait-il deviné ? Comment un parfait inconnu avait-il pu s'en rendre compte alors que personne d'autre, pas même Tierney ou mes autres amis ou papa et maman, n'avait remarqué quoi que ce soit ?

Je lis les gens. Voilà ce qu'il avait dit.

Ma première réaction a été le déni.

— Je ne suis pas malheureuse. Pourquoi est-ce que tu dis ça ?

— Parce que c'est vrai. Tu attends plus de la vie que ce que tu en reçois. Tu veux du changement.

— Ne me dis pas ce que je veux. Tu ne me connais même pas.

Et ça a continué comme ça alors que nous allions en classe. S'il n'avait pas eu besoin que je lui montre le chemin pour aller en maths, je l'aurais planté là dans le couloir.

Une fois, la petite amie de mon frère m'a tiré les cartes et je me suis énervée quand elle a commencé à me dire des trucs sur moi. Une grande partie de son « analyse » était pourrie, mais c'était ce qui tombait juste qui m'agaçait le plus, comme si elle s'était introduite de force dans une zone secrète de mon cerveau. C'était énervant. Avec Uman, c'était plus troublant que contrariant. Comme ce type de la télé qui fait des tours avec des gens pris au hasard dans le public, de l'hypnose, de la télépathie, ce genre de choses ; ça donne la chair de poule, et en même temps, on ne peut s'empêcher de sourire et de secouer la tête, émerveillé, en se demandant comment il fait ça.

Uman a insisté : il ne me disait pas comment j'étais, il le voyait, tout simplement.

Je ne savais pas comment réagir à ça. Ni à lui.

Je ne me suis pas assise à côté de lui en maths. Je lui ai dit non quand il m'a demandé si je voulais le retrouver après les cours pour lui faire visiter Litchbury.

Et pourtant, voilà qu'à la pause-déjeuner, j'étais en train de le chercher sur Google.

L'inspectrice Ryan me demande carrément :

— Étais-tu malheureuse, Gloria ?

— Oui. Ça faisait un petit moment.

— Tous les adolescents se croient malheureux, Lor, intervient maman. Tous trouvent leur vie ennuyeuse.

— Madame Ellis, s'il vous plaît. Laissez Gloria s'exprimer.

Je donne un exemple à l'inspectrice Ryan.

Un samedi typique, le week-end avant l'arrivée d'Uman à Litchbury. J'allais en ville pour retrouver la bande habituelle au Caffè Nero, pour l'habituel chocolat chaud aux marshmallows, avant d'aller chez Tierney pour regarder un DVD en mangeant du pop-corn et des nachos. Comme d'habitude. Parfois, nous allions chez Molly, ou chez Bekah, ou chez Emma, ou chez moi, mais toujours, c'était pour une comédie romantique (ou un film d'horreur, une comédie musicale) et des trucs à grignoter. Si c'était l'anniversaire de l'une d'entre nous, le soir nous allions chez Pizza Express. Ce n'était l'anniversaire de personne ce soir-là. Même ma tenue était prévisible : des Doc violettes, des chaussettes dépareillées, un jean et un haut trop large sous ma fausse veste d'aviateur en faux cuir brunâtre. Un bonnet bordeaux, porté sur le côté, et des boucles d'oreille faites main – une de mes paires les plus pendantes, puisque ce n'était pas un jour de classe.

Jusque-là, rien de plus normal.

Ou pas.

Parce qu'alors même que j'allais en ville, à pied, écoutant les mêmes morceaux que d'habitude en mode aléatoire, passant devant des sites tout aussi habituels sur un trajet que j'avais emprunté si souvent qu'il ne me paraissait plus réel – l'aire de jeux près du ruisseau, la caserne des pompiers, les maisons mitoyennes aux murs de crépi, la terrasse en pierre derrière la gare –, je me sentais à plat. Pas à cause de quelque chose en particulier, mais en général.

— Ça faisait des semaines que j'étais comme ça. Des mois, même.

L'inspectrice Ryan attend que je continue.

Je remonte en arrière, au jour de l'An. Je ne suis

pas sûre que ça ait commencé à ce moment-là, mais c'est la première fois où je me rappelle en avoir vraiment pris conscience. Le 1er janvier, un jour de résolutions et de renouveau. J'ai relevé le store de la fenêtre de ma chambre et j'ai contemplé les mêmes toits en vrac, les petits jardins soignés, les voitures luisantes et les arbres dénudés du seul endroit où j'avais jamais vécu… et j'ai imaginé un tsunami. (Venu de je ne sais où, la côte la plus proche se trouvant à cent kilomètres.) Je l'ai vu aussi clairement que s'il était réel : toute la ville réduite en miettes et emportée par une énorme déferlante. Je n'aurais pas su expliquer pourquoi. C'est une ville « agréable ». Sûre, calme, jolie. Des touristes y passent leurs vacances. Des gens aimeraient vivre ici. Je n'avais aucune raison de ne pas l'aimer.

Jusqu'à ce que je regarde par la fenêtre le jour de l'An, je ne m'étais pas rendu compte que c'était le cas.

Tier a pensé que j'étais juste fatiguée à cause de la soirée. Mais c'était plus qu'une petite déprime de lendemain de fête. On n'a pas d'hallucination de raz-de-marée catastrophique depuis la fenêtre de sa chambre parce qu'on a moins dormi que d'habitude et bu trop de vodka. Et on ne continue pas à éprouver ça tout au long des mois de janvier et février, de mars et avril. Non pas que cela me soit arrivé tous les jours, ni à cette échelle. Des tsunamis ne se déchaînaient pas en boucle dans ma tête. Mais je ressentais une impression tenace d'impatience. Ou d'insatisfaction. Envers moi-même autant qu'envers tout le reste. Je suis sûre qu'un psychiatre aurait pu donner un grand nombre de bonnes raisons pour expliquer mon état. Mais notre humeur se fiche bien de la raison.

En tout cas, la mienne, alors que j'allais en ville retrouver mes amies par un samedi ordinaire du milieu du mois de mai, deux jours avant que j'apprenne l'existence d'Uman Padeem.

— Uman a dit qu'il était entré dans ma vie parce que j'étais prête à ce qu'il y entre.

L'inspectrice Ryan décoche un regard à ma mère, comme pour la mettre au défi de m'interrompre.

Je hausse les épaules. Ces choses-là sont inexplicables. On peut décider d'y croire ou non.

Quoi qu'il en soit, j'étais en retard. Comme toujours. Si bien que lorsque je suis arrivée au Caffè Nero, mes amies étaient déjà à l'intérieur. J'ai hésité, regardant à travers la vitre comme si les clients étaient des mannequins portant des vêtements que j'aurais pu vouloir acheter. Même si je restais sur le côté, les portes automatiques n'arrêtaient pas de s'ouvrir et de se refermer, comme si elles compatissaient à mon indécision, entrer ou ne pas entrer.

J'ai repéré les autres à notre table habituelle, près du fond. Tierney et Bekah me faisaient face, Emma et Molly me tournaient le dos. Une chaise vide : la mienne.

Tout ce que j'avais à faire, c'était passer ces portes, m'acheter à boire et zigzaguer entre les tables pour les rejoindre, comme je l'avais fait cent mille fois. Il y aurait plein de sourires, de *hé,* de *salut,* de *yo, Glo-Jay*. Il s'agissait de mes amies. Elles m'aimaient. Je les aimais.

Les deux filles tournées vers moi ne m'avaient pas encore remarquée. Tierney a porté un mini-marshmallow à sa bouche dans une longue cuillère et l'a glissé entre ses lèvres. Elle sait à quel point elle est séduisante, mais elle se comporte comme si elle n'en avait pas la moindre idée. À côté d'elle, Bekah tapait un texto. Bekah envoie toujours des textos. Molly était visiblement en train de raconter une anecdote : elle agitait les mains, rejetait ses cheveux en arrière, remuait la tête. On aurait dit une abeille frétillant devant le reste de la ruche pour lui indiquer où trouver de la nourriture. Elle parlait sans doute de Josh. Ça devait être hilarant. Ou tragique.

Je me suis vue m'asseoir sur cette chaise libre. Écouter. Rire. Ou compatir.

À un moment donné, l'une d'entre elles – presque certainement Tierney – remarquerait mes nouvelles boucles d'oreilles, et je serais bombardée de compliments, comme si fabriquer ses propres bijoux à partir de bric-à-brac trouvé dans des boutiques de camelote était on ne peut plus cool.

Un hologramme de mon visage me rendait mon regard, sa peau pâle pixellisée par l'agitation derrière la vitre. À leur table, mes amies jouaient une scène si familière qu'elle en devenait soudain extrêmement étrange, comme si elles avaient été réduites à la taille des poupées avec lesquelles je jouais autrefois à la dînette. Encore un moment tsunami. Mais au lieu d'imaginer un torrent d'eau les emportant, je me suis vue entrer, les prendre dans mes bras et les ramener à la maison pour les ranger dans le coffre sous mon lit.

J'ai conscience de l'expression sur le visage de l'inspectrice Ryan alors que je dis ça. De celle de maman, aussi.

— J'avais envie de faire demi-tour et de m'en

aller. Ce sont mes amies, nous nous retrouvons tout le temps là-bas, mais ce jour-là, d'un seul coup, je ne pouvais pas affronter la situation. Je ne pouvais pas les affronter.

— Tu l'as fait ? me demande l'inspectrice Ryan. Tu es partie, je veux dire ?

— Non. Tierney m'a repérée juste à ce moment-là. Elle m'a fait coucou et moi aussi et je suis entrée ; il fallait bien, maintenant qu'elle m'avait vue. Mais aussi, j'avais l'impression qu'elle m'avait sortie d'une transe.

Je m'enfonce dans mon fauteuil. Je me frotte vigoureusement le visage, comme pour récurer ma peau. Quand je baisse les mains, des taches lumineuses pétillent devant mes yeux.

— Pendant tout le temps que j'ai passé avec elles, cet après-midi-là, je me suis comportée comme si tout allait bien. Elles fidèles à elles-mêmes, moi fidèle à moi-même. Le même train-train.

— Et puis, deux jours plus tard, Uman est apparu, conclut l'inspectrice Ryan.

— Ouais.

— Et il était différent.

— Oui. Je n'avais jamais rencontré quelqu'un comme lui.

L'inspectrice Ryan a demandé une pause. Des biscuits apparaissent. Du café, du jus de pomme. Peut-être que je m'y habituerais, mais au deuxième jour depuis mon retour, la facilité de trouver à boire et à manger quand on en a envie me surprend encore.

Elle vient de sortir pour prendre un coup de téléphone. Ça a l'air important.

Quand elle revient, je lui demande :

— Vous l'avez retrouvé ?

— Non. Non, Gloria, on ne l'a pas retrouvé.

Q4
ALORS, EST-CE QU'IL TE PLAÎT ?

Quand nous reprenons, elle m'interroge sur l'attitude d'Uman ce premier jour au collège. Envers les professeurs, envers moi, envers tout le monde. Sa façon de dire ce qu'il aimait, sans se soucier de la personne à laquelle il s'adressait et sans penser aux conséquences ou à ce que les autres pensaient de lui.

— Il s'en fichait, dis-je. Il s'en fichait vraiment.

— Tu aimais ça, je veux dire sa témérité ?

Est-ce que j'aimais ça ? J'imagine que oui. C'était excitant, d'une certaine manière, de voir son mépris pour les règles, les conventions. Un plaisir par procuration, en quelque sorte.

— C'était comme regarder quelqu'un faire du saut à l'élastique, expliqué-je.

Comme si la question allait de soi, elle me demande si je trouvais Uman un peu effrayant.

— Le saut à l'élastique, c'est une analogie.

— Je sais, mais plus généralement.

Je vois où elle veut en venir. Quand j'ai disparu, la police a dû interroger mes amies sur la période précédant ma disparition. Et sur Uman, bien sûr. Sur ce qu'il faisait. Sur ce que nous faisions. Sur ce qu'il me « faisait faire ». Elle a mis tous les points en place et veut juste que je les relie entre eux, à sa place. Mais je ne vais pas entrer dans son petit jeu. J'ai essayé de lui dire – je lui ai dit – qu'elle ne comprenait pas Uman. Qu'elle ne nous comprenait pas. *Il n'a rien fait de mal.* Mais l'inspectrice Ryan, mes parents, ils continuent de tout déformer.

Et ensuite ils s'attendent à ce que je les aide.

— Non, je réponds. Je ne l'ai jamais trouvé effrayant.

Alors que Tierney et moi sortions du collège cet après-midi-là, j'ai repéré Uman devant nous, dans le courant d'élèves sur Coronation Road. Il était plus grand que quasiment tout le monde et, avec ses longs cheveux noirs, on ne pouvait pas le rater. Je me souviens avoir pensé qu'il devait vivre du même côté de la ville que nous, sans quoi il serait sorti par la sortie principale. Le rhume des foins de Tier s'était calmé, mais elle se plaignait d'être dans les vapes à cause de l'antihistaminique. J'ai souri en me rappelant Uman l'appelant « ton amie danoise ».

— Où est-ce qu'il habite, à ton avis ? ai-je demandé.

— Qui ?

— Le nouveau, ai-je répondu en le désignant. Uman.

— Dans un quartier chic, si tu me dis que son vieux est un gros bonnet. Mais que cela ne te décourage pas ; dans ce genre de milieu, beaucoup de parents ne voient pas d'inconvénients à ce que leur fils sorte avec une fille du peuple.

Elle n'arrêtait pas de me taquiner depuis qu'Uman s'était assis à côté de moi pendant l'appel.

Nous traversions le bas de Heatley Road, dépassant le groupe habituel des élèves fumant sous l'abribus après les cours. Le flot de collégiens s'était un peu amenuisé. Uman était à environ cinquante mètres devant nous, son sac noir sans logo pendu à l'un de ses longs bras, tel un chiot qu'il aurait pris par la peau du cou. Cette démarche à la fois gracieuse et maladroite, comme celle d'un top-modèle défilant sur un podium en boitillant, ses cheveux déployés derrière lui dans la brise.

— Suivons-le, ai-je lancé.

— On le suit déjà.

— Non, je veux dire suivons-le vraiment, pour voir où il vit.

Elle a ri.

— Tu nous prends pour des détectives privés, ou quoi ?

— Allez, tu n'es pas curieuse ?

— Non.

— Si, je le vois bien.

— Non, c'est toi qui l'es.

— Très bien, je vais le suivre toute seule.

— C'est hors de question.

Nous sommes restées suffisamment proches de lui pour ne pas le perdre, mais pas au point qu'il puisse se rendre compte que nous le filions s'il se retournait. Nous pensions qu'il se dirigeait vers Ridings, le quartier où des maisons franchement hors de prix s'étalent dans d'immenses jardins alors que Litchbury cède la place à la campagne. Mais il nous a surprises en traversant la rue principale et en prenant le sentier longeant le terrain de sport.

C'était le chemin pour rentrer chez nous.

Ma première pensée a été qu'il allait chez moi ; que je le suivais, mais qu'en fait, c'était lui qui me cherchait. C'était absurde, parce qu'il n'avait aucun moyen de savoir où je vivais. Mais en même temps, quand il s'agissait d'Uman Padeem, peu de choses avaient du sens.

— C'est bizarre, ai-je dit. On a emprunté ce chemin un million de fois pour rentrer chez nous et, soudain, j'ai l'impression de ne pas être à ma place.

Alors que nous arrivions sur le sentier, nous l'avons aperçu tout au bout. J'étais certaine qu'il allait tourner à droite, le long de la voie ferrée et – même si c'était un chemin détourné – se diriger vers Ridings. Mais non. Il a tourné à gauche sur la passerelle conduisant de l'autre côté des rails. Celle qui mène au coin de ma rue et de celle de Tierney.

— Comment connaît-il ce chemin ? a-t-elle demandé.

C'était une bonne question. Ce chemin était utilisé par les gens du voisinage, mais ceux venant d'un autre quartier de Litchbury – ou d'une autre ville – ne pouvaient pas le connaître.

Uman ne vivait pas près de chez nous. Ça, c'était certain. Si une nouvelle famille s'était installée, nous en aurions entendu parler. D'ailleurs, un avocat d'affaires qui envoyait son fils en pension pouvait se permettre d'acheter plusieurs maisons comme les nôtres et avoir encore de la monnaie pour se payer un yacht.

— Mais où va-t-il ? ai-je demandé.

Le seul moyen de le découvrir était de continuer à le suivre.

Mais quand nous eûmes traversé la passerelle au-dessus de la voie ferrée, le chemin de l'autre côté était désert. À moins d'avoir couru, il était impossible qu'il ait atteint le bout aussi vite ; et avec toutes les hautes barrières et les haies, s'introduire dans un jardin n'était pas facile. Nous avons accéléré le pas. Nous pourrions encore l'apercevoir depuis le bout du chemin : ma rue était une impasse et celle de Tierney était longue et droite, alors, même s'il courait vite, Uman ne pouvait pas avoir complètement disparu.

Pourtant, nous n'avons vu aucune trace de lui.

— Ce n'est pas possible, a dit Tierney. Les gens ne disparaissent pas comme ça.

— Il semblerait que tu aies raison, a dit une voix derrière nous.

Nous retournant, nous avons vu Uman approcher sur le chemin que nous venions d'emprunter, l'air très content de lui.

— Comment tu expliques ça ?

Je ne pouvais pas l'expliquer. Nous étions chez Tierney ; officiellement, on travaillait sur un devoir de sciences, mais en réalité, on écoutait de la musique, on surfait sur Internet, on bidouillait des selfies sur Photoshop pour ressembler à des monstres. J'allais presque toujours chez elle après les cours. Je préférais ça plutôt que de rentrer chez moi. Je ne le dis pas à l'inspectrice Ryan. Pas avec maman assise à côté de moi.

— Je suis sûre qu'il a des pouvoirs surnaturels, a-t-elle dit en prenant une voix lugubre.

On a ri.

— Non, mais sérieusement.

— Tier, on n'est pas dans un roman.

— Un roman ? a-t-elle demandé en surjouant la perplexité. Tu veux dire les trucs qui servent à faire des films ?

Juste au-dessus d'elle s'étendaient trois étagères bourrées de livres. Nous étions allongées tête-bêche sur son étroit lit une place, chacune sur son iPad. Sa chambre sentait la pêche et la cannelle grâce aux bougies parfumées qui brûlaient sur le rebord de la fenêtre.

— Alors, qu'est-ce que tu en penses ? ai-je demandé. Tu crois qu'il s'est dématérialisé ?

— C'est une possibilité.

— Et ne me dis pas qu'il nous a hypnotisées. On était trop loin.

Tierney avait une théorie selon laquelle il se servait des contacts visuels ou physiques pour exercer sa volonté sur les gens : sur M. Brunt, par exemple, sur elle-même, sur Mme Vaux. Individuellement, ces « épisodes » – et le tour qu'il venait de nous jouer – pouvaient s'expliquer d'une manière ou d'une autre. Mais tous ensemble, ils formaient un schéma étrange. Une *étrangerie*, avons-nous décidé de l'appeler.

— Comment tu as fait ça ? lui avais-je demandé, au bout du sentier.

— Fait quoi ?

— Tu étais devant nous et maintenant tu es derrière.

— Ah, mais il se trouve aussi que vous étiez derrière moi et que vous êtes maintenant devant.

— Allez, Uman, tu as bien dû faire quelque chose.

— Il semble en effet que l'un d'entre nous a fait quelque chose.

Tierney lui avait décoché son plus joli sourire.

— En tout cas, c'était plutôt cool.

— Hé, ton anglais s'est vraiment amélioré, avait-il répondu.

— Mon anglais ?

J'avais eu du mal à ne pas rire.

— Mais s'il te plaît, ne flirte pas avec moi, Tierney. Seule Gloria m'intéresse.

Tier avait écarquillé les yeux.

— Je ne flir…

— Pourquoi me suiviez-vous ? l'avait-il coupé, s'adressant à moi.

— Quoi ? avais-je demandé, essayant toujours d'assimiler ce qu'il venait de dire à Tier. On ne te suivait pas. On vit ici. (J'avais désigné la rue menant chez moi.) On passe toujours par là pour rentrer chez nous.

— Il faut que vous soyez plus discrètes. Franchement, c'est du travail d'amateur.

— Et toi il faut que tu redescendes sur terre.

— Tu es toujours en colère contre moi à cause de la remarque que je t'ai faite tout à l'heure, c'est ça ? J'espère en tout cas que cela a seulement retardé notre relation imminente, et que cela ne l'a pas carrément compromise.

— Notre quoi ?

— Bref, j'ai bien peur de devoir y aller.

Ses parents attendaient des invités pour le dîner, et il devait terminer ses devoirs avant leur arrivée. Sur ce, il était reparti, faisant demi-tour sur le sentier, en direction de la passerelle. J'avais réalisé qu'il n'était pas du tout en train de rentrer chez lui.

— Je veux que tu saches que je ne flirtais pas vraiment avec lui, a dit Tierney, dans sa chambre.

— Ça ne me dérangerait pas si c'était le cas.

— Tu es ma meilleure amie, Glo-Jay. Et tu es dans une relation imminente avec lui.

J'ai ricané.

— Ouais, c'est ça. Et qu'est-ce que c'est, au juste, une « relation imminente » ?

Mes pieds nus se trouvaient près de sa tête, sur l'oreiller. Elle les a regardés, les yeux plissés.

— Vos ongles ont bien besoin d'être revernis, mademoiselle. Désirez-vous que je m'en occupe ?

— Mais je vous en prie.

Elle est descendue du lit et s'est approchée de sa coiffeuse.

— Qu'est-ce que c'était que cette histoire, comme quoi il t'a mise en colère ?

Je ne lui avais pas raconté ce qu'il avait dit sur le fait que j'étais malheureuse.

— Rien. C'est juste qu'il était, tu sais… comme il est. Je l'ai rembarré.

— Alors, est-ce qu'il te plaît ?

— Uman ?

— Ben oui, Uman, a-t-elle dit en choisissant un flacon de vernis qu'elle a reposé avant d'en prendre un autre. Il a dit à Ryan Jacques qu'il avait un court de tennis dans son jardin.

— Je déteste le tennis.

— Ce n'est pas la question. Nous parlons de la possession d'un court de tennis.

— Tier…

— Et c'est son premier jour dans un nouveau collège, reprit-elle en fouillant dans ses affaires de maquillage. Comment peut-il déjà avoir des devoirs ? (Elle me montra deux petits flacons.) Bleu vert pailleté ou prune tacheté ?

— Les deux. En alternant.

Pendant qu'elle me peignait les ongles, j'ai trouvé la solution. Uman s'était caché sous les marches au bas de la passerelle, avait attendu que nous passions devant lui, puis s'était glissé derrière nous. En toute honnêteté, la découverte d'une explication non surnaturelle était un peu décevante.

Mais Tierney avait raison : c'était quand même plutôt cool.

Uman était tellement sûr à propos de « nous ». Il avait décidé que nous étions faits l'un pour l'autre et que cela arriverait. D'une certaine manière, je trouvais ça plutôt drôle, et j'imagine que j'aurais dû me sentir flattée, mais quelque chose clochait là-dedans. Je ne parle pas seulement de son arrogance à supposer qu'il lui suffisait de me choisir. Ce n'était pas normal de débarquer dans la vie d'une personne et de s'accrocher à elle comme il l'avait fait avec moi.

Qui était-il vraiment ? Pourquoi se comportait-il comme ça ? Pourquoi moi ?

Le reste de la soirée, la nuit et le lendemain matin, j'ai à peine pensé à autre chose. Même dans mon sommeil, j'ai rêvé d'Uman. C'était un cauchemar, en réalité : un remake de la scène du chemin du retour. Sauf que cette fois, tandis que je le suivais (seule, sans Tierney), des gens essayaient de m'en empêcher. Des amis, mes parents, mon frère, des profs, des inconnus. Ils me barraient le passage, m'attrapaient par le bras, et pendant ce temps, Uman disparaissait sur un chemin qui semblait continuer à l'infini.

S'il vous plaît, il faut que je le rattrape !

Je me suis réveillée, certaine d'avoir hurlé ces paroles. Mais personne n'est entré dans ma chambre pour voir si j'allais bien.

Sur le chemin du collège, j'ai fait promettre à Tierney de s'asseoir à côté de moi pendant l'appel, quoi qu'il arrive. J'avais décidé de mettre un frein aux velléités d'Uman. De lui faire comprendre qu'il ne pouvait pas prendre mon amitié pour acquise, sans parler d'une relation avec moi. C'était trop, trop vite. Voilà ce que je lui dirais : *Uman, c'est trop, trop vite.* Nous ne nous connaissions que depuis vingt-quatre heures. Il devait me donner de l'espace, il fallait qu'il soit moins intense, moins… bizarre. J'avais tout répété dans ma tête.

Mais Uman n'était pas au collège ce jour-là.

Ni le lendemain. Ni le surlendemain.

Si les professeurs savaient pourquoi, ils ne laissaient rien filtrer.

Pendant ces trois jours, son absence a fait paraître sa présence le lundi encore plus fantastique. Presque comme si on l'avait rêvée. Et puis, vendredi matin, alors que nous nous demandions si nous le reverrions un jour, il est entré d'un pas nonchalant dans la classe, l'air de rien. Il avait rasé sa petite barbe négligée et attaché ses cheveux en queue-de-cheval avec un chouchou violet. Arrivé le dernier, il s'est excusé de son retard auprès de M. Brunt et est allé s'asseoir directement à côté de Luke. Il n'a pas regardé dans ma direction.

Silence stupéfait. Cette entrée était encore plus dramatique, plus captivante, que celle de lundi.

M. Brunt ne lui a pas demandé où il était passé ces trois derniers jours, ni réclamé de mot d'absence, pas plus qu'il ne lui a demandé s'il avait été malade ni dit qu'il espérait qu'il se sentait mieux. Rien de tout ça. Il a simplement dit bonjour et a poursuivi. Cela a encore augmenté la tension. Comme si un léopard était entré dans la pièce, avait grimpé sur l'une des chaises, et que M. Brunt avait fait semblant de ne pas l'avoir remarqué.

Un garçon assis au fond a rompu le silence.

— Jolie queue-de-cheval, la tapette.

M. Brunt a brusquement relevé les yeux.

— Callum Rudd, je ne tolérer…

Uman a levé la main pour le faire taire. *Ça va,* semblait-il dire. *Je peux m'en occuper.* Puis, se retournant pour s'adresser directement à Callum :

— Ton estimation de mon orientation sexuelle est statistiquement fausse, je le crains. Selon une estimation grossière, je dirais que 80 % des personnes que je trouve sexuellement séduisantes sont des femmes. (Il regarda Callum des pieds à la tête.) Mais ne t'en fais pas, tu n'appartiens absolument pas aux 20 % restants.

Tout le monde a explosé de rire. Certains élèves ont même applaudi.

Ce jour-là, Uman n'a fait ni plus ni moins attention à moi qu'aux autres. Il m'a traitée de la même manière, m'a parlé avec indifférence, s'est conduit tout à fait normalement avec moi. Ni amical ni inamical. Nous étions deux élèves appartenant à la même classe et suivant les mêmes cours dans certaines matières. On aurait dit que nous avions effectivement eu la conversation que j'avais répétée dans ma tête et qu'il respectait ma volonté. Prenant du recul, me laissant de l'espace. Se montrant moins bizarre.

Avec moi, en tout cas. Avec les professeurs, il atteignait de nouveaux sommets d'étrangerie.

Par exemple, en cours d'éducation religieuse, il a informé M. McQueen qu'il préférerait passer le cours à lire de la poésie puisqu'il s'était déjà familiarisé avec les principales religions et qu'elles n'avaient rien à lui offrir.

Le professeur a cligné plusieurs fois des yeux.

— Je suis très impressionné, Youman, a-t-il dit avec une bonne dose de sarcasme. Quinze ans, et vous savez déjà tout ce qu'il y a à savoir sur la religion.

— Tout ce que j'ai *besoin* de savoir, monsieur Brunt. Et mon prénom se prononce *ou-man*, pas *you-man*.

— Eh bien, *Ou-man*, que les choses soient claires : non, vous ne pouvez pas lire de la poésie pendant mon cours.

— Vous préférez que j'aille à la bibliothèque ?

Il a repoussé sa chaise et s'est levé, rassemblant ses affaires.

— Asseyez-vous, M. Padeem. Vous n'irez nulle part.

Uman est resté debout.

— Je crains de n'accepter d'ordres de personne, monsieur. Il doit y avoir une note dans mon dossier, si vous prenez la peine de le lire.

Quelques personnes avaient ri quand Uman avait dit vouloir lire de la poésie. Plus personne ne riait maintenant. Sur le tableau interactif derrière M. McQueen, le logo Microsoft voletait tel un papillon de nuit mutant se cognant sans cesse contre une fenêtre. Le professeur est resté un moment sans bouger, les yeux rivés sur les panneaux du plafond, comme s'il les comptait. Il s'est raclé la gorge. Il a regardé Uman. Cette fois, il lui a demandé de s'asseoir avec un « s'il vous plaît », et d'un ton moins sec.

Uman s'est rassis. Il a lu de la poésie pendant quelques minutes, puis il a reposé son livre et a suivi le cours. Il s'est joint à la discussion (sur les quatre nobles vérités du bouddhisme, je crois), et a fait l'exercice écrit qu'on nous avait donné.

À la fin du cours, il s'est approché de M. McQueen.

— Merci, monsieur. C'était très stimulant.

Dans le couloir, je lui ai emboîté le pas.

— Pourquoi tu es comme ça avec les profs ?

— Je ne sais pas, a-t-il répondu, semblant sincèrement troublé par cette question. Je ne peux pas m'en empêcher.

Je lui ai demandé ce qu'il voulait dire par là, mais il a répondu que c'était difficile à expliquer.

— Tu ne les aimes pas ?

— Ce n'est pas vraiment ça. Je ne sais pas trop ce que je pense d'eux.

Au bout d'un moment, j'ai ajouté :

— Les profs sont très indulgents avec toi, tu ne trouves pas ?

— C'est effectivement l'impression que ça donne.

— On dirait que tu exerces une emprise sur eux.

Il a toussé, deux fois, une toux rêche, rauque.

— C'est effectivement l'impression que ça donne.

— Ou comme s'ils savaient quelque chose sur toi qui les fait reculer.

— C'est effectivement…

— C'est bon, j'ai compris, dis-je en souriant

et en secouant la tête. Qu'est-ce que tu peux être agaçant !

C'était agréable de lui parler de nouveau, cependant, même s'il jouait l'homme mystérieux. Arrivée devant les casiers, je lui ai posé une autre question :

— Pourquoi tu n'es pas venu en cours ?

— Je préférais faire autre chose.

Dans sa bouche, cette réponse semblait si raisonnable que je n'ai pas pu m'empêcher de rire.

— Pourquoi est-ce que tu me demandes ça ? a-t-il dit en me lançant un regard en biais.

— Oh, comme ça. Juste... rien.

J'avais bien failli lui dire que ça me faisait plaisir de le revoir. Lui avouer qu'il m'avait manqué.

— Trois jours plus tôt, tu voulais qu'il arrête de t'embêter, fait remarquer l'inspectrice Ryan. Qu'est-ce qui avait changé ?

— Je ne sais pas.

Ce n'est pas vrai. Ce que je veux dire, c'est que je ne sais pas comment l'expliquer.

Je dois essayer, même si je préférerais être n'importe où plutôt qu'ici à répondre à ses questions. Mais je dois essayer de répondre parce que – d'une façon différente, pour des raisons différentes –

l'inspectrice Ryan et moi avons besoin de comprendre ce qui s'est passé entre Uman et moi. Je dois aussi être claire, pour le bien d'Uman. La police s'acharne à le considérer comme le coupable, et moi comme la victime ; le manipulateur et la manipulée.

Je ne peux pas les laisser croire ça.

Avec un haussement d'épaules, je poursuis :

— Je suppose que je ne m'étais pas rendu compte que je l'aimais bien jusqu'à ce que je le croie parti.

J'étudie le visage de l'inspectrice. Elle a des poches de chair pâle sous les yeux. Je ne les avais pas remarquées.

— Vous voyez ce que je veux dire ?

Elle hoche la tête.

— Oui, dit-elle doucement.

Pendant son absence, cette semaine-là, lui dis-je, la normalité de ma vie – au collège, à la maison, avec mes amies – m'avait paru encore plus terne que d'ordinaire. Ce qui m'avait manqué, c'était justement ce que j'avais voulu qu'il tempère : sa bizarrerie. J'aime la bizarrerie. J'aimais ça autrefois, en tout cas. Mais en grandissant, j'étais devenue de plus en plus conventionnelle : je voulais trouver ma place, j'avais peur de me faire remarquer par mon comportement, ma façon de parler, les choses que je faisais, les vêtements que je portais, le…

Maman m'interrompt pour me demander en quoi ma garde-robe – c'est le mot qu'elle emploie, ma « garde-robe » – peut être jugée conventionnelle.

— Et tes boucles d'oreilles, alors ? ajoute-t-elle.

Elle n'aime pas mes bijoux faits main. Ma « camelote », comme elle dit. Elle ne m'a jamais pardonné de m'être fait percer en douce un troisième trou à chaque oreille alors qu'elle avait fixé la limite à deux.

— Quoi ? je demande, agressive. J'accessoirise les languettes de cannettes de soda, je porte des Doc violettes et une fausse veste d'aviateur trop grande pour moi, et ça y est, je suis Lady Gaga ?

— Lor, je dis juste…

L'inspectrice Ryan intervient.

— Gloria, madame Ellis, s'il vous plaît.

Je m'affaisse dans mon siège. Je croise les bras.

— Tu disais, reprend-elle après m'avoir laissé le temps de me calmer.

J'envisage de ne pas prendre la peine de répondre. Et puis je le fais quand même. Elle ne doit pas trouver ça très cohérent, mais j'essaie de lui expliquer que j'enviais la capacité d'Uman à briser les contraintes que la vie nous impose. À être la personne qu'il choisissait d'être et à se ficher de ce que les autres pensaient de lui.

Que rencontrer Uman m'avait permis de me rendre compte à quel point j'étais devenue prévisible.

Q5
QU'ENTENDS-TU PAR « LA SITUATION À LA MAISON ? »

J'avais prévu de suivre encore Uman le vendredi, sans Tierney cette fois. La curiosité de voir où il habitait – de remplir certains blancs à son sujet – me dévorait. Je serais bien plus discrète en le filant, bien sûr. *Furtive*, c'est le mot. Le dernier cours du vendredi était sciences ; Uman était dans le groupe supérieur, comme moi, si bien qu'il me serait facile de le garder à l'œil à la fin du cours.

Sauf qu'il n'est pas venu en classe. De retour au collège après trois jours d'absence, il séchait déjà.

J'avais l'impression qu'il me fuyait. Comme s'il savait ce que j'avais prévu de faire et était parti plus tôt pour m'en empêcher. Et maintenant, je ne le verrais plus avant lundi. S'il prenait la peine de venir en cours, bien sûr. J'ai passé toute l'heure la mine renfrognée, écoutant à peine.

— Uman Padeem t'obsédait ? suggère l'inspectrice Ryan.

Je n'aurais pas choisi ce mot-là, mais cela résume bien ce que je ressentais à l'époque.

De toute manière, elle n'a plus envie de parler de ça. Elle aimerait qu'on avance. *Qu'on entre dans le vif du sujet.* C'est-à-dire le jour où j'ai disparu. Mais je n'en suis pas encore là. Je lui dis qu'elle doit connaître la situation à la maison si elle veut bien comprendre le contexte de ma disparition.

Elle jette un coup d'œil à maman, puis repose les yeux sur moi.

— Qu'entends-tu par « la situation à la maison » ?

Je commence par le récit de la rencontre de mes parents. L'inspectrice Ryan m'interrompt, dit que cela n'a aucun rapport… mais je réponds que si. Elle me laisse continuer à contrecœur.

Californie, 1993. Mon père avait vingt-sept ans, ma mère vingt-trois.

Après avoir joué dans un groupe n'ayant pas rencontré beaucoup de succès en Angleterre, mon père était parti aux États-Unis pour *essayer de réussir dans l'industrie musicale*. Il avait fini à San

Francisco, comme musicien de studio. Pendant ce temps, ma mère s'était rendu compte qu'elle n'était pas faite pour être médecin et avait arrêté ses études pour voyager. Elle était sur la route depuis presque un an quand elle s'était retrouvée à vivre dans une auberge de jeunesse à San Francisco et à travailler comme serveuse dans un restaurant. Le restaurant où mon père et d'autres musiciens aimaient se retrouver.

Et c'est ainsi que Kev rencontra Liz au-dessus d'un burger-frites et d'une bouteille de Budweiser.

Maman me regarde avec une drôle d'expression, comme si elle n'avait jamais entendu cette histoire. Ou ne me l'avait pas racontée elle-même une centaine de fois.

Le jour où Kev s'est trouvé avoir une place en plus pour un concert de Van Morrison, Liz s'est justement trouvée avoir sa soirée de libre. Si seulement nous pouvions voyager dans le temps et retourner au Mystic Theater, à Petaluma, en Californie, le 12 décembre 1993, nous assisterions à leur premier rendez-vous, leur première danse, leur premier baiser. Ils n'ont jamais pu se mettre d'accord sur la question de savoir si Van Morrison avait chanté *Gloria* à ce concert. Papa jure que oui, maman assure que non. Mais ils sont d'accord sur le fait qu'ils adoraient tous les deux cette chanson. Suffisamment pour prénommer ainsi leur fille en son honneur.

Ils rentrèrent en Angleterre ensemble, six mois plus tard, pendant l'été 1994.

Un an plus tard, ils se mariaient. Encore un an plus tard, ils avaient mon frère, Ivan.

— Le deuxième prénom de Van Morrison, dis-je à l'inspectrice Ryan. C'est de là que vient le « Van ».

À ce moment-là, ma mère avait suivi une formation pour devenir secrétaire et mon père – ses trente ans approchant, accablé par la paternité et son échec continu à percer comme songwriter – avait finalement tiré un trait sur sa vie de musicien et terminait une formation de comptable.

— Mon Dieu, ça paraît tellement noir et blanc dans ta bouche, dit maman.

Je la regarde, puis je regarde l'inspectrice Ryan.

— Trois ans et quatre mois après la naissance d'Ivan, ils m'ont eue. Gloria. G-L-O-R-I-A. Ils avaient leurs deux enfants. Leur prêt immobilier. Leurs emplois sûrs, stables.

Je réalise en le disant à quel point je dois paraître cruelle.

— Gloria, désolée, mais qu'est-ce que cela a à voir avec « la situation à la maison » ?

Elle ne comprend pas. Elle ne comprend pas du tout.

— Excusez-moi.

C'est maman. Elle dit qu'elle a besoin d'aller aux toilettes. Alors qu'elle sort précipitamment de la pièce, l'inspectrice met l'enregistrement sur pause.

— Tu pourrais y aller un peu plus doucement avec elle, tu sais, dit-elle au bout d'un moment.

Je ne dis rien.

Elle examine mon visage.

— Ta mère fait du cyclisme semi-professionnel, non ? Et elle est douée, à ce que j'ai entendu dire.

— Hum, hum.

— En tout cas, elle a une silhouette fantastique pour quelqu'un de quoi… quarante-quatre, quarante-cinq ans ?

Je lui dis combien de temps, en moyenne, ma mère passe sur son vélo chaque jour – pour s'entraîner, ou quand elle participe à des compétitions dans tout le pays.

— Il faut une sacrée motivation, commente-t-elle, passant complètement à côté de l'essentiel.

Elle a l'air contente de discuter alors que la machine ne tourne pas. Alors que maman n'est pas là. Comme si cette conversation avait si peu d'importance qu'elle ne faisait plus partie de l'entretien. Je serre si fort les accoudoirs de mon fauteuil que j'ai mal aux phalanges.

— Et puis il y a papa et son théâtre, dis-je.

Elle fronce les sourcils.

— Quoi ?

— Il fait partie de la troupe de Litchbury.

— Vraiment ? Il n'a pas l'air du genre à faire du théâtre amat…

— Oh, il prend ça très au sérieux. Ça a dû être un vrai déchirement pour lui de manquer les répétitions pendant ma disparition. Et maman, son vélo. *Mon Dieu*, ça a dû être terrible pour eux.

Elle me lance un regard dur. C'est la première fois que j'ai l'impression qu'elle ne m'aime pas.

— Tu n'as aucune idée de ce que tes parents ont vécu pendant ces quinze jours.

Je ne réponds pas.

Son regard se durcit encore.

— Gloria, ça les a anéantis.

On dirait qu'à cet instant précis, rien ne lui ferait plus plaisir que de me gifler.

J'aimerais presque qu'elle le fasse. Je tressaille même lorsqu'elle me tend un mouchoir en papier. Ce qui me surprend parce que, jusque-là, je ne m'étais pas rendu compte que je pleurais.

Je la remercie. Nous sombrons dans le silence.

Maman sortait son vélo du garage quand je suis arrivée à la maison le vendredi après-midi où Uman avait séché le cours de sciences. Elle était toute vêtue de lycra jaune. Nous nous sommes prêtées à la routine de « comment s'est passée ta journée », mais je voyais bien qu'elle était contrariée d'être retardée par mon arrivée.

— Tu rentres tôt.

— Quelle heure est-il ?

— Je ne sais pas.

(Pour faire du vélo, elle utilise un chronomètre, pas une montre classique.)

— Alors comment sais-tu que je rentre tôt ?

— Je pensais que tu irais chez Tierney.

J'ai haussé un sourcil.

— J'y suis allée, mais sa mère s'est soudain rendu compte que je n'étais pas sa fille, et elle m'a mise à la porte. Je suis étonnée d'avoir fait illusion pendant aussi longtemps.

— Lor, même si je meurs d'envie d'entendre tes sarcasmes…

Elle a réprimé ce qu'elle allait dire.

Je l'ai regardée retirer le casque du guidon et le poser sur sa tête, appuyant le vélo contre sa hanche.

— Il y a à manger dans le frigo, si tu veux te préparer ton repas, dit-elle en attachant la jugulaire.

Je ne pense pas avoir jamais parlé à maman sans qu'elle : a) me demande si j'ai mangé ; b) me demande ce que j'aimerais manger ; c) me dise d'aller manger quelque chose.

— Je me contenterai sûrement d'un ou deux Pringles, ai-je répondu.

Elle n'a pas relevé.

— Je serai de retour avant la nuit. Ton père va directement à la répétition après le travail, alors je doute qu'il rentre à la maison avant moi.

Et elle est partie. Une autre soirée typique s'annonçait chez les Ellis.

Je ne dis rien de tout ça à l'inspectrice Ryan.

Nous restons assises calmement, évitant de nous regarder dans les yeux, attendant le retour de maman. Quand elle revient, elle semble avoir pleuré elle aussi.

— Nous parlions de votre activité de cycliste, madame Ellis.

— Mon activité de cycliste ?

— Ça ne te dérange pas que je lui en parle, Gloria ?

Je hausse les épaules, et elle s'adresse de nouveau à ma mère :

— Cela l'ennuyait que vous passiez autant de temps loin de la maison, sur votre vélo. Et Kevin aussi, pour le théâtre.

Maman rougit.

— Quoi, vous êtes assistante sociale maintenant, en plus de flic ?

L'inspectrice Ryan pousse un soupir.

— Je pense simplement que vous devez savoir ce que Gloria ressent.

— On n'est presque jamais à la maison tous les trois, dis-je. Et quand c'est le cas, tout ce qu'on fait c'est se chamailler et se critiquer.

— Ce n'est pas vrai, Lor.

C'est comme ça depuis des lustres, dis-je à l'inspectrice Ryan. Mais c'est devenu bien pire depuis qu'Ivan est parti à la fac en septembre. Avec mon frère à Londres et moi âgée de quinze ans, on aurait dit que mes parents ne se sentaient plus aucune responsabilité envers nous. Comme si notre famille s'était divisée en quatre individus séparés, chacun vivant sa propre vie. Comme si moi aussi j'avais quitté la maison.

— Oh, chérie, comment peux-tu croire que nous…

— Je t'ai même entendue dire au téléphone à l'une de tes amies : « Maintenant qu'Ivan est parti, c'est comme si j'avais récupéré ma vie. »

Je vois l'effet que cette déclaration a sur maman. Et sur l'inspectrice Ryan.

Dans le silence qui suit, maman semble sur le point de se remettre à pleurer. Finalement, la voix un peu enrouée, elle dit :

— Je ne me doutais pas du tout que tu ressentais ça.

J'ai du mal à savoir si elle pense que je suis une garce égoïste ou qu'elle est une mauvaise mère. Ou les deux.

Je devrais me sentir soulagée d'avoir dit tout ça après l'avoir gardé en moi pendant aussi longtemps, mais je me sens super mal.

— Revenons-en à Uman et toi, d'accord ? propose l'inspectrice Ryan.

Le lundi suivant, Uman était de retour. Il s'est de nouveau assis à côté de Luke pendant l'appel, si bien que je n'ai eu l'occasion de lui parler qu'à la pause-déjeuner. Même là, il a fallu le chercher. Je l'ai finalement trouvé assis tout seul dans l'herbe, près du grillage, derrière le gymnase.

Pour une raison qui m'échappait, il avait retiré ses chaussures et ses chaussettes, et son pantalon trop court paraissait encore plus court. Il avait des orteils longs et minces, étonnamment pâles, qui ressemblaient à des doigts.

— Hey, ai-je lancé en m'arrêtant sur le chemin, comme si je passais par là par hasard.

En fait, le chemin aboutissait dans une impasse une dizaine de mètres plus loin.

— Mes chevilles ont gonflé, dit-il en indiquant ses pieds nus.

Sa peau portait la marque des chaussettes. Effectivement, ses chevilles étaient très enflées.

— Tu as des pieds énormes.

— Je fais du 47 – enfin quand ils ne sont pas gonflés –, je n'ai aucun mérite.

— Même mon père ne fait que du 44.

— Ton père semble être un homme bon et sage.

— Parce qu'il fait du 44 ?

— Absolument. Cela démontre un sens admirable des proportions. Ce dont je suis dépourvu, ajouta-t-il avec une pointe de regret. Mes pieds, tout comme ma conduite, n'ont aucun sens de la mesure.

On ne savait jamais vraiment quand il plaisantait ; tout comme on ne savait jamais si son vocabulaire châtié faisait partie de la plaisanterie ou si c'était juste sa façon de parler.

— Tu penses qu'ils sont liés ?

— Quoi, mes pieds ?

— Non, ta pointure et ton comportement.

— Ah. Tu pourrais avoir mis le doigt sur quelque chose, Miss Inexcelsis.

J'ai désigné l'herbe à côté de lui.

— Ça te dérange si je me joins à toi ?

— Techniquement, tu l'as déjà fait. Ce que tu veux savoir, je pense, c'est si tu peux t'asseoir à côté de moi.

— Tu n'es qu'à une nanoseconde de devenir insupportable.

— Tu vois, j'ai su que tu serais comme ça dès la première fois que je t'ai vue.

— Que je serais comment ?

— Que tu ne te laisserais pas faire.

— Quand tu m'as « lue », c'est ça ?

— C'est du scepticisme ou du sarcasme ?

— Les deux. Mais tu le saurais si tu pouvais me lire.

J'ai laissé tomber mon sac par terre et je me suis assise à côté de lui ; j'ai sorti ma boîte à déjeuner, jaune vif, en forme de tranche de fromage. Je l'avais trouvée d'une ringardise amusante quand je l'avais achetée ; ce jour-là, je la trouvais puérile.

— Alors, tes chevilles ? ai-je demandé en sortant un wrap thon-mayonnaise. Comment ça se fait qu'elles gonflent comme ça ?

— Je me les suis cassées.

— Toutes les deux ? Comment ?

Il a toussé deux fois. J'ai cru que cela annonçait le début d'une de ses quintes de toux, mais non.

— J'ai sauté d'une hauteur incompatible avec la santé des os de mes chevilles, répondit-il en fronçant les sourcils. Des os ou des articulations ? Peu importe, elles se sont cassées. Pour être précis, l'une s'est cassée, l'autre s'est disloquée. En conséquence, il leur arrive de gonfler et, comme tu l'auras remarqué, je boite.

— Pourquoi tu as fait ça ?

— C'est un truc de garçons, répond-il, comme si ce n'était rien. On escalade de grands arbres, on fait du vélo à toute vitesse, on se met au défi de faire des trucs de trompe-la-mort. Inévitablement, on finit par se blesser.

Il ne semblait pas du tout du genre à faire ce genre de choses – c'était le garçon le moins « garçon » que j'avais jamais rencontré –, et j'ai eu l'impression que son explication était en fait une dérobade. Il ne souhaitait pas révéler la véritable histoire.

— Tu as faim ? ai-je demandé après avoir avalé une bouchée de mon wrap.

Mince, c'était le genre de question qu'aurait pu poser ma mère.

— Je vais manger dans une minute.

Il n'avait pas de sac avec lui.

— Est-ce que tu as apporté à déjeuner, au moins ?

— Pas à proprement parler.

— Alors… tu veux un wrap ? J'ai thon-mayonnaise, dis-je en désignant ma boîte en tranche de fromage. Ma mère m'en prépare toujours beaucoup trop.

— C'est très gentil, mais non, merci.

J'ai haussé les épaules et j'ai pris une autre bouchée.

Je me suis rendu compte que le sol était mouillé ; l'humidité pénétrait ma jupe. Je me suis demandé pourquoi il avait choisi de s'asseoir dans l'herbe alors qu'un banc était là tout proche. Et pourquoi il s'était assis à l'écart de tout le monde, d'ailleurs. En dehors de la classe, il jouait les solitaires, mais en cours ça ne le dérangeait pas d'attirer l'attention sur lui. Il en faisait même un point d'honneur, à vrai dire. Voilà encore l'une des choses qui ne collaient pas chez lui. Avant que je puisse lui parler du banc, il a demandé :

— Tu me suivais, la semaine dernière, n'est-ce pas ?

J'ai ri.

— C'était si évident que ça ?

— Qu'espérais-tu établir ?

— *Établir.* Pas mal. Tu sais que Tierney t'appelle l'Homme-Dictionnaire ?

Ce fut son tour de rire.

— J'ai connu de pires insultes.

— Ce que j'aime bien, c'est que je me sens plus intelligente quand je discute avec toi. Ça m'oblige à réfléchir.

— C'est bien de réfléchir. Nous aimons réfléchir.

Ce que j'avais dit était vrai. Lorsque j'étais avec lui, je me sentais plus maligne, plus vive d'esprit, plus spirituelle. Je me sentais plus profonde. Nos conversations étaient détendues, mais quelque chose bouillonnait toujours sous la surface. Un « sous-texte », comme aurait dit Uman.

— Tu ne dis jamais rien d'ennuyeux ou de prévisible.

— Les seuls gens vrais pour moi sont les fous, ceux qui sont fous d'envie de vivre, fous d'envie de parler, d'être sauvés, fous de désir pour tout à la fois, ceux qui ne bâillent jamais et qui ne disent jamais de banalités, mais qui brûlent, brûlent, brûlent.

Je l'ai regardé sans ciller.

— Jack Kerouac, a-t-il dit. C'est un écrivain américain. Très old school.

— Répète ça.

Après qu'il a répété la citation, je l'ai tournée et retournée dans ma tête. *Fous d'envie de vivre... fous de désir pour tout à la fois*. J'aimais cette expression, *fous de désir.*

— Si tu veux la vérité, ai-je dit en léchant de la mayonnaise sur mon pouce, on t'a suivi parce qu'on voulait *établir* l'endroit où tu vivais.

Il massait ses chevilles, et ses bracelets tintaient les uns contre les autres.

Comme il ne répondait pas, j'ai ajouté :

— Vous n'êtes que tous les trois ? Chez toi, je veux dire. Ou est-ce que tu as des frères et sœu...

— Si tu veux bien m'excuser, Gloria, mon déjeuner vient d'arriver.

Un livreur en scooter venait de se garer sur le trottoir, de l'autre côté du portail. Il a coupé le moteur et est descendu.

— M. Padeem ? a-t-il appelé, ouvrant déjà sa caisse. Une trois fromage, une bruschetta, une salade de crudités, un Coca light ?

— Je n'y crois toujours pas que tu aies fait ça, ai-je dit après que nous avions fini de partager ce repas.

— J'imagine que ça va à l'encontre du règlement du collège.

— Se faire livrer des pizzas ? Euh… oui.

— Et tu n'y crois pas, que j'aie fait quelque chose qui enfreigne le règlement ?

— Si, bien sûr que je le crois. Je dis juste que c'est incroyable.

Uman a froncé les sourcils. Il a ouvert la bouche pour parler, puis il s'est arrêté.

— Tu allais encore dire un truc de gros malin, pas vrai ?

— Peut-être bien, répondit-il en faisant l'enfant boudeur.

J'ai ri. Lui aussi.

— J'ai trop mangé, ai-je soupiré.

Nous étions maintenant assis sur le banc, chacun à un bout. Je me suis allongée, posant la main sur mon ventre gonflé et tirant sur ma jupe pour l'empêcher de se relever.

— En plus, je n'aime pas la trois-fromages.

— Tu peux poser tes pieds sur mes genoux, si c'est plus facile, a-t-il proposé.

J'ai relevé la tête pour le regarder.

— Plus facile pour quoi ?

— Pour rien, en fait. Je me suis juste dit que ce serait agréable d'avoir tes pieds sur mes genoux.

— Oh, dans ce cas…

J'ai donné un coup de pied dans le carton de

pizza vide, contre lui. J'ai reposé la tête. J'ai fait semblant de grogner.

— Je te jure que je vais exploser.

— Ou ta tête. Si tu te tournais dans l'autre sens, tu…

— Uman, aucune partie de mon corps ne va reposer sur tes genoux.

— Tu dis ça, Gloria, mais si tu explosais vraiment, il est fort probable que quelques fragments de ton corps atterriraient là. De là à savoir lesquels…

J'ai grogné de nouveau.

— S'il te plaît, ne me fais pas rire. Ça me fait mal au ventre.

Nous avons parlé des règles ; de celles qu'on décide de respecter ou d'ignorer. Il aurait pu s'agir d'une discussion en cours d'éducation civique… sauf que ça n'avait rien d'une discussion en cours d'éducation civique.

— Est-ce que tu es du genre à enfreindre les règles ? a-t-il demandé.

— Dans ma tête, oui.

— Mais pas dans la réalité.

— Non. Enfin, pas souvent. Et pas à ton niveau.

— Pourquoi ça, d'après toi ?

— Je ne sais pas. La peur, probablement. La peur d'avoir des ennuis.

— Et la peur de te faire remarquer ? La peur de sortir du lot ?

— Oui, aussi. En grandissant, je suis devenue moins audacieuse, j'imagine.

Il a toussé. Juste une fois.

— Mon père avait un poster sur le mur de son bureau – un dessin représentant des rangées et des rangées de maisons grises identiques avec des toits gris identiques, avec au milieu une seule maison au toit peint en bandes roses et violettes. Dehors, le propriétaire, qui tient un rouleau et un pot de peinture, est emmené par la police. (Une autre toux. Il lui a fallu un moment pour reprendre son souffle.) Dès que j'ai eu l'âge de comprendre ce dessin, je me suis juré qu'en grandissant, je deviendrais un type avec un toit rose et violet.

J'ai regardé l'heure sur mon téléphone pour voir combien de temps il nous restait avant la fin de la pause. Alors même que nous parlions de transgression, j'avais peur d'arriver en retard en classe.

— Est-ce que tu as toujours été comme ça ? ai-je demandé. Parce que si c'est le cas, je ne comprends pas que tu ne te sois pas fait virer d'une bonne dizaine d'établissements. (Je lui ai donné un petit coup de coude en riant.) C'est peut-être le cas, remarque. C'est peut-être ça, ton grand secret.

— Je n'ai pas toujours été aussi extrême, non.

— Alors pourquoi ? Pourquoi es-tu devenu aussi rebelle ?

Il m'a rendu mon coup de coude.

— On parlait de toi. Comment se fait-il qu'on soit revenu à moi ?

— Parce que tu es un toit à bandes colorées et que je ne suis qu'un bon vieux toit gris bien banal.

— Pas à l'intérieur. À l'intérieur, Gloria, tu es un kaléidoscope de rose et de violet.

Alors que nous retournions en cours, je lui ai dit que, s'il voulait toujours que quelqu'un lui fasse visiter Litchbury, on pourrait se retrouver après les cours.

— Cela signifie-t-il que nous sommes amis ? a-t-il demandé.

— C'est effectivement l'impression que ça donne, ai-je répondu, lui volant une de ses répliques.

Q6
AS-TU COMMENCÉ À AVOIR DES SOUPÇONS SUR LUI ?

Inspectrice Ryan :

Ça a été, le déjeuner ?

Gloria :

Oui, ça allait. Enfin, non. C'était horrible.

Inspectrice Ryan :

(Rire.) C'est l'un des grands avantages du métier, la cantine du commissariat.

Gloria :

Ça fait partie de l'interrogatoire ?

Inspectrice Ryan :

Pas vraiment, mais ça fera l'affaire, en attendant qu'on s'y remette.

Gloria :

(Pas de réponse.)

Inspectrice Ryan :

Bon. Tu es prête à reprendre, Gloria ?

Gloria :

Hum, hum.

Inspectrice Ryan :

L'entretien reprend, à 13 h 33. En présence des mêmes personnes.

Bon, il s'agit toujours de ton histoire, de tes mots, et c'est très bien. Très utile. Mais j'aimerais juste préciser quelques points avant que tu reprennes là où tu t'es arrêtée.

Gloria :

Préciser quoi ?

Inspectrice Ryan :

Il est évident qu'Uman a fait une forte première impression sur toi. Et, bien sûr, il y a tout ce qui s'est passé entre vous depuis, et que nous n'avons pas encore abordé. Mais déjà, j'ai l'impression que… Comment formuler ça ? Qu'Uman était devenu, est devenu, une figure très… importante pour toi. Pas seulement à ce moment-là, au début, mais encore aujourd'hui. Cela te paraît-il juste ?

Gloria :

(Pas de réponse.)

Inspectrice Ryan :

Ce que je veux, Gloria, ce dont je dois être sûre,

c'est que tu comprennes que tu es en sécurité. Il ne peut plus s'approcher de toi maintenant que tu es de retour chez toi. Maintenant que tu es là. Il ne peut pas te faire de mal.

Gloria :

Pourquoi me ferait-il du mal ?

Inspectrice Ryan :

Gloria, écoute-moi, tu comprends, n'est-ce pas ? Uman n'a plus d'emprise sur toi.

Gloria :

Je l'ai toujours compris.

Inspectrice Ryan :

D'accord, laisse-moi formuler ça autrement : t'a-t-il menacée ?

Gloria :

Menacée ?

Inspectrice Ryan :

À propos de ce qui se passerait si tu parlais à la police.

Gloria :

Non. Pourquoi aurait-il fait ça ?

Inspectrice Ryan :

Parce que… Écoute, dans ce genre de situation, un lien peut se former entre les deux personnes impliquées ; une affinité, mais aussi une sorte de dépendance émotionnelle, ou ce que l'on appelle une « identification empathique ». Mais voilà le problème, Gloria, je n'arrive pas à savoir si tu essaies de le protéger à cause d'un sentiment factice d'attachement ou de loyauté, ou parce que tu as peur de lui.

Gloria :

Combien de fois je dois vous le dire ? Il ne m'a pas enlevée. Je n'étais pas son otage.

Inspectrice Ryan :

À proprement parler, non, en effet. Mais…

Gloria :

Je peux vous poser une question, inspectrice Ryan ?

Inspectrice Ryan :

Oui. Oui, bien sûr.

Gloria :

Si vous avez déjà décidé comment les choses se sont passées entre nous, pourquoi voulez-vous que je vous raconte tout ça ?

Inspectrice Ryan :

Je n'ai pas déjà… Très bien, laisse-moi te poser une question, et ensuite je me tairai et tu pourras continuer à me raconter les choses à ta façon. Lors de cette première semaine après ta rencontre avec Uman, as-tu commencé à avoir des soupçons sur lui ? Des doutes ? Sur son histoire ?

Gloria :

Comment ça ?

Inspectrice Ryan :

Son passé, sa famille. Le garçon riche s'installant à Litchbury à cause du super-job de son père. Tuant le temps au collège public du coin en attendant sa rentrée dans un nouveau pensionnat.

Mme Ellis :

C'est un collège privé, pas public.

Inspectrice Ryan :

Merci, madame Ellis. Alors, Gloria ? T'étais-tu rendu compte que quelque chose clochait chez lui ? Et aussi son comportement avec les profs, qui le laissaient faire tout ce qu'il voulait. Cela avait éveillé ta curiosité, non ? Je suis sûre que si. Tu l'as interrogé à ce sujet après le cours d'éducation religieuse.

Gloria :

Il était dans un endroit nouveau, où personne ne le connaissait. Il avait l'occasion de changer l'image qu'on avait de lui.

Inspectrice Ryan :

Mais c'était plus que ça. Tu le sais, maintenant.

Gloria :

Je ne le savais pas à l'époque. Pas au début.

Inspectrice Ryan :

Et sa façon de se comporter avec toi ? Est-ce que les garçons te draguent comme ça, d'ordinaire ?

Gloria :

Non. Mais d'ordinaire, les garçons ne ressemblent pas à Uman, ne parlent pas comme lui, ne pensent pas comme lui, et ne font rien qui m'intéresse même de loin. Et puis il ne me « draguait » pas.

Inspectrice Ryan :

Je crois que tu as utilisé l'expression « s'accrocher » à toi.

Gloria :

On s'accrochait l'un à l'autre. Et de toute manière, il ne m'a pas forcée à ressentir ce que je ressentais pour lui. Il ne m'a pas forcée à faire ce qu'on a fait. Il n'avait pas d'emprise sur moi.

Inspectrice Ryan :

C'est ce que tu crois ? Honnêtement ?

Gloria :

Pff.

Inspectrice Ryan :

Il ne t'est jamais venu à l'idée qu'Uman pouvait te manipuler ?

Gloria :

Non. Parce que ce n'était pas le cas.

Inspectrice Ryan :

Parfois, ça peut être tellement subtil que…

Gloria :

Uman n'était pas particulièrement subtil quant au fait qu'il voulait passer du temps avec moi.

Inspectrice Ryan :

Ah non ?

Gloria :

Dès le premier jour, il m'a sorti un truc du genre : « Hé, Gloria, on est faits l'un pour l'autre. »

Inspectrice Ryan :

Puis il disparaît pendant trois jours. Et à son retour, il prend ses distances, il te laisse de l'espace. Il te laisse prendre les choses en main. Puis il se remet à flirter avec toi. À te montrer de l'intérêt, à traîner avec toi, bref, à te ramener vers lui. Sauf qu'il est tellement doué que tu ne t'en rends même pas compte.

Gloria :

Je me fiche de ce que vous pensez. Il ne m'a pas tendu un piège, et il ne m'a pas manipulée. Ce n'était pas comme ça.

Inspectrice Ryan :

OK, Gloria, alors dis-moi : c'était comment ?

Q7
LES PIERRES PENDUES : QUE S'EST-IL PASSÉ, LÀ-HAUT ?

Nous sommes descendus jusqu'à la rivière en traversant le parc, la passerelle menant au bois de jacinthes, puis sommes revenus par le vieux pont en pierre, près du pub le Waterman's Arms. Il faisait bon cet après-midi-là ; les gens étaient assis dehors, buvant, mangeant des glaces ou des cornets de frites achetés au kiosque à côté du pub. Deux gamins donnaient du pain aux canards sur la bande de boue qu'on appelait « la plage » quand j'étais petite.

— Je construisais des châteaux de boue ici avec mon frère, ai-je dit.

Nous les avons observés, comme si ces enfants jouaient le rôle d'Ivan et moi dans une mise en scène de mon enfance créée spécialement pour Uman.

— Je ne savais pas que tu avais un frère, a-t-il dit.

— Ivan. Il a dix-neuf ans. (Je lui ai expliqué l'origine de son prénom.) À vrai dire, il a les cheveux plus longs que toi. Et il se laisse pousser la barbe. (J'ai mimé une grosse barbe.) Il est à Londres, à la fac.

J'ai commencé à lui en dire plus sur Ivan, qu'il était mon meilleur ami quand nous étions petits (quand on ne se disputait pas) et qu'il me manquait depuis qu'il avait quitté la maison en septembre. Mais j'ai eu l'impression qu'Uman ne m'écoutait pas vraiment ; ou plutôt, qu'il n'avait pas envie d'entendre ça. Il a gardé le silence pendant un petit moment, ensuite.

Nous nous sommes dirigés vers le centre-ville. Je lui ai montré les ruines du fort romain (un monticule herbeux, un mur écroulé, un panneau d'information), la vieille église, le kiosque à musique, le café le plus célèbre de Litchbury, où l'on doit faire la queue pendant une heure pour payer trop cher un sandwich sans croûte de la taille d'un sous-bock. Uman n'a pas retrouvé sa bonne humeur jusqu'à ce que nous gravissions la lande qui surplombe la ville. Alors que je pointais du doigt les anciennes gravures sur pierre, lui racontais des histoires de gens enlevés par des ovnis, de rencontres avec des créatures mythiques, il est redevenu lui-même. Intéressé, bavard. Drôle. *Où étais-tu passé à l'instant ?* avais-je envie de lui demander. Mais je ne voulais pas prendre le risque de gâcher l'ambiance, de le perdre de nouveau.

— Il y a un cercle de pierres là-haut, ai-je dit.

— Sérieusement ? Il faut que je voie ça.

— Mais c'est une longue marche. Et il y aura de la boue, on risque de salir nos chaussures.

Il a haussé un sourcil. J'ai souri, un peu penaude.

— Je ne suis pas très rose et violet, hein ?

Arrivés au Douze Disciples, nous nous sommes assis contre des pierres et avons bu les boissons et mangé le chocolat que nous avions achetés en ville. Je me suis excusée pour les pierres – un cercle de rochers trapus, tachés de lichen, ne dépassant pas un mètre de hauteur, disposé dans de l'herbe négligée et entouré de lande courte et carbonisée.

— Ce n'est pas vraiment Stonehenge, ai-je admis.

— C'est mieux, a-t-il dit en désignant le cercle et la lande d'un grand geste de la main. Déjà, pas de bus de touristes prenant des photos. Rien que toi, moi, et les pierres. Je peux imaginer une horde d'hommes du néolithique en peaux de bêtes procédant à un sacrifice rituel ici. Une chèvre. Ou une vierge. Ou une chèvre vierge. À moins que ce ne soit à l'âge du bronze ? C'est authentique. Il y a une atmosphère. Un magnétisme. Tu ne le sens pas ? Je parie que nos montres se sont arrêtées.

— Je n'ai pas de montre. Je me sers de mon téléphone pour avoir l'heure.

— Moi aussi. Mais je parie qu'ils ne marchent plus.

Nous avons vérifié. Ils fonctionnaient très bien.

— Je n'ai qu'une barre de réseau sur le mien, cependant, a-t-il annoncé en me montrant son écran. Je te l'avais bien dit : le magnétisme. Nous sommes assis sur un champ de forces, ici, entourés d'un réseau de lignes invisibles et de trucs anciens. Je doute que nous puissions plus jamais passer les portails de sécurité des aéroports sans déclencher l'alarme. Ni avoir des bébés.

Je buvais une gorgée d'eau quand il a dit ça. Je l'ai recrachée par le nez.

Depuis les Douze Disciples, nous sommes partis pour les Pierres pendues. Le dernier arrêt de la visite guidée.

Sur un chemin caillouteux, à travers les tourbières, les herbes à coton et les myrtilles, je lui ai dit quelque chose que j'avais envie de lui dire depuis le premier jour.

— Je te dois des excuses, lâchai-je dans la brise.

— Pourquoi ?

Nous marchions l'un derrière l'autre sur le sentier étroit. J'ouvrais la marche, de sorte que je l'entendais – ses pas, sa respiration irrégulière, sa voix –, mais je ne le voyais pas. Cela me convenait très bien. Je me sentais moins gênée. Je pouvais presque imaginer que je parlais toute seule.

— Ce que tu as dit lundi, pendant l'intercours. Sur le fait que j'étais malheureuse. Tu avais raison.

— Et pourquoi cela mérite-t-il des excuses ?

— J'ai menti. Je t'ai dit que ce n'était pas vrai. Je me suis même énervée contre toi.

— Si quelqu'un doit s'excuser, c'est moi.

— Toi ? Pourquoi ?

— Pour avoir eu la prétention de te dire des choses sur toi. C'était arrogant. Indiscret.

S'en était-il rendu compte lui-même ou le lui avais-je dit sur le coup ? Je n'arrivais pas à m'en souvenir. Mais j'appréciais qu'il le reconnaisse.

— On est tous les deux désolés, alors ?

— Marché conclu.

Le bruit de nos pas sur le sentier a effrayé un oiseau qui s'est envolé des broussailles devant nous. Il a volé vite et bas, dans un éclair de marron et de rouge et un claquement d'ailes, avant de se poser un peu plus loin en poussant un cri rauque qui ressemblait à un avertissement : *par-tez*, *par-tez*, *par-tez*.

— Qu'est-ce que c'est que ça ? a demandé Uman. Un phénix ?

— Une grouse. Et c'est un mâle.

— Je ne crois pas qu'il y en ait dans le Berkshire. À part dans les assiettes, bien sûr.

— J'imagine que votre cuisinière en garde quelques-unes dans le garde-manger au cas où vous seriez à court de gibier.

— Je l'ignore. Je ne fraie pas avec les domestiques. Pas depuis que le sous-jardinier a roulé sur un arceau de croquet avec la tondeuse à gazon juste avant une partie importante.

Nous étions parvenus à une descente raide et ni lui et ni moi n'avons parlé, nous concentrant pour garder l'équilibre. Quand le sol est redevenu plat, j'ai repris le fil de la conversation.

— Je me demande ce que tu as vu sur mon visage ce matin-là. Ne ris pas, mais je suis allée aux toilettes un peu plus tard et je me suis regardée dans le miroir pour voir si j'avais quelque chose.

— Et qu'est-ce que tu as vu ?

— Surtout de l'acné. Si j'avais relié les boutons, est-ce que j'aurais pu lire « SUIS-JE MALHEUREUSE ? »

Il a ri.

— Ce n'est pas visible à l'œil nu.

— Qu'est-ce que c'est, alors ? Mon aura ?

— Je ne peux pas l'expliquer. J'ai juste reconnu quelque chose en toi.

— Je ne suis pas déprimée, ni rien. Ce n'est pas si grave que ça.

Je lui ai parlé de mes moments « tsunami ».

— Tout est toujours pareil, ai-je poursuivi. Les amis, la maison, le collège. J'aimais bien le collège, avant. Mais ces derniers temps, je n'ai plus le goût à rien.

Il m'écoutait en silence.

— Je parle comme une gamine gâtée et boudeuse, c'est ça ?

— Non.

— Tu sais la vérité, Uman ? Ce dont j'ai vraiment marre ?

— De toi-même, répondit-il simplement.

— Oui. Oui ! Mais comment tu le sais ? Et si tu me réponds que tu « lis » les gens…

— Je te l'ai déjà raconté ?

J'ai ri.

— Non, mais sérieusement. Quelles bonnes raisons j'ai pour en avoir marre ?

— La tristesse n'est pas un choix rationnel. Pas plus que le bonheur. Tu ne peux pas décider de ne pas être malheureuse, pas plus que tu peux décider de ne plus être fatiguée alors que tu as mal dormi.

Est-ce que c'était vrai ? J'en avais l'impression.

Le chemin s'était élargi, et nous marchions côte à côte. Son boitement avait empiré. Sa respiration aussi.

— Ça va ? ai-je demandé.

— Pas vraiment. Mais en tant que garçon, je ne peux pas l'admettre, alors s'il te plaît, ne me pose plus la question.

— On est presque arrivés aux Pierres pendues.

— Dans ce cas, malgré la douleur, j'endurerai le trajet sans plainte, sans apitoiement, et sans mélodrame. (Il a eu une toux affreuse.) Si je ne m'en sors pas, enterre-moi juste à l'endroit où je serai tombé.

J'ai résumé tout ça. L'inspectrice Ryan ne veut pas connaître tous les détails – *le temps passe, Gloria* – et je ne suis pas encore arrivée à ce qu'elle considère comme « le début ». Pourtant, ça a commencé là-bas, en réalité. Les événements dont elle veut que je lui parle démarrent ce jour-là : la pizza partagée près du grillage du collège ; la visite guidée de Litchbury ; la randonnée sur la lande ; les Pierres pendues.

Les graines étaient semées. Les dés étaient jetés. Quel que soit le cliché qu'elle préfère.

— Alors tes sentiments pour Uman se sont cristallisés ce jour-là ? demande-t-elle.

— Oui. Je l'aimais bien. C'était agréable d'être avec lui.

— Éprouvait-il la même chose à ton égard ?

— Je ne sais pas. Il faudrait lui poser la question.

Mais bien sûr, elle ne peut rien lui demander. Ma réponse nous plonge dans le silence. Le désir de savoir où il est, de découvrir ce qui lui est arrivé – de le revoir – remonte si brutalement à la surface que je dois me retenir de crier son nom. J'ai du mal à croire que, si je me lève, que je traverse la pièce et que j'ouvre la porte, il ne sera pas là, avec son sourire de travers. Je tends la main vers mon verre d'eau, mais elle tremble tellement que je n'ose pas saisir le gobelet.

— Tu as besoin de faire une pause ? me demande l'inspectrice.

Comme je secoue la tête, elle m'observe un moment.

— Les Pierres pendues : que s'est-il passé, là-haut ?

— Est-ce qu'on pendait des gens là-haut au temps jadis ? a demandé Uman.

— Non, ça vient de la façon dont les rochers donnent l'impression qu'ils sont pendus au flanc de la lande.

Les énormes blocs de roche avaient été déposés sur la colline par un glacier au cours de la dernière période glaciaire, lui expliquai-je. D'à peu près n'importe où en ville, on pouvait les voir se découper sur l'horizon, au sud. Des gros blocs gris perchés (en équilibre en apparence précaire) sur une bande verte de lande, de fougères et d'herbe tondue par les moutons. J'adorais cet endroit depuis que j'étais assez grande pour crapahuter à la base des rochers avec mon frère pendant les pique-niques en famille. À la maison, il y a une photo d'Ivan et moi essayant de pousser l'un des rochers sur la pente. On dirait deux souris sur lesquelles un éléphant s'apprêterait à s'asseoir. Derrière les rochers se trouve une carrière désaffectée où les gens de l'époque victorienne ont extrait la pierre pour bâtir la majeure partie de Litchbury. Nous avions étudié ça en géographie, lui ai-je raconté. Ou en histoire.

— Parfois, je viens ici avec Tierney pour regarder les gens qui font de l'escalade.

Ils étaient nombreux quand nous étions arrivés ce jour-là, travaillant par groupes de deux sur différentes parois de la cuvette en forme de U, leurs tenues en lycra, leurs casques et leurs cordes synthétiques barbouillant de couleurs vives le gris de la roche. Ils grimpaient en silence, rompu seulement par le tintement d'un piton s'enfonçant dans une crevasse, ou le bruissement d'une corde se détendant, ou, à l'occasion, l'écho d'une instruction. Ils avaient attiré un petit public de randonneurs et de promeneurs de chiens. Mais pour une fois, les alpinistes ne formaient pas la seule attraction. Un type avait fixé un fil au-dessus de la bouche de l'ancienne carrière et se préparait à marcher dessus. À vingt-cinq mètres au-dessus du sol. Peut-être trente.

Assez haut pour se tuer, s'il tombait.

— Waouh, regarde-le, ai-je soufflé.

À côté de moi, Uman, qui reprenait toujours son souffle après notre marche, n'a rien dit. Mais j'ai senti qu'il se tendait. Je n'aurais su dire si c'était par peur ou par excitation, ou les deux.

La carrière formait un parfait théâtre, et nous étions placés dans le cercle supérieur. Des fragments de nuages s'amassaient au-dessus de nous, comme si eux aussi voulaient assister au spectacle. Alors que nous nous rapprochions du bord pour mieux voir, le type a tendu la jambe et tapoté le fil avec son pied, comme s'il entrait dans son bain et voulait s'assurer que l'eau n'était pas trop chaude. Ses cheveux courts, blond foncé, et ses avant-bras pâles étincelaient dans la lumière de la fin d'après-midi et la brise faisait onduler son tee-shirt rouge. Aussi mince qu'un danseur de ballet, il semblait avoir une vingtaine d'années.

Pas de filet de sécurité. Pas de perche. Pas de casque. Pas même un harnais le rattachant au fil.

J'ai commencé à le dire à Uman, mais il a hoché la tête, me signifiant qu'il l'avait remarqué. Si ce type perdait l'équilibre, il tomberait et mourrait.

— Je ne peux pas regarder, ai-je murmuré.

Mais je ne pouvais pas ne pas regarder.

Contre la pente de la lande, en arrière-plan, le fil était presque invisible et, pendant un moment déroutant, il a semblé marcher sur l'air. Il progressait lentement, mais sûrement. Un pas après l'autre, sur la pointe des pieds, les bras tendus sur les côtés, les doigts écartés qui remuaient comme les plumes au bout des ailes d'un faucon. Sous lui, le fil tremblait et se balançait de temps en temps, et il s'arrêtait, parfaitement calme et immobile, attendant qu'il se stabilise. Un groupe de spectateurs s'étaient rassemblés en haut du chemin menant à la carrière et d'autres étaient éparpillés plus haut, autour des affleurements rocheux. Les alpinistes s'étaient eux aussi figés pour le regarder.

Personne ne bougeait ni ne parlait. Comme si nous retenions tous notre souffle. Fascinés. Terrifiés.

Je me rappelle avoir pensé. *S'il vous plaît, faites que quelqu'un l'arrête.* Et en même temps, je n'avais pas envie qu'il arrête.

De toute façon, c'était trop tard. Il allait traverser. Ou pas.

Je n'ai pas du tout le vertige. Sur le mur d'escalade, au collège, j'arrive au sommet et je redescends avant que la plupart des autres soient arrivés à mi-parcours. Mais regarder ça... J'avais le ventre noué, la peau moite, la bouche remplie du goût métallique de l'adrénaline.

Je l'ai imaginé perdre l'équilibre, chuter. J'ai entendu l'impact. Je l'ai vu allongé là, sur le sol rocheux, poussiéreux, mannequin brisé dans une flaque de sang grandissante.

Mais il a réussi.

Il a *réussi.*

Quatre-vingt-seize pas. Je les ai comptés. Chancelant à peine, il est parvenu de l'autre côté, accueilli par un tonnerre d'applaudissements, de sifflements et d'acclamations du public, et une bouffée de soulagement collectif si immense que j'ai été surprise que nous ne nous soyons pas tous pris dans nos bras. Au sommet d'un rocher escarpé, l'équilibriste a fait une révérence théâtrale. A agité la main. Souri. Envoyé des baisers.

Puis, comme si de rien n'était, il a ramassé ses affaires, et il est parti.

J'avais encore les mains qui tremblaient. Uman ne s'arrêtait plus de sourire. Il avait les yeux tellement brillants qu'on aurait dit qu'il avait pleuré. Il ne cessait de me remercier, comme si j'avais tout organisé pour lui. Même après que le type était parti, Uman est resté un temps fou au bord de la carrière, les yeux rivés sur l'endroit où le fil avait été tendu, comme s'il assistait de nouveau à la performance.

Les jours suivants, un changement s'est emparé d'Uman.

Il venait toujours au collège, ou pas ; il séchait les cours, ou pas ; il était attentif en classe, ou pas – sur un coup de tête. Les barrières d'insolence qu'il avait érigées entre les professeurs et lui étaient toujours en place : il continuait de défier et de désobéir. D'enfreindre les règles. Comme toujours, ils lui laissaient tout passer. Mais cela ne semblait plus l'intéresser. On aurait dit qu'il continuait de se comporter ainsi par simple habitude.

Il n'en a pas reparlé, mais je sentais que cette transformation trouvait son origine dans la scène à laquelle nous avions assisté aux Pierres pendues. S'il avait su marcher sur un fil, je suis sûre qu'il y serait retourné pour tenter le coup.

Moi aussi, j'avais changé. Je passais moins de temps avec mes amies, plus avec lui ; au collège (quand il était là) et en dehors. J'ai arrêté d'aller chez Tierney en fin de journée ; au lieu de ça, j'allais en ville avec lui. Il aimait faire le tour des magasins d'occasions à but caritatif avec moi, chercher du bric-à-brac à transformer en bijoux, ou descendre au parc, au bord de la rivière. Un après-midi, nous avons acheté un barbecue jetable, nous avons fait cuire des saucisses sur la rive et nous avons pataugé dans l'eau, tout habillés. Rien que nous. Une autre fois, nous sommes allés à Leeds et sommes entrés au bluff dans une salle de cinéma pour voir un film interdit aux moins de 18 ans. Dans la lutte entre le refus de la caissière de nous laisser entrer et le refus d'Uman de se voir refuser l'admission, il ne pouvait y avoir qu'un vainqueur. Surtout après qu'elle lui a demandé une pièce d'identité et qu'il s'est lancé dans un monologue sur les concepts cartésiens « d'identité », ce qui lui a sans doute fait regretter de ne pas avoir été assignée au comptoir des confiseries ce jour-là.

C'était la première fois que je séchais un cours pour être avec lui. Le cours de techno, en dernière heure, un mercredi. Filer en douce avait été grisant. Étonnamment facile, aussi. J'ai pris conscience que certaines règles – « tu ne quitteras pas le collège en plein milieu de l'après-midi », par exemple – étaient efficaces non parce qu'on les faisait activement respecter, mais parce que ceux qui les édictaient supposaient que personne n'oserait les enfreindre.

L'inspectrice Ryan hocha la tête, comme si elle pensait la même chose.

Dans le train pour Leeds, Uman et moi avons fait semblant de parler allemand pour que le contrôleur ne se rende pas compte que nous étions deux collégiens en train de sécher. Je crois que je n'avais jamais autant ri.

Un autre après-midi, nous sommes juste restés

au Caffè Nero à discuter. De quoi, je n'en ai aucune idée. Je me souviens juste d'avoir parlé, parlé, parlé.

Tierney ne l'a pas bien pris.

— Ce n'est pas parce que tu l'aimes bien que tu dois arrêter de bien m'aimer.

— Je n'ai pas arrêté de bien t'aimer, Tier.

Nous allions au collège, comme d'habitude, par le chemin où Uman nous avait piégées.

— Tu ne t'assieds plus à côté de moi en classe, sauf si Uman n'est pas là. Tu ne traînes plus avec moi après les cours. Tu ne m'envoies plus de messages et tu ne réponds plus aux miens.

— Si, je te réponds.

— Et si je t'appelle, je tombe directement sur ta messagerie. (Elle a fait claquer sa langue puis a soupiré.) Est-ce que tu vas encore sur Twitter, au moins ?

En vérité, cela faisait des jours que je n'avais pas allumé mon iPad, à part pour faire mes devoirs, et je regardais à peine mon téléphone.

— Je suis en train de passer du temps avec toi, là.

Ce fut tout ce que je trouvai à dire.

— Tu passes du temps avec moi ? On marche juste ensemble pour aller au collège !

Elle a brusquement fait passer son sac à dos d'une épaule à l'autre ; j'ai eu l'impression qu'elle avait surtout envie de me l'envoyer en pleine tête.

— C'était pareil quand tu as commencé à voir Nathan, ai-je dit. Pendant environ un mois, on aurait dit que je n'existais plus.

— C'est pas vrai !

Ça va paraître mesquin, mais j'appréciais ce retournement de situation. Depuis que nous étions amies, Tierney était la plus mignonne, la plus jolie, la plus populaire, la plus sûre d'elle, celle qui menait la danse dans notre relation.

Pour une fois, c'était agréable de ne pas être celle qui était en demande.

— Tu te rends bien compte que lorsqu'il se lassera de toi tu pleureras de la morve sur mon épaule et tu me demanderas de recoller les morceaux.

— Euh, des morceaux de morve ou des morceaux d'épaule ?

Elle m'a regardée.

— C'est pas vrai, tu te mets même à parler comme lui.

Les professeurs aussi ont remarqué que j'avais changé. Un jour, M. Brunt m'a demandé de rester un moment après la fin de l'appel. Uman a mimé un funambule quand il est sorti avec les autres. Je n'ai pas pu m'empêcher de rire, mais Brunt classait ses papiers et n'a rien remarqué. Pour Uman et moi, le funambule des Pierres pendues, c'était comme Jack Kerouac et l'homme au toit coloré. Un symbole d'anticonformisme, d'une folle envie de vivre.

— Bon, je sais qu'il ne s'agit pas de votre meilleure année, Lory, a dit M. Brunt en ajustant le nœud de sa cravate marron, comme il le fait toujours quand il est nerveux (c'est-à-dire quand il parle à une fille). Depuis Noël, en particulier, vos… ah, vos notes baissent. Vous n'avez pas besoin que je vous le dise.

Alors pourquoi me le dire ? Voilà ce qu'Uman aurait répondu, mais je me suis contentée de le penser.

Nous avions déjà eu quelques petites entrevues auparavant, en décembre, puis avant Pâques, alors que mes notes chutaient déjà et que les commentaires commençaient à s'accumuler dans mon carnet. Mais cette fois, cela semblait plus sérieux, plus urgent.

Maman m'interrompt.

— Pourquoi ne suis-je pas au courant de tout ça ?

— Je n'en ai pas la moindre idée, réponds-je en regardant l'inspectrice Ryan.

— Qu'est-ce que ça veut dire ? insiste-t-elle.

— Si tu m'avais posé des questions sur le collège, ou si tu avais carrément regardé mon carnet quand tu le signais, ou pris la peine de venir à une réunion parents-profs…

— Nous nous éloignons du sujet, intervient l'inspectrice Ryan. Gloria, madame Ellis, nous ne sommes pas là pour ça.

Pourtant, si, d'une certaine manière. Mais elle ne comprend toujours pas ça. Aucune des deux ne le comprend.

Retour à Brunt. Il ne jouait pas l'oncle inquiet cette fois-ci ; il aurait tout aussi bien pu s'adresser à Callum Rudd ou à Jordan Mackay, qui passaient plus de temps en retenue qu'en classe.

Mais moi, je suis une gentille fille, aurais-je voulu dire. Était-ce encore vrai ?

Je ne parle pas de mon comportement, mais de mon travail, de mon (manque d') enthousiasme. Cette année de troisième, je m'étais laissé porter, ne fournissant que cinquante pour cent d'effort ; depuis l'entrée en scène d'Uman, c'était à peine si j'en faisais. Tout comme j'avais imaginé un tsunami emportant les maisons que je voyais des fenêtres de ma chambre, en cours, je passais mon temps à imaginer qu'un avion s'écrasait sur le collège.

— D'après Mme Sprake, vous avez manqué le cours d'anglais, hier. Mercredi, c'était la techno. Qu'avez-vous fait pendant ce temps, vous étiez cachée quelque part ? Vous êtes sortie de l'établissement ?

Pour toute réponse, j'ai haussé les épaules. De près, il sentait si fort les toasts, le café et la mousse à raser que je pouvais l'imaginer chez lui, vaquant à ses préparatifs matinaux. Son regard s'est posé, comme toujours, sur mon menton. Évitement des yeux ; évitement des seins. Quand il parle à Tierney, il regarde la fenêtre, le mur, le plafond.

— Vous arrivez en retard en classe, poursuivit-il. Vous ne rendez pas vos devoirs dans les délais, et quand vous le faites ils sont largement en dessous de vos... ah, de vos capacités.

Je restais assise en face de lui sans rien dire. Il n'y avait rien à dire. Il n'avait pas demandé d'explication ; il exposait simplement les preuves.

Puis, il m'a demandé de m'expliquer.

— C'est le nouveau ?

— Comment ça, le nouveau, monsieur ?

Comme un téléphone qui reçoit mal, il a commencé à ramer.

— Ces deux dernières semaines… depuis qu'il… les choses ont empiré, vous ne croyez pas ? Votre décrochage.

— Vous pensez que c'est la faute d'Uman ?

Il s'est penché en avant, les coudes sur le bord du bureau, les doigts entremêlés.

— Lory, vous semblez être… depuis qu'Uman nous a rejoints, vous semblez être tombée… être, ah, sous sa coupe.

Sous sa coupe. Elle existait vraiment, cette expression ?

— Je suis capable de décider par moi-même, monsieur.

— Oui, oui, bien entendu. Je dis juste… j'essaie juste de remonter à la source, pour ainsi dire.

Nous avons tourné en rond pendant quelques minutes. J'ai dit la même chose que d'habitude : oui monsieur, non monsieur, désolée monsieur, je vais faire des efforts à partir de maintenant monsieur. Pourtant, pendant tout ce temps, il y a quelque chose que je n'ai pas dit.

À quoi bon, monsieur ?

Jour après jour, année après année, on va à l'école pour apprendre des choses afin de passer des examens, et on nous donne des bouts de papier qui attestent qu'on a appris tous ces trucs (dont on oubliera la plupart ou dont on n'aura jamais besoin), et puis ces bouts de papier nous permettent d'entrer à l'université où on apprend encore plus de trucs, où on obtient encore plus de bouts de papier, dont on se sert pour trouver un travail dont on ne veut pas et qui ne nous plaira pas, et on travaillera jour après jour, année après année, pour gagner assez d'argent afin d'acheter une maison qui ne nous plaira pas (ou qui nous plaira, mais qu'on ne pourra pas vraiment se permettre), qui ressemblera à toutes les autres maisons, dans une ville pleine de gens exactement comme nous, qui vivent des vies comme la nôtre, avec un mari et deux enfants qu'on élèvera pour qu'ils fassent exactement la même chose de leur vie, pendant qu'on vieillira et vieillira puis qu'on mourra.

Et en poussant notre dernier soupir, on murmurera : *C'est tout ? C'est pour ça qu'on est là ?*

Uman ne m'a pas fait penser comme ça. Il m'a permis de me rendre compte que je pensais déjà comme ça.

Uman ne m'a pas fait faire ce que j'ai fait. Il m'a permis de me rendre compte que j'avais envie de le faire.

Q8
POURQUOI T'A-T-IL MENTI, SELON TOI ?

Un vendredi soir, après dîner, j'étais dans ma chambre quand maman m'a appelée depuis le bas de l'escalier.

— Lor, il y a quelqu'un pour toi !

Il était dans le couloir, portant un sweat à capuche rose vif siglé d'une Barbie fumant un joint. Uman Padeem était chez nous. Et il parlait à ma mère.

— Sa-salut.

Je me suis agrippée à la rampe en descendant les dernières marches. Je n'aurais pas su dire ce qui me dérangeait le plus : qu'il fasse la connaissance de ma mère, ou qu'elle fasse la sienne.

— Oman me disait…

— C'est Uman, dis-je. *Oumaan.*

— Oh, désolée, Oman.

J'ai soupiré.

— Ça se prononce…

— C'est presque ça, madame Ellis, a-t-il dit.

— Appelle-moi Liz, je t'en prie.

Elle arborait son sourire figé, une expression qui semblait dire « je ne sais pas quoi penser de ce jeune homme, mais je vais essayer d'être aimable », avec une touche de « hum, je me demande si c'est le petit ami de Lor ».

— Tu veux monter ? ai-je proposé à Uman.

— Oman m'a dit que vous travailliez ensemble sur un projet d'histoire.

Je lui ai jeté un coup d'œil, puis j'ai regardé maman.

— Oui, c'est ça.

Le silence gêné n'a sans doute duré que quelques secondes, mais il m'a paru plus long, comme si nous attendions tous que quelqu'un nous dise quoi faire ensuite.

— Bien, je vous laisse alors, a-t-elle dit. Servez-vous de biscuits.

— Merci, a répondu Uman. Mais en fait je suis un vampire, je ne mange pas d'aliments normaux.

Elle a poussé un drôle de petit rire.

— Bien… C'est un plaisir de te rencontrer, Oman.

— Qu'est-ce que tu *fous* là ?

Nous étions dans ma chambre. J'avais fermé la porte et m'en étais aussitôt prise à lui.

— Je voulais me familiariser avec ta situation domestique.

— Comment tu sais où j'habite, d'abord ?

— Tu m'as montré le chemin pour aller chez toi la fois où tu m'as suivi. J'ai simplement frappé à quelques portes avant de trouver la bonne.

J'ai plaqué mes deux mains sur mon visage.

— Je n'en reviens pas que tu aies parlé à ma mère.

— Elle m'a ouvert la porte. Que voulais-tu que je fasse ? Du mime ?

— Et c'était quoi, cette histoire de vampire ?

— Je lâche des trucs stupides quand je suis nerveux. Et aussi quand je ne le suis pas, à vrai dire, a-t-il ajouté en riant. Tu ne vas pas m'inviter à m'asseoir ?

Nous étions plantés au milieu de ma chambre, et il prenait garde à ne pas se cogner la tête contre l'abat-jour. Je lui ai désigné mon fauteuil de bureau.

— Tu aurais pu me prévenir que tu allais passer, ai-je dit en m'asseyant en tailleur au bout de mon lit.

— La spontanéité. On aime la spontanéité, je te rappelle. Jolie chambre, au fait.

J'ai la plus petite des trois chambres de la maison, avec un plafond incliné, une alcôve garnie d'une penderie et d'étagères, et un meuble faisant à la fois office de bureau, de coiffeuse et de commode. Le fauteuil a été acheté d'occasion ; il ne faut pas trop bouger quand on est assis dessus, sinon on finit avec le menton sur le bureau.

— La chambre d'Ivan est cinquante fois plus grande. À peu près. Mais elle ne sert que quand il rentre de la fac, pendant les vacances.

— Ton frère barbu aux cheveux longs.

— C'est ça, ai-je répondu en souriant. Vous vous entendriez bien, tous les deux.

Mais je n'en étais pas vraiment sûre. Ils se ressemblaient trop.

Il a simplement hoché la tête, sans se prononcer.

Uman dans ma chambre. C'était vraiment bizarre. Mais dans le bon sens du terme.

— La tête de ma mère, tout à l'heure.

J'ai souri et me suis appuyée contre la tête de lit.

— J'hallucine, ou est-ce que la chambre vient de devenir plus grande ? a-t-il demandé en regardant le plafond.

— C'est le fauteuil. Il y a une manette en dessous.

— Dommage. J'aurais bien aimé que ce soit ta chambre.

Il a tellement relevé le siège que ses pieds ne touchaient plus le sol, puis il a pivoté jusqu'à me tourner le dos.

— Gloria ? a-t-il lancé en tapotant le mur, comme s'il cherchait une porte dérobée. Gloria, où es-tu passée ?

La nuit tombait quand il est parti. Je l'ai fait sortir discrètement sans que mes parents s'en rendent compte. Au bout de l'allée, cachés par la haie de sapins, nous nous sommes dit au revoir.

J'ai cru qu'il allait m'embrasser. C'était la première fois que j'y pensais et je n'étais pas sûre d'en avoir envie ; je ne savais pas non plus si j'étais déçue qu'il ne l'ait pas fait.

Nous nous tenions sous un lampadaire qui nous faisait la peau jaune. Des papillons de nuit zigzaguaient et tourbillonnaient au-dessus de nous, dans la lumière vaporeuse, comme s'ils se mettaient au défi de se poser sur nos têtes.

— On se voit demain ? a-t-il demandé. J'ai besoin de te montrer quelque chose.

Il a refusé de dire quoi, car cela aurait gâché la surprise. Je ne me suis demandé qu'après son départ pourquoi il avait dit « j'ai besoin » plutôt que « je veux ».

Le samedi matin, il m'attendait devant le supermarché sur Leeds Road. Il portait toujours son sweat à capuche Barbie et était assis sur le dossier d'un banc, les pieds sur le siège. Il lisait le roman qu'il m'avait emprunté la veille, dans ma chambre. C'était le titre – *Existence* – qui l'avait attiré.

— Où on va ? ai-je demandé.

Il a baissé le livre au son de ma voix.

— J'ai souvent pensé la même chose, a-t-il dit en se touchant la poitrine. Qu'à l'intérieur, je ne suis pas ce que pourraient laisser croire les apparences.

— Il est pas mal, ce livre, hein ?

— À vrai dire, il est quelque part entre très bon et excellent.

Il a corné une page pour marquer l'endroit où il en était. Je déteste ça.

— Tu en as d'autres du même auteur ? a-t-il demandé.

— Oui. J'ai même des marque-pages, si tu veux.

Il lui a fallu un moment pour saisir le message.

— Ah. Moi, j'ai toujours été du genre à corner les pages de mes livres. (Puis, comme s'il remarquait tout juste mon expression.) Mais ce n'est pas un de mes livres, c'est ça ? Désolé.

— Ça pourrait prendre trente ou quarante ans, mais je te pardonnerai, je pense.

Il a rangé le livre dans son sac.

— Est-ce qu'on peut reprendre cette conversation du début ?

— OK. Où on va ?

— Chez moi. (Il a toussé, juste une fois.) Maintenant que notre relation est passée d'« imminente » à « embryonnaire », il est temps que tu saches la vérité sur moi.

La maison se trouvait dans un quartier de Litchbury où je n'étais jamais allée. Elle se tenait au milieu d'une rangée d'autres maisons aux murs crépis et sales et aux minuscules petits jardins, dont la plupart étaient pavés ou envahis par la végétation, ou jonchés de déchets et de jouets et, dans un cas, d'une moto partiellement démontée. Un autre arborait un canapé vert déglingué, dont deux petits garçons se servaient comme d'un trampoline. Deux maisons étaient condamnées.

— C'est une blague ? ai-je demandé.

Uman s'est contenté d'ouvrir un portail et de me précéder jusqu'à la porte du n° 15. La peinture, couleur faux bronzage, s'écaillait par endroits et l'une des vitres était fendue. En revanche, le jardin était bien entretenu, avec une bande de gazon bien tondue et de jolies fleurs tout autour. À l'intérieur, un chien s'est mis à japper comme un fou quand Uman a introduit la clé dans la serrure. J'ai entendu ses pattes gratter sur la porte.

— Ne t'en fais pas pour Fatima, a-t-il dit. Elle ne mord presque jamais.

Fatima était une jack russel. Elle m'a mordue à la cheville dès que je suis entrée.

— Les visiteurs l'excitent. Pas vrai, Fat ? Oh que oui. (Il a fermé la porte derrière lui.) Si c'était un mâle, elle serait déjà en train de se frotter contre ta jambe.

Au lieu de ça, elle se contentait de me grogner dessus.

— Fais-lui sentir ta main, ça ira mieux ensuite. Allez, elle ne va pas te mordre une deuxième fois.

Hésitante, j'ai tendu la main pour qu'elle la renifle. Elle l'a mordue.

— Uman !

— Allons chercher ma grand-mère. Tu sympathiseras plus tard avec Fatima.

J'ai examiné les marques de crocs sur mon pouce.

— Ta grand-mère aussi, elle mord ?

Il a secoué la tête.

— Ne t'inquiète pas, elle n'a plus de dents.

Le vestibule donnait sur un escalier raide, avec des patères et un rangement à chaussures d'un côté, et une porte en verre dépoli de l'autre. Uman a poussé la porte, faisant entrer une bouffée d'air chaud et des bruits de télévision dans l'entrée, et je me suis retrouvée dans un salon qui puait le chauffage au gaz, le tabac et le parfum trop sucré. Sans cesser de grogner, Fatima nous a suivis.

Une vieille femme était assise dans un fauteuil à motifs fleuris et regardait une émission culinaire. Ses jambes étaient gainées dans un sac de couchage vert, évoquant un costume de sirène, et une couverture écossaise enveloppait ses épaules. Une cigarette jaunâtre fumait dans un cendrier posé en équilibre sur l'un des accoudoirs. Uman et moi nous sommes serrés sur un canapé sous la fenêtre. Les rideaux étaient tirés, mais le tissu fin laissait passer une lumière ambrée, voilée.

Sans un regard dans notre direction, sans même sembler remarquer notre présence, la grand-mère d'Uman a dit :

— *Onlar pizza yapiyoruz*.

— Qu'est-ce qu'elle a dit ? ai-je murmuré.

— Elle dit qu'ils font une pizza.

J'ai regardé la télé. Les deux participants préparaient une omelette.

— *Ne tür bir aptal bir pizza tabani olarak yumurta kullanir ?* a-t-elle lancé en se tournant vers moi avec une expression féroce, comme si c'était ma faute.

Uman a traduit :

— « Quel genre d'imbécile prend des œufs pour faire une pâte à pizza ? »

— Elle ne se rend pas compte qu'ils font une omelette ?

— Elle ne voit pas très bien. Et elle ne parle pas anglais.

— Elle parle en quelle langue ?

— En turc. C'est la mère de ma mère.

J'ai posé ma veste. Entre la chaleur, la fumée et la puanteur du parfum, j'avais du mal à respirer. Je me suis demandé si cela expliquait la toux d'Uman.

— Je vais te présenter, dit-il, avant de s'adresser à la vieille femme. *Büyükanne, bu benim arkadaşim, Gloria.*

Les yeux toujours rivés sur moi, elle a tiré avec force sur sa cigarette puis l'a replacée sur le bord du cendrier. Elle avait des yeux très sombres, sous des sourcils arqués et noirs qui semblaient avoir été rasés puis redessinés maladroitement au crayon épais. Ses cheveux gris et frisés auraient pu être une perruque.

Dans un souffle de fumée, elle a dit :

— *Eğer reçete toplamak için hatırladin mi ?*

— Elle demande si tu as pensé à aller chercher tes médicaments.

— Mes *médicaments* ?

— Elle te prend pour mon grand-père. Il est mort il y a cinq ans.

La vieille femme avait reporté son attention sur la télévision. Elle a crié quelque chose – il me semble avoir reconnu le mot pour « œufs » ou « imbécile », je ne sais pas lequel.

— Et si on allait dans ma chambre ? proposa Uman.

— Bonne idée, ai-je répondu en essayant de cacher mon soulagement.

Il s'est à nouveau adressé à sa grand-mère en turc, mais elle a agité la main devant lui. *Tu ne vois pas que j'essaie de regarder la télévision ?* disait ce geste.

Juste à ce moment-là, Fatima – qui s'était blottie sur le tapis, aux pieds de la vieille femme – a trottiné jusqu'au canapé et m'a donné un coup de truffe dans le genou.

— Ah ! s'est exclamé Uman. Tu vois, elle t'aime bien.

Quand il avait suggéré que nous allions dans sa chambre, j'avais cru qu'il parlait de l'étage. Mais il m'a conduit à travers le salon jusqu'à une cuisine exiguë à l'arrière de la maison (refermant rapidement la porte pour empêcher Fatima de nous suivre), puis dans le jardin.

— Nous y voilà, a-t-il dit en désignant de la tête une tente en tissu militaire marron et vert, montée sur une étroite bande de pelouse. C'est ma chambre.

— Tu dors dans le jardin de ta grand-mère ? Dans une tente ?

— En effet, oui. Et en effet, oui.

— Il n'y a pas de deuxième chambre ? ai-je demandé en indiquant la maison.

— Je ne peux pas dormir à l'intérieur, répondit-il, comme s'il n'y avait rien de plus banal.

— Pourquoi ?

— Au cas où il y aurait le feu.

J'ai laissé échapper un rire.

— Combien de fois as-tu dormi dans une maison qui a brûlé ?

— Une fois a suffi.

Avant que je puisse répondre, il m'a pris la main et m'a entraînée vers la tente.

— Viens, on pourra parler à l'intérieur. Comme les Bédouins.

Nous nous sommes assis chacun à un bout du tapis en caoutchouc qui lui servait de lit. Même si nous nous étions positionnés sous la partie la plus haute, ma tête effleurait la toile, et Uman devait se voûter. Pas étonnant que ma chambre minuscule ne l'ait pas choqué. Un sac de couchage était roulé dans un coin, ainsi que l'un de ces oreillers gonflables qu'utilisent les gens dans les avions, une grosse lampe torche, un paquet de cartes à jouer, deux livres de poche et un numéro de *National Geographic*. Dans un autre coin : une bouteille de Pepsi d'un litre à moitié vide, un Tupperware rempli de crackers, un couteau en plastique et un pot de Nutella. Uman a disposé la nourriture entre nous, et nous avons grignoté tout en parlant.

— Je croyais que tu étais d'un milieu très BCBG, ai-je dit en crachant des miettes. Je croyais que tes parents étaient riches. Je croyais que tu avais un court de tennis dans ton jardin.

— Je le suis. Ils l'étaient. J'en avais un.

Étaient. Avais.

— Tes parents…

— Sont morts. Oui.

Il m'a pris le couteau des mains et a tartiné un autre cracker avec du Nutella.

— D'où le scénario de la résidence grand-maternelle, a-t-il poursuivi.

— Quand sont-ils… quand est-ce arrivé ?

— Il y a quelques mois, a-t-il répondu, la bouche pleine.

— Mince, Uman.

J'ai commencé à lui dire à quel point j'étais désolée, mais il m'a coupée.

— Arrête, s'il te plaît. Je suis allergique à la compassion. Ça provoque des éruptions d'apitoiement sur mon sort.

Je l'ai regardé finir son biscuit. Nous avions laissé le rabat de la tente ouvert, mais l'atmosphère était étouffante à l'intérieur, et sinistre. La lumière était verdâtre et la tente sentait vaguement le chien. Uman semblait plus mal à l'aise que jamais ; dans les deux sens du terme, à cause de sa position voûtée. Comme s'il aurait préféré parler de n'importe quoi d'autre. Il fuyait mon regard. D'habitude, il me regardait toujours dans les yeux ; je n'avais jamais rencontré quelqu'un pouvant soutenir mon regard aussi facilement.

— On peut parler d'autre chose, si tu veux, ai-je dit.

Il a secoué la tête.

— Tu mérites de savoir dans quoi tu t'embarques. Dans *qui* tu t'embarques, devrais-je dire.

J'ai souri.

— Tu fais référence à notre relation « embryonnaire » ?

— Exactement.

Il a pris la bouteille de Pepsi, en a bu une gorgée, puis me l'a tendue. Il était tiède et sans bulles, mais j'avais trop soif pour m'en soucier.

Une pensée m'est venue.

— Alors, si c'est arrivé il y a quelques mois…

— Pourquoi n'ai-je emménagé chez ma grand-mère que très récemment ?

— Oui.

— Voilà qui est intéressant.

— Quoi ?

— Tu ne m'as pas demandé comment ils sont morts. Je pensais que tu l'aurais déjà fait.

J'ai hésité.

— Je me disais que tu me le dirais quand tu serais prêt à le faire.

Ce n'était pas vrai. J'avais failli le lui demander, mais je m'étais dégonflée.

— C'est vrai ? a-t-il demandé d'un air sceptique mais amusé.

— Non. J'ai eu peur.

— Peur ? De quoi ? De me faire de la peine ?

— À vrai dire, non. J'ai eu peur que ce soit quelque chose d'horrible. Quelque chose de vraiment affreux.

Ça l'était. Plus affreux que je n'aurais pu l'imaginer. Son père n'était pas un grand avocat, me dit-il, mais un homme d'affaires. Un entrepreneur en électronique. Au fil des ans, il avait gagné des millions. Mais ensuite, il avait fait faillite ; quoi que son entreprise ait fabriqué, quelqu'un d'autre s'était mis à en fabriquer des moins chers et des meilleurs. En plus de ça, il avait été l'objet d'une enquête pour fraude fiscale. Il risquait la banqueroute et quelques années de prison.

— Mon père était attendu au tribunal le lendemain matin, dit Uman.

Le lendemain de la nuit où il a mis le feu à sa maison pendant que sa femme et ses fils dormaient ; et puis il s'est pendu dans le garage.

— Ses fils ? ai-je demandé.

— J'avais un frère. Faisal. Dix-huit mois de plus que moi. Nous étions tous les deux à la maison pour les vacances.

Un frère. Je l'ai étudié dans la lueur verdâtre de la tente.

— C'est pour ça que tu t'es renfermé au parc l'autre jour, quand je t'ai parlé d'Ivan ?

— Nous nous méprisions, en réalité, a-t-il dit, avant de hausser les épaules. Mais bon, c'était mon frère.

Il a bu une autre gorgée de Pepsi, même si j'ai eu l'impression que c'était pour se distraire, pour me cacher son émotion.

— C'est la fumée qui les a tués, Faisal et ma mère. Asphyxie. Ils n'ont pas brûlé vifs.

Je n'ai rien dit. J'ai juste regardé son visage, à moitié détourné du mien, comme s'il venait de remarquer son sac de couchage et les livres dans le coin de la tente et essayait de déterminer à qui ils appartenaient.

— À l'autopsie, le médecin légiste a dit qu'ils ne s'étaient pas réveillés. Ils étaient toujours au lit – ce qu'il restait d'eux, après que le feu a été éteint. Il a dit que mon père les avait drogués.

— Et toi ?

— Quoi qu'il nous ait donné, j'ai dû en avoir moins, ou cela ne m'a pas autant affecté.

Je me suis souvenue de ses chevilles cassées.

— Tu as sauté par la fenêtre.

— La porte de ma chambre était fermée à clé. Il les avait toutes verrouillées.

Sa chambre se trouvait au dernier étage, dans un grenier aménagé, m'a-t-il expliqué. Le plus gros du feu ne l'avait pas encore atteint, à ce moment-là, et il avait réussi à s'échapper avant d'être submergé par la fumée. Il avait dû monter sur une chaise pour passer par le velux, glisser sur le toit, et se laisser tomber de la gouttière.

Quand les pompiers et la police étaient arrivés, incapable de se lever ou de marcher, il avait rampé de l'autre côté de la maison, jusqu'à la porte d'entrée.

— J'essayais de rentrer pour sauver ma mère et mon frère. Mon père, aussi. Je ne savais pas qu'il était pendu à une poutre dans le garage.

Sa voix était posée, dénuée d'émotion. Je sentais qu'il avait déjà raconté cette histoire.

— Bien entendu, la porte d'entrée était fermée à clé. Et tout le monde était déjà mort.

Il s'agissait de sa famille, pas de la mienne, et pourtant c'était moi qui avais les larmes aux yeux.

— Et voilà, dit-il. Tu sais maintenant pourquoi je boite, et comment je me suis bousillé les poumons.

Il a toussé, comme pour prouver ce qu'il venait de dire.

Je comprenais aussi pourquoi les profs lui

laissaient passer autant de choses. Traînant sa tragédie derrière lui, Uman était plus ou moins intouchable.

— Les radios sont spectaculaires, croassa-t-il quand il eut apaisé sa gorge avec une gorgée de Pepsi. Le radiologue a dit que j'avais les poumons d'un gros fumeur de quatre-vingts ans.

Il a fini son histoire. Sa maison détruite et sa famille proche effacée de la carte, il était retourné au pensionnat quand il avait été suffisamment en forme pour qu'on le laisse sortir de l'hôpital. Mais deux mois plus tard, ses frais de scolarité avaient été bloqués par la banque de son père. Tous ses comptes et ses avoirs avaient été gelés par l'enquête pour fraude fiscale et l'argent qui lui restait avait servi à payer des impôts et des dettes. Uman n'avait plus rien à part quelques centaines de livres sterling sur un compte d'épargne à son nom.

— Le directeur était vraiment navré, vraiment compatissant… Si seulement ils avaient pu faire quelque chose pour me permettre de continuer ma scolarité avec eux… blablabla.

— Quoi, après tout ce qui s'est passé, ils t'ont mis à la porte ?

— C'est une interprétation possible, oui.

L'inspectrice Ryan intervient à ce moment-là.

— C'est ce qu'il t'a raconté, Gloria ?

Je relève les yeux, étonnée de la voir là, de me retrouver au commissariat. J'étais complètement absorbée dans le récit de cette visite chez la grand-mère d'Uman. Je hoche la tête.

— C'est ce qu'il m'a raconté.

— Tu sais que ce n'est pas pour ça qu'il a quitté cet établissement, n'est-ce pas ?

— Je le sais maintenant, oui.

— Ils lui ont proposé une bourse pour témoigner de leur compassion, continue-t-elle. Uman aurait pu rester dans ce pensionnat jusqu'à ses dix-huit ans, si…

— Je sais. Je sais tout ça.

— Donc il t'a menti.

Je ne réponds rien. Je me contente de la regarder. Elle soutient mon regard.

— Pourquoi t'a-t-il menti, selon toi, Gloria ?

— Serait-il possible, dis-je avec une couche de sarcasme aussi épaisse que la couche de Nutella qu'Uman étalait sur ses crackers, qu'il m'ait menti parce qu'il ne voulait pas que je sache la vérité ?

Q9
SI TU POUVAIS FAIRE UN VŒU, QU'EST-CE QUE CE SERAIT ?

Nous avons passé le reste de la journée chez la grand-mère d'Uman. La plupart du temps, nous restions dans la tente, à parler, écouter de la musique sur mon iPod, ou à jouer à des jeux de cartes avec des règles bizarres qu'Uman changeait dès qu'il perdait. Nous avons promené Fatima dans la rue et j'ai aidé Uman à préparer le repas. Une omelette, d'ailleurs. La vieille femme a mangé sa part sur un plateau devant la télé (course de BMX ; elle aimait les accidents, apparemment) pendant que nous mangions la nôtre sur une table de pique-nique, dans le minuscule patio, avec Fatima qui rôdait entre nos jambes pour avoir les restes. Elle ne me mordait plus. Au lieu de ça, elle posait la tête sur mes genoux et me regardait dans les yeux.

La grand-mère d'Uman était sa seule parente dans le pays, m'a-t-il expliqué. Quand on lui avait donné le choix d'un tuteur, c'est elle qu'il avait choisie.

— C'était soit ça, soit partir à l'étranger avec le frère de mon père.

— Est-elle… je veux dire, elle est… comme elle est. (J'ai éclaté de rire.) Mince, je parle comme M. Brunt.

— Est-elle une personne compétente pour servir de tutrice à un garçon de quinze ans ?

— Oui, c'est plus ou moins ce que j'essayais de dire.

— Pour être honnête, je ne suis pas complètement sûr qu'elle se rende vraiment compte que je vis ici.

Nous avons essayé de ne pas en rire.

— Qui s'occupait d'elle avant ?

— Moi, je ne m'occupe pas vraiment d'elle. Une auxiliaire de vie vient tous les jours et un couple de voisins s'occupe du jardin et lui fait ses courses.

J'ai réfléchi.

— Comment se fait-il qu'elle vive comme ça alors que tes parents étaient si riches ?

— Elle n'a jamais voulu toucher à leur argent. Elle détestait mon père. Cela n'a pas aidé qu'il ne soit pas turc, mais elle le détestait de toute manière. Mes grands-parents étaient opposés à ce mariage, et comme ma mère s'est obstinée, ils ont coupé les ponts. Avant ça, je n'avais rencontré ma grand-mère qu'à l'enterrement de mon grand-père.

C'était peut-être une idée d'Uman, ou la mienne ; je n'en m'en souviens vraiment pas. Mais le soir, j'ai envoyé un texto à ma mère pour lui dire que j'étais toujours chez Tierney et *est-ce que je pourrais rester dormir chez elle* ?

Tu as mangé ? a-t-elle répondu.

Oui.

Et voilà : ma première nuit sous la tente depuis notre unique séjour en camping en famille, quand Ivan et moi étions encore à l'école primaire ; nous avions fini la semaine dans un *bed and breakfast* parce que le camping avait été inondé le troisième jour.

Maman intervient.

— Vous avez partagé le même sac de couchage ?

— Non. Il est allé me chercher une couverture dans la maison.

Après lui avoir répondu, je prends conscience

de la bizarrerie de sa question : comme si les détails de cette nuit étaient importants alors qu'Uman et moi avons « disparu » ensemble pendant quinze jours.

Il était environ une heure du matin quand la fatigue s'est finalement fait sentir. La brise soufflait doucement sur la tente et j'entendais de la musique, légère et aérienne, en provenance d'une maison dans la rue. Je commençais à sombrer dans le sommeil quand Uman m'a posé une question. Son souffle était chaud contre ma nuque.

— Si tu pouvais faire un vœu, a-t-il chuchoté, qu'est-ce que ce serait ?

J'ai souri dans l'obscurité.

— Je peux vraiment en faire un ? S'il te plaît, dis-moi que tu es vraiment un génie sorti d'une lampe.

— C'est ça ton vœu ? Tu voudrais que je sois un génie ?

— Et au fait, ce n'est pas trois vœux ?

— Un seul vœu, c'est le deal. Ma tente, mes règles.

— OK, laisse-moi réfléchir… Je voudrais voyager dans le futur pour voir comment ma vie va se passer.

— C'est fait. Quand on se réveillera demain matin, nous aurons avancé de quatre-vingts ans dans le futur, et tu pourras aller te trouver à quatre-vingt-quinze ans et te demander comment ta vie s'est passée.

— Ce serait trop cool.

— Tu crois ? Si tu savais déjà tout de ta vie, il n'y aurait aucune surprise.

— Tu ne dois pas simplement exaucer mon vœu ? Depuis quand les génies chicanent comme ça ?

— Et le libre arbitre, alors ?

— Quoi, le libre arbitre ?

— Il pourrait y avoir des milliers de versions futures de Gloria Jade Ellis, chacune évoluant différemment, en fonction des choix que tu feras au cours de ta vie.

Cela m'a coupé le sifflet pendant un moment.

— Très bien, dans ce cas je voudrais voyager dans le futur pour rencontrer la version de moi-même la plus vieille et la plus heureuse et lui demander quels choix faire pour finir comme elle – oh, et je lui demanderais aussi de ne pas tout me raconter pour que ma vie ne soit pas complètement dépourvue de surprises.

— Bonne réponse.

— Merci.

— Il reste un problème, cependant.

— Quoi ?

— Tu as utilisé ton vœu. Et tu es maintenant coincée dans le futur sans moyen de retour pour vivre cette vie qui a rendu cette vieille version de toi-même aussi heureuse.

J'ai ri.

— Mince alors, il y a toujours un truc qui ne colle pas.

— C'est ce qui rend mon métier de génie aussi passionnant.

J'ai roulé sous ma couverture pour me mettre face à lui. Il faisait bien trop sombre pour que je puisse bien le voir – juste une forme indistincte gris noir dans le gris noir indistinct –, mais son souffle était là. La respiration sifflante de ses poumons abîmés par la fumée, une vague odeur d'œuf, d'oignon et de dentifrice. Ses bracelets ont tinté quand il m'a caressé les cheveux.

— Quoi ? a-t-il demandé.

On aurait dit qu'il souriait.

— Tu crois vraiment ça ? ai-je demandé. Qu'on peut se construire des milliers de vies différentes ?

— Oui, bien sûr. Pas toi ?

Est-ce qu'il souriait toujours ? Je n'aurais pas su le dire. J'ai imaginé son visage : le sourire en biais, les yeux marron, féminins, le nez trop gros.

Tierney me dit toujours que je pense trop, mais avec Uman, j'avais toujours l'impression que je n'arriverais jamais à penser assez.

— Je ne sais pas, ai-je finalement répondu. Je ne sais pas comment me construire une seule vie, alors des milliers…

— Bon, ça c'était le samedi, dit l'inspectrice Ryan. Puis, le lendemain, tu es partie avec lui.

— Nous sommes partis ensemble.

— C'était son idée ? Ou la tienne ?

— C'était notre idée.

— En réalité, il est très difficile pour deux personnes d'avoir la même idée au même moment.

Je ne prends même pas la peine de répondre.

— Gloria, c'est important.

— C'est peut-être important pour vous, mais pas pour moi.

Tout ce qu'elle aimerait dire est écrit sur son visage. Mais elle garde ça pour elle. Elle dit plutôt :

— Très bien, essayons autre chose : raconte-moi ce qui s'est passé le dimanche matin. Raconte-moi comment et pourquoi Uman et toi êtes partis ensemble.

— Vous ne m'aimez pas beaucoup, pas vrai ?

Maman s'en mêle.

— Peux-tu le lui reprocher, vu comme tu te comportes ? Tu crois peut-être que tu es adulte maintenant, mais…

— Écoutez, nous sommes toutes un peu fatiguées et chatouilleuses, dit l'inspectrice Ryan. Et si on faisait une pause ?

Je lui réponds que ce serait une idée super.

— Et Gloria, il ne s'agit pas de t'aimer ou pas, j'essaie juste d'établir les faits, et parfois, cela implique que je te parle de choses dont tu préférerais ne pas parler. (Elle fait une pause.) En l'occurrence, il se trouve que je t'aime bien. J'aurais aimé avoir ta force de caractère quand j'avais quinze ans.

J'essaie de l'imaginer à mon âge.

Mais je n'y arrive pas. Pas plus que je ne peux regarder une photo de moi bébé et y trouver des signes de la fille que je suis devenue.

De la force de caractère. Est-ce que j'en ai vraiment ? C'est ce que pensait Uman, et c'est ce que pense aussi l'inspectrice Ryan. Mais ils n'ont vu que ce qui se passe en surface – ce que je fais, ce que je dis –, et ce n'est pas là que réside le caractère. Uman me connaissait – il me connaît – mieux que quiconque, mais il n'a jamais mis un pied dans ma tête ou dans mon cœur. Il n'a jamais pensé mes pensées ni ressenti ce que je ressentais.

— Bref, faisons une pause, reprend l'inspectrice. Entretien suspendu, 15 h 47.

Quand nous reprenons, je lui raconte le dimanche matin.

Je me suis réveillée heureuse. J'avais eu froid la plus grande partie de la nuit et j'avais dormi environ quatre heures de moins que d'habitude. Mais j'avais adoré ça. Elles n'imaginent pas à quel point, leur dis-je. Et, avant qu'elles posent la question – parce que je sais qu'elles en meurent d'envie, toutes les deux –, je précise bien qu'il ne s'est rien « passé » entre Uman et moi cette nuit-là. Il est resté dans son sac de couchage et je suis restée sous ma couverture. Tout habillée. Nous ne nous sommes même pas embrassés.

— Il faut qu'on refasse ça un jour, ai-je dit à Uman.

— Quoi, se réveiller ?

— Non, passer la nuit dans une tente. Bon, et puis se réveiller, évidemment.

— Ah, OK.

Il a bâillé, s'est étiré, laissant tomber un bras sur mon visage, si bien que j'ai dû lui mordiller le coude pour qu'il le bouge.

— Pourquoi pas ce soir, alors ? a-t-il demandé.

— Comme si j'allais avoir le droit de dormir dehors alors qu'il y a cours demain. Même s'ils croient que je suis chez Tier.

— Et si on prenait la tente, quelques trucs et de la nourriture, et qu'on s'en allait quelque part ? Au diable les permissions. Au diable les cours.

— Ouais, bien sûr.

Il a laissé le silence répondre pour lui. Nous étions allongés côte à côte, sur le dos, fixant le toit de la tente, ses motifs verts et marron dilués par les premiers rayons de soleil. Je me suis tournée vers lui, m'appuyant sur le coude pour étudier son expression.

— Tu es sérieux, là ?

Il s'est contenté de me décocher un sourire en biais.

— Uman.

— Miss Inexcelsis, je suis entièrement sérieux, avec le plus grand sérieux.

J'ai ri.

— Mais c'est de la folie. On ne peut pas s'en aller comme ça.

— Qu'est-ce qui nous en empêche ?

— C'était l'idée d'Uman, alors ? demande l'inspectrice Ryan. Tu as suggéré de dormir à nouveau dans la tente, mais c'est lui qui…

— Non, c'était nous deux…

— Mais tu viens de nous dire…

— Justement, au moment où il l'a dit, j'ai su que c'était aussi ce que je voulais.

— C'est lui qui a semé cette idée dans ta tête, cependant. De vraiment le faire.

Je secoue la tête.

— L'idée était déjà là. Il l'a juste formulée.

Ma mère émet encore un petit tss désapprobateur.

— Sérieusement, maman, c'était comme si ces mots avaient été dans mes pensées et qu'Uman les avait prononcés à voix haute à ma place. Si ça n'avait tenu qu'à moi, on serait partis sur-le-champ. Il n'était que huit heures du matin, mais une fois qu'il l'a dit, j'étais prête à partir aussitôt.

— Alors pourquoi ne pas l'avoir fait ? demande l'inspectrice Ryan.

— Parce que…

La spontanéité irréfléchie était le propre des amibes, selon Uman. Nous devions nous préparer, faire une liste de ce dont nous aurions besoin. Je devais me faufiler chez moi et récupérer mon sac de couchage et mon sac à dos, pour commencer. Il s'est mis à passer en revue tout ce qu'il nous faudrait faire, mais je l'ai interrompu :

— Tu es en train de dire qu'on doit se préparer à être spontanés ?

— On va faire ça correctement, Gloria. Avec panache et une certaine dose d'élégance.

— Mais où va-t-on acheter de l'élégance un dimanche ?

— Et, bien sûr, on va faire ça avec humour, ajouta-t-il, les sourcils froncés. Tu viens de faire de l'humour, c'est bien ça ?

Nous avons fait une bataille de chatouilles, alors. Mais l'inspectrice Ryan et maman n'ont pas besoin de le savoir. Ni de savoir que j'ai gagné.

Quand on a eu fini de se battre dans la tente et qu'Uman en a eu fini avec la quinte de toux que cette bataille avait déclenchée, nous nous sommes préparé un petit déjeuner avec les derniers crackers et le fond du pot de Nutella, et nous avons dressé une liste. Plusieurs listes : « matériel de camping », « vêtements », « affaires de toilette », « nourriture » et « divers ». Nous avons pris la plupart des choses dont nous avions besoin chez sa grand-mère et chez moi. Entrer et ressortir de chez moi sans nous faire remarquer n'a pas posé de problème. Ma mère était sortie (faire du vélo, sans doute) et papa a crié « bonjour » et « au revoir » depuis la salle à manger (le rituel du café et des journaux du dimanche, sans doute), sans même sortir la tête pour voir ce que je faisais ou avec qui j'étais, ni pour me demander comment j'allais et où je partais.

Après être allés au bout de la collecte de fournitures gratuites, nous sommes allés retirer de l'argent à un distributeur pour payer le reste. Nous avons pioché dans nos deux livrets d'épargne, je précise, pas seulement dans le mien, mais il me vient à l'esprit que la police doit déjà le savoir. Ils auront aussi visionné les vidéos prises par les caméras de surveillance, et nous aurons vu entrer et sortir des magasins de Litchbury ce matin-là.

Quand nous sommes retournés chez la grand-mère d'Uman, nous avions bien plus de choses que nous ne pouvions en faire tenir dans nos sacs à dos, sans parler d'être physiquement capables de tout porter. Il nous a fallu de nombreux essais et beaucoup de marchandage sur la différence entre objets essentiels et non essentiels pour nous en rendre compte. Nous avons rempli et vidé nos sacs, attaché, détaché et rattaché le matériel de camping, mis de côté ce dont nous n'avions vraiment pas besoin, tout ça pour réaliser que nous ne pouvions vraiment pas nous en passer.

— Tu sais vraiment te servir d'une boussole ? ai-je demandé à un moment donné.

— Bien sûr que oui, a-t-il répondu, indigné. Le duc d'Édimbourg m'a remis en personne la médaille de bronze du duc d'Édimbourg, précisément parce qu'il avait entendu dire à quel point j'étais doué en boussole. Et je sais naviguer.

— Voilà qui nous sera bien utile.

— Bref, a-t-il dit en désignant mon sac bourré à craquer. Tu as vraiment besoin de trois tenues de rechange ?

— Oui.

— Et le fer à lisser ?

— Je n'ai pas de fer à lisser. Je n'ai jamais eu de…

— Et le miroir psyché ? m'a-t-il interrompu. Les gants de boxe, l'ordinateur, le sac de dix kilos de litière pour cochon d'Inde, le dictionnaire anglais-espagnol, la série complète du *Club des Cinq* d'Enid Blyton, la selle et la bride pour ton poney shetland, le poney shetland, les patins à glace, le kit à bonsaï et la citrouille d'Halloween avec bougie intégrée ? (Il a repris son souffle.) Et tu as l'audace de suggérer que mon compas est en excès ?

— Je crois que tu veux dire « en excédent ».

— Oui, en effet. Merci. Je voulais dire « en excédent ». Mince, toute mon argumentation tombe à l'eau.

— Ça veut dire que je peux garder le poney ?

— Bon, d'accord, tu peux garder le poney, a-t-il répondu en soupirant. Je suppose qu'on pourra toujours le manger si on se retrouve à court de nourriture.

En y repensant, je me rends compte à quel point j'étais insouciante. Tellement absorbée par nos plaisanteries que ce que nous nous apprêtions à faire – et l'effet que cela aurait sur mes parents – ne m'avait pas vraiment frappée. Pas encore. C'était trop dingue pour être réel. Nous étions les fous. Nous ne bâillions pas et ne disions pas de banalités. Nous désirions tout à la fois.

Nous étions prêts à brûler, brûler, brûler.

Q10
OÙ VA-T-ON ALLER ?

— Où va-t-on aller ? a demandé Uman.

— Ah oui, c'est vrai. J'imagine qu'on est obligés de décider.

— Il nous faut une destination. Et un moyen de transport. Des suggestions ?

— New York. En hélicoptère.

Il a hoché la tête.

— Voilà qui a été étonnamment rapide.

Il s'est levé, a hissé son sac sur son dos et s'est dirigé vers le portail. Fatima, pensant peut-être qu'il allait la promener, a jappé bruyamment, puis s'est mise à courir en rond, avant de se mordre la queue.

Se tournant vers moi, il a dit :

— Tu viens, Gloria ?

— Petit problème : on n'a pas d'hélicoptère.

— Donne-moi des solutions, pas des problèmes, a-t-il répliqué en feignant l'agacement.

Il m'a rejointe à la table de pique-nique. Fatima était plantée devant le portail, et semblait déconcertée par le fait qu'Uman se rasseye.

— Bien, a-t-il repris. Les cartes vont décider.

— Les cartes ?

Il a sorti un jeu de cartes de la poche latérale de son sac à dos.

— Possibilités de transports. Je suggère le train ou le bus. Autre chose ?

Je l'ai regardé battre les cartes, ne sachant pas trop comment elles pouvaient décider de quoi que ce soit. J'ai dit les deux premières choses qui me sont passées par la tête.

— Marcher et, euh, faire du stop.

— Parfait, un pour chaque couleur. Bon, le train cœur, le bus carreau, le stop pique et la marche trèfle. D'accord ?

— Je pense que le train devrait être trèfle. Ça commence par la même lettre.

Uman m'a regardée sans rien dire.

— Il s'agit d'une décision importante, ai-je insisté. J'ai le droit de participer.

— Il me semble me souvenir que tu es responsable du fiasco de l'hélicoptère.

— C'est parce que je suis une fille, c'est ça ?

Il a soupiré.

— Très bien, le train trèfle, la marche cœur. Tu es contente ?

— Merci.

Il a de nouveau mélangé les cartes.

— On est sûrs que le carreau est le bus ?

— Gloria.

— Désolée.

Il a soutenu mon regard pendant un moment, et nous avons tous les deux essayé désespérément de ne pas rire, puis il a posé le paquet sur la table.

— Coupe, a-t-il dit.

J'ai coupé les cartes. Reine de trèfle. Train.

À la gare, nous avons de nouveau utilisé les cartes pour choisir notre destination. Litchbury se situe au bout d'une ligne qui passe à Leeds et à Bradford, alors nous avons choisi rouge pour Bradford, noir pour Leeds. Les cartes ont dit rouge. Puis nous avons retourné huit cartes – une pour chaque arrêt sur cette ligne ; l'endroit qui aurait la carte la plus forte l'emporterait.

— Shipley ? a dit Uman, qui n'en avait manifestement jamais entendu parler.

— On ferait mieux de recommencer.

Il a secoué la tête.

— On ne triche pas avec le destin, Gloria.

Nous avons discuté du concept de destin sur le trajet : étions-nous destinés à voyager en train jusqu'à Shipley ce matin-là, ou n'était-ce que le hasard ? Pour moi, c'était le hasard, pour Uman, le destin.

— Si tu avais battu les cartes différemment, ai-je dit, ou si je les avais coupées autrement…

— Oui, mais personne ne l'a fait. C'est justement ça.

— C'est justement quoi ?

— La destinée. La prédestination.

Chaque syllabe semblait sauter de sa bouche à chaque secousse. Sur les sièges à côté des nôtres, nos sacs menaçaient de tomber par terre.

— Mais si je ne t'avais pas fait échanger le trèfle et le cœur, on serait en train de marcher en ce moment, et on irait probablement ailleurs.

— Alors ça aurait été notre destin. Mais ça ne l'est pas.

— Attends une seconde. Je pensais que tu croyais au libre arbitre. C'est ce que tu as dit hier soir quand on parlait de mes futurs possibles.

— Ah bon ?

— Oui, tu as dit que notre vie se déroulait en fonction des choix qu'on faisait.

— Que puis-je dire, Gloria ? Je suis un nœud de complexité et de contradictions.

— Tu pourrais dire : Oui, Gloria, tu as raison, ce n'est que le hasard et cela n'a rien à voir avec le destin si nous sommes dans un train qui se dirige vers Shipley.

— Oui, mais le destin fait une bien meilleure histoire.

Je ne pouvais pas le contredire. Nous avions quitté Litchbury et traversions une prairie bordée par la lande. Sous le soleil, les pentes luisaient d'un vert si vif qu'elles semblaient avoir été peintes à la bombe aérosol. Le ciel s'étirait, bleu et large, au-dessus de toutes les destinations possibles, de tout ce que nous pouvions faire, tel un écran blanc attendant que nous tapions notre propre scénario.

Rien de tout ça ne paraissait réel. Et pourtant ça l'était. Nous le faisions vraiment. Nous partions.

J'aurais dû me faire plus de souci à l'idée de ce dans quoi nous nous embarquions, ou des ennuis qui en résulteraient, ou de ce que ma « disparation » ferait à mes parents, et à mon frère. Mais ce n'était que pour une nuit, me disais-je. Quel mal une seule nuit pouvait-elle bien causer ? De toute manière, j'enverrais un message à maman pour lui dire que j'allais bien ; plus tard, quand nous aurions trouvé un endroit où monter la tente. *Partie camper avec Uman,* dirais-je. *À demain. Ne t'inquiète pas.* Ou quelque chose comme ça. Elle s'inquiéterait, bien sûr. Mais je m'amusais trop pour penser à ça. Égoïste, je sais. Pourtant, même maintenant, quand je repense à ce voyage en train, je ne peux réprimer la joie qui monte en moi, comme si cela avait lieu de nouveau.

Devant la gare de Shipley, Uman a jeté un coup d'œil aux alentours et a dit :

— On aurait dû tirer une autre carte.

— En fait, je connais un coin sympa pas loin. Si j'arrive à retrouver le chemin.

Je n'ai pas réussi à retrouver le chemin. Pas tout de suite. J'étais venue ici plusieurs fois avec ma famille, mais cela faisait longtemps, et seulement en voiture. Je ne reconnaissais rien. Et puis j'ai vu un panneau publicitaire du centre commercial Salt's Mill avec un plan de la ville ; il suffisait de traverser une zone d'activités pour arriver au quartier victorien.

— Ils faisaient de la laine ici, autrefois, ai-je dit alors que nous approchions du bâtiment couleur miel de l'usine restaurée, avec sa cheminée immense. Mais maintenant, il y a des boutiques et des cafés, et une galerie d'art.

— C'est important pour les fugitifs de trouver du temps pour se cultiver. Par exemple, juste après avoir tiré sur JFK, Lee Harvey Oswald s'est caché dans un cinéma.

— Des fugitifs ? C'est ce que nous sommes, alors ?

— C'est ce que j'aime penser. Pas au même degré qu'Oswald, évidemment.

Ce n'était pas pour la culture que je voulais aller au Salt's Mill. (Même si nous avons bel et bien traîné dans la librairie, regardé des tableaux de Hockney, et partagé une part de gâteau aux noix terriblement chère.) La destination que j'avais en tête se trouvait plus loin, le long du sentier qui suit le canal à cet endroit.

— Les bois de l'Ours chuteur, ai-je expliqué. Mes parents nous y emmenaient pour des « promenades en famille », où, en gros, ils se promenaient pendant que mon frère et moi râlions parce qu'on ne voulait pas marcher.

— L'Ours chuteur ?

— Quand Ivan et moi étions petits, mon père aimait nous faire peur en racontant que des ours sauvages vivaient dans les arbres ; on les appelait des Ours chuteurs parce qu'ils se cachaient dans les branches et se laissaient tomber sur ceux qui passaient en dessous.

J'ai grogné, mimant des pattes d'ours.

— Oh, je parie que tu étais adorable quand tu étais petite.

— Je l'étais, ai-je répondu en poussant un gros soupir. Où est passé tout mon charme ?

Uman a ri. Puis il a balancé ses épaules pour que son sac à dos heurte le mien, manquant me déséquilibrer. J'ai fait la même chose et nous avons continué pendant un petit moment.

À dix minutes du Salt's Mill, nous avons quitté le chemin et traversé le canal au niveau d'une écluse ; l'entrée des bois se trouvait juste là, derrière un petit parking. Il y avait du monde le long du canal, des marcheurs, des cyclistes, des joggeurs, des familles en promenade dominicale, mais une fois sous les arbres, nous avions les chemins presque pour nous tout seuls. Quelques personnes promenaient leurs chiens ; c'était tout.

— Il y avait une super corde pour se balancer. Je ne sais pas si elle est encore là.

Nous l'avons trouvée. Du moins, je crois. Elle n'était pas vraiment au même endroit que dans mon souvenir, et j'aurais juré qu'il y avait autrefois un vieux pneu attaché au bas, pas un bout de branche cassée ; mais même s'il s'agissait d'une autre corde que celle sur laquelle mon frère et moi nous étions balancés, elle marchait plutôt bien.

— Ça fait des années que je ne suis pas monté sur un truc comme ça, a dit Uman en laissant tomber son sac à dos au pied de l'arbre où était suspendue la corde et en se jetant dessus avec un grand *wouhou !* qui a fait s'envoler bruyamment deux pigeons des branches au-dessus de nous.

Chacun notre tour, nous nous sommes poussés de plus en plus fort, nous balançant comme des fous, nous mettant au défi de sauter d'un point toujours plus haut. J'avais l'impression d'avoir à nouveau dix ans. Si Uman n'avait pas été frappé par une terrible quinte de toux, on aurait pu passer des heures sur cette corde. Nous nous sommes assis sous l'arbre pendant qu'il se remettait, mangeant les sandwichs que nous avions préparés chez sa grand-mère.

Il s'est massé les chevilles.

— Suis mon conseil, Gloria. Ne te laisse jamais tomber du toit d'un bâtiment en flammes. Sauf si c'est un bungalow, bien entendu.

— J'essaierai de m'en souvenir.

Je ne savais pas trop si on pouvait plaisanter de ça, mais si ça ne le dérangeait pas, alors moi non plus.

Je me rappelais vaguement avoir entendu parler

de cet incendie. Non pas que je lisais les journaux ou regardais les infos si souvent que ça, mais quand Uman m'en avait parlé, cela m'avait paru familier. Assise dans les bois de l'Ours chuteur, je me suis néanmoins demandé pourquoi cet événement n'était pas apparu dans les résultats sur Google, ce jour-là, au collège. Pourquoi son nom n'avait pas produit un seul lien.

Alors je lui ai posé la question.

— Uman Padeem n'est pas mon nom de naissance, a-t-il répondu au bout d'un moment. J'en ai choisi un autre quand j'ai emménagé ici, pour que les médias ne me retrouvent pas.

Ils l'avaient harcelé après l'incendie, m'a-t-il raconté. Même s'il n'avait que quinze ans et que le tribunal avait ordonné que sa vie privée soit protégée, l'histoire de cette nuit terrible et de sa survie était trop juteuse pour que les journalistes le laissent tranquille.

— Quel est ton vrai nom, alors ?

— Légalement, Uman Padeem est mon vrai nom, maintenant. J'ai laissé cet autre garçon derrière moi.

Nous avons caché nos sacs dans les broussailles et nous sommes enfoncés dans les bois à la recherche d'un endroit à l'écart des sentiers.

Finalement, nous avons trouvé une clairière au sol plat et sec au milieu d'épais fourrés. Le seul problème, c'est que nous nous sommes perdus en essayant de retrouver l'endroit où nous avions laissé nos affaires et, lorsque nous les avons retrouvées, nous nous sommes à nouveau perdus en essayant de revenir sur nos pas jusqu'à la clairière. À ce moment-là, la nuit a commencé à tomber. C'était une tente igloo et il ne nous a pas fallu longtemps pour la monter. Enfin, je dis « nous », mais, en réalité, Uman l'a montée tout seul pendant que je lui tendais ce dont il avait besoin et faisais des commentaires incroyablement utiles du genre « est-ce que ce bout-là n'est pas à l'envers ? » ou « tu as remarqué que les piquets ressemblent à des pics à brochettes ? ».

— Ça fait un bail que tu n'as pas campé, hein ? m'a-t-il demandé.

Nous nous sommes assis dans l'ouverture de la tente, mangeant des gâteaux, regardant la nuit tomber et écoutant les bruits de petits animaux invisibles qui détalaient, et qui, a priori, n'étaient pas des Ours chuteurs.

— Tu es très relax à propos de cette fugitiverie, a-t-il commenté.

— *Fugitiverie* ? Je ne crois pas que ce mot existe.

— Et pourquoi pas ? Il a des lettres et des syllabes. En tout cas, tu l'es. Relax, je veux dire.

— Sans doute parce que tu l'es aussi. C'est… c'est ta façon d'être, comme si c'était parfaitement normal de faire ça.

Comme quand Tierney lui avait laissé sa place, ai-je pensé. Ou quand l'ouvreuse nous avait laissé entrer dans la salle pour voir le film interdit aux moins de 18 ans.

— C'est quoi, ton secret ? ai-je demandé.

— Quel secret ?

— Cette façon de pousser les gens à faire ce que tu veux.

— La confiance, a-t-il répondu simplement. Si on est vraiment sûr de soi, les gens nous font confiance.

— Et si on n'est pas sûr de soi ?

— Dans ce cas, c'est d'autant plus important de faire semblant de l'être.

— Ce n'est pas de l'hypnose, alors ?

— Non. Et quand je compterai jusqu'à trois, tu oublieras que tu m'as posé cette question.

— Quelle question ?

Il a souri en levant sa bouteille d'eau.

— À la fugitiverie.

— À la fugitiverie, ai-je répété en cognant ma bouteille contre la sienne. Il va falloir que tu m'apprennes comment on monte la tente, cela dit. Je n'aime pas avoir l'impression de ne servir à rien.

— Ce n'est pas le cas. C'est toi qui as pensé à ces bois, ne l'oublie pas, et ils sont parfaits.

J'ai apprécié qu'il dise ça. Qu'il y ait pensé. Il ne m'est pas venu à l'esprit, sur le coup, qu'en lui demandant des cours de montage de tente, j'anticipais déjà une deuxième nuit de fugue.

Pendant qu'il était parti avec une lampe torche pour trouver un endroit éloigné de la tente afin de *fertiliser les bois*, pour reprendre ses propres mots, j'ai allumé mon téléphone pour la première fois depuis que nous étions partis.

Il était vingt-deux heures passées. J'avais prévu d'envoyer un message chez moi plus tôt, mais ça m'était sorti de la tête. J'avais reçu des textos et des messages vocaux de ma mère – plusieurs – et des textos de Tierney. Mes parents avaient certainement découvert que je n'avais pas dormi chez elle. Ils devaient être en colère. Et malades d'inquiétude. Quant à Tier… ma meilleure amie devait se douter que je m'étais servie d'elle comme couverture. Nous nous étions toujours tout dit, mais à présent, elle n'avait aucune idée de l'endroit où je me trouvais, ni de ce que je faisais, ni avec qui. Je fixais la boîte de réception.

Quelque chose en moi pensait que si je lisais ou écoutais les messages, ça gâcherait tout.

— Ça gâcherait *tout* ? demande maman.

L'inspectrice Ryan ne la reprend pas, cette fois. Elles attendent toutes les deux une réponse.

Je n'arrive pas à regarder maman.

— Je m'amusais bien avec Uman. Après ces messages, je savais que ça ne serait plus drôle. Que ça deviendrait sérieux.

— Est-ce que tu les as ouverts ? demande-t-elle.

Je hoche la tête. Je lui dis – je leur dis – à quel point je me suis sentie mal, ensuite.

— Mais tu n'as pas répondu, intervient l'inspectrice Ryan.

— Non.

— Pourquoi ? Un texto n'aurait rien gâché ? Juste pour leur dire que tu allais bien.

Je pourrais mentir. Inventer une raison pour expliquer pourquoi j'avais laissé ces messages sans réponses. Mais je n'en fais rien. J'explique qu'Uman est revenu juste à ce moment-là, alors que j'avais le téléphone à la main.

— Les téléphones, a-t-il dit. J'aurais dû y penser.

Je pouvais à peine le distinguer dans l'obscurité.

— Penser à quoi ?

— Ils vont pouvoir retrouver notre trace.

— Mes parents ?

— S'ils vont voir la police, oui. Ce qu'ils vont faire. *Inévitablement*[1].

Soudain, j'ai eu la nausée. Bien sûr qu'ils allaient appeler la police ; comment avais-je pu être assez stupide pour ne pas y penser ? Cela allait bien plus loin que des messages énervés ou angoissés. Ce n'était pas juste une histoire de couvre-feu non respecté.

— Tu as envoyé un message à quelqu'un ? a-t-il demandé en s'asseyant à côté de moi.

— Pas encore, non.

— Bon. C'est bien.

— Mais je devrais le faire, tu sais. Ils sont vraiment inquiets.

— On trouvera une cabine. Demain, à la première heure.

— Ils ne pourront pas la retrouver aussi ?

— On les appelle, et on déguerpit, a-t-il répondu en mimant des pas de course avec ses doigts.

Je n'ai pas pu m'empêcher de rire.

1. En français dans le texte.

— Ça ressemble à ça, déguerpir ?

— Oui. C'est un signe internationalement reconnu.

— Ils vont péter les plombs si j'attends jusqu'à demain matin, ai-je dit en reprenant mon sérieux.

— Envoie-leur un message maintenant, alors, a-t-il répondu en haussant les épaules, et dans cinq minutes les bois grouilleront de flics en train de beugler nos noms dans des mégaphones. C'est ça que tu veux ?

Je l'ai regardé, et ses traits paraissaient sinistres à la lueur de la lampe torche. Non, ce n'était pas ce que je voulais. Le téléphone était chaud dans ma main. Pouvait-on être retrouvés aussi facilement, aussi rapidement ? Je n'en savais rien.

Uman a ramassé l'emballage de gâteaux vide.

— On aurait dû les faire durer, a-t-il dit. Il faut qu'on soit plus militaires dans cette opération. Rations, stratégie, coms.

— Coms ?

— Communications.

Il s'est levé et a sorti quelque chose de sa veste.

— Ça, pour commencer.

C'était son téléphone. Avant que je puisse deviner ce qu'il allait faire, il l'a jeté de toutes ses forces dans l'obscurité. Je l'ai entendu heurter un arbre.

Il a poussé un cri de triomphe.

— Donne-moi le tien, a-t-il dit, un peu essoufflé.

— Uman…

— Gloria, on doit le faire.

Au bout d'un moment, je l'ai laissé prendre mon téléphone et l'envoyer tournoyer dans la nuit.

Q11
QUE PENSAIS-TU FAIRE ?

Inspectrice Ryan :

Lui as-tu donné ton téléphone, Gloria, ou te l'a-t-il pris ?

Gloria :

Je ne sais pas.

Inspectrice Ryan :

Comment peux-tu ne pas savoir ?

Gloria :

Vous ne comprendriez pas.

Inspectrice Ryan :

Essaie toujours. Je ne suis pas aussi bête que j'en ai l'air.

Gloria :

Je veux juste dire qu'il y a une différence entre donner quelque chose à quelqu'un et le laisser le prendre.

Inspectrice Ryan :

C'est une distinction intéressante.

Gloria :

Et puis, en le voyant se débarrasser de son téléphone, le jeter comme ça entre les arbres… (Haussement d'épaules.) Je ne sais pas.

Inspectrice Ryan :

S'il était prêt à jeter son téléphone, tu te sentais obligée de faire pareil.

Gloria :

Oui, en quelque sorte. Cela montrait que nous étions là-dedans ensemble, vous voyez ?

Inspectrice Ryan :

Oui, je peux comprendre pourquoi il…

Gloria :

(Elle secoue la tête.) Il n'y a pas que ça.

Inspectrice Ryan :

Quoi d'autre, alors ?

Gloria :

Je crois… Ça m'a fait comprendre à quel point c'était facile de nous couper de tout ce que nous avions laissé derrière nous.

Inspectrice Ryan :

C'était ce que tu voulais, Gloria ? Te couper de tout ?

Gloria :

Oui. Non. Ce que je veux dire, c'est que c'était plus facile de se couper de tout que de vraiment affronter les choses.

Inspectrice Ryan :

Affronter les choses ? Comme prévenir ta mère que tu allais bien ?

Gloria :

Je sais, je sais. (Pause.) Je suis désolée.

Inspectrice Ryan :

Bon, donc Uman t'a demandé ton téléphone et tu le lui as donné. Juste comme ça.

Gloria :

Non, pas « juste comme ça ». C'était mon premier smartphone, un cadeau de Noël de mes parents. Je ne l'avais que depuis quelques mois et je savais qu'ils piqueraient une crise si je le perdais.

Inspectrice Ryan :

Mais tu le lui as quand même donné.

Gloria :

Oui, il n'a pas eu besoin de me l'arracher des mains. Et quand il l'a pris, je n'étais pas vraiment convaincue que c'était la bonne chose à faire. Mais c'était trop tard.

Inspectrice Ryan :

Il l'a jeté entre les arbres.

Gloria :

Oui. Et ensuite il a tendu la main pour que je tape dedans.

Inspectrice Ryan :

Et tu lui as tapé dans la main ?

Gloria :

(Hochement de tête.) Oui.

Inspectrice Ryan :

(Pause.) OK, passons à autre chose. J'aimerais que tu m'en dises plus sur cette journée, Gloria. Sur ta décision de fuguer avec lui et de ne pas laisser de mot.

Gloria :

Comme je n'arrête pas de le dire, je n'ai pas fugué avec lui. Nous sommes partis ensemble.

Inspectrice Ryan :

OK… vous êtes donc *partis*, tous les deux. Sans laisser de mot ni rien… Vous êtes juste partis.

Gloria :

(Hochement de tête.)

Inspectrice Ryan :

Pour l'enregistrement, s'il te plaît.

Gloria :

Non, nous n'avons pas laissé de mot.

Inspectrice Ryan :

Pourquoi ? C'était l'idée d'Uman, ça aussi ?

Gloria :

Non. On n'en a même pas parlé. On est juste… partis, vous voyez ? C'était tout l'intérêt.

Inspectrice Ryan :

Quoi donc ?

Gloria :

Qui laisse un mot pour dire qu'il fait une fugue ? De toute manière, je ne pensais même pas que je faisais une fugue. Pas ce jour-là.

Inspectrice Ryan :

Que pensais-tu faire ?

Gloria :

Je ne sais pas. *Je ne sais pas.* J'aimais tellement être avec Uman que je ne voulais pas que ça s'arrête. Dormir sous la tente, tout ça. (Pause.) Je pensais que ce serait marrant.

Mme Ellis :

Marrant.

Gloria :

Oui, s'en aller quelque part, rien que tous les deux. Sécher les cours. Je pensais que ce n'était que pour deux jours. Dimanche, la nuit de dimanche, lundi. Qu'on serait de retour lundi soir.

Inspectrice Ryan :

C'était votre projet, alors ? Juste un jour ou deux.

Gloria :

Oui. Non, pas vraiment. Nous n'avions même pas discuté de la durée. C'est juste ce que je pensais.

Inspectrice Ryan :

Vous ne pensiez pas partir aussi longtemps que vous l'avez fait. C'est ça ? Ni l'un ni l'autre.

Gloria :

Non.

Inspectrice Ryan :

Mais tes parents ne pouvaient pas le savoir, n'est-ce pas ?

Gloria :

(Pas de réponse.)

Inspectrice Ryan :

Tu ne rentres pas le dimanche, tu ne passes pas la nuit chez toi. Ils appellent les parents de Tierney et apprennent que tu n'as pas passé la nuit chez eux. Puis, le lundi matin, ils reçoivent un coup de fil du collège leur demandant pourquoi tu n'es pas en cours.

Gloria :

(Pas de réponse.)

Inspectrice Ryan :

Tu peux imaginer ce qu'ils ont vécu pendant ces vingt-quatre heures, non ?

Gloria :

(Doucement.) Oui.

Mme Ellis :

Nous n'avions pas la moindre idée de l'endroit où tu te trouvais, Lor, ni avec qui. Nous ne savions même pas si tu étais encore en vie.

Gloria :

Je sais, et je suis vraiment désolée. Vraiment. Mais… j'étais avec Uman. Ce n'était pas comme si un type m'avait forcée à monter dans une voiture.

Mme Ellis :

Pour ce qu'on en savait, ça aurait très bien pu être le cas. Et même quand la police nous a dit que tu étais partie avec ce garçon, cela ne nous a pas vraiment rassurés. Pas après ce qu'il avait fait…

Inspectrice Ryan :

Bien, madame Ellis. Ne…

Gloria :

Ce n'était pas comme ça. Il n'était pas comme ça. Je me fiche de ce que vous dites qu'il a fait, vous vous trompez complètement sur Uman.

Q12
EST-CE QUE TU ES SÉRIEUSE ?

J'ai mal dormi. Être dans une tente dans les bois de l'Ours chuteur, ce n'était pas la même chose que dormir dans le jardin de sa grand-mère. D'une part, nous étions désormais des fugitifs. D'autre part, les craquements, bruissements et soupirs des bois en pleine nuit sont plus perturbants qu'une brise agitant une haie de banlieue, le miaulement d'un chat ou le passage d'une voiture. Les villes devraient être plus effrayantes, parce qu'il y a des gens, et que les gens sont bien plus dangereux que n'importe quelle créature peuplant une forêt anglaise. Mais j'avais la trouille, cette nuit-là. À cause de l'endroit où nous étions, mais peut-être aussi à cause de ce que nous faisions.

Uman se comportait comme si le fait d'avoir

jeté nos téléphones dans les arbres avait été un vrai geste libérateur. À ce moment-là, pourtant, je ne me sentais pas libre. Je me sentais loin de tout. Coupable, aussi. Si j'avais passé une mauvaise nuit, comment avait dû être celle de mes parents ?

J'avais plus ou moins décidé de dire à Uman que j'allais rentrer chez moi.

Je me suis réveillée tôt. Sans téléphone, je n'avais pas la moindre idée de l'heure qu'il était, mais quand j'ai ouvert la tente doucement, pour ne pas le réveiller, et passé la tête dehors, une lumière brumeuse d'après l'aube s'infiltrait dans les bois, transformant les arbres en croquis au fusain. Tout était calme, à part les chants d'oiseaux invisibles. Fatiguée et grognon comme je l'étais, mal réveillée, cela a eu sur moi un effet apaisant.

Un mouvement a attiré mon attention. À quelques mètres de là, une famille de lapins batifolait dans la clairière : deux adultes, qui broutaient, et quatre petits, qui jouaient à se bagarrer. J'ai retenu mon souffle, demeurant parfaitement immobile. Pendant un moment, ils ont continué, inconscients de ma présence, puis l'un des adultes m'a repérée et ils ont détalé dans les fougères, disparaissant si rapidement et si complètement que j'aurais aussi bien pu les avoir imaginés. Cela avait duré quoi, trente secondes ? une minute ? Mais ces lapins étaient la chose la plus magique que j'avais jamais vue.

J'ai attendu dans l'ouverture de la tente, dans l'espoir qu'ils reviennent. En vain.

Peu importait. Je souriais encore intérieurement de les avoir vus. De la beauté des bois, maintenant que l'obscurité avait été effacée par le lever d'un nouveau jour.

J'ai trouvé un endroit où faire pipi. Quand je suis revenue, Uman avait placé le tapis de sol devant la tente et préparait un petit déjeuner composé de Nutella et d'une brique de jus d'orange que nous avions laissé dehors pour qu'il soit bien frais. À en juger par ses yeux bouffis, il avait aussi mal dormi que moi. Mais quand il m'a vue, un sourire a illuminé ses traits.

— N'est-ce pas là la belle vie, Miss Inexcelsis ?

Alors que nous mangions, je lui ai parlé des lapins.

C'est seulement après avoir débarrassé le petit déjeuner, s'être lavé les dents et le visage aussi bien que possible avec un peu d'eau minérale qui nous restait que j'ai dit :

— Uman, ça m'embête que tu aies jeté les téléphones.

Il a hoché la tête. Il avait une tache de dentifrice au coin des lèvres et sa frange humide faisait un épi.

— Je sais. C'était un peu inconsidéré, hein ?

Sa réponse m'a surprise. Je m'étais attendue à ce qu'il se justifie.

— On pourrait essayer de les retrouver, a-t-il dit en regardant dans la direction où il les avait lancés.

— Tu veux que je sorte le cliché de l'aiguille dans une botte de foin, ou tu t'en charges ?

Uman a écarté les mains, baissé la tête.

— Désolé. Je suis comme ça : j'agis sur un coup de tête, et je m'inquiète ensuite des conséquences.

— Parce que tu t'inquiètes des conséquences ?

— En fait, non, tu as raison. Je fais les choses sans me poser de questions.

En y repensant, je me rends compte à quel point c'est puéril de se comporter comme ça. Tu as une envie subite de dessiner sur le papier peint ? Vas-y ! Tu veux pousser ta petite sœur dans la pataugeoire ? Vas-y ! Ça te dirait bien de manger un pot de glace de deux litres ? Vas-y ! On s'en fiche des conséquences. À l'époque, pourtant, je voyais les choses différemment. L'impulsivité d'Uman me rappelait celle que j'étais autrefois. Elle me donnait envie de redevenir comme ça.

— Un esprit libre, ai-je dit.

— Quoi ?

— Oh, juste un truc que ma mère a dit un jour, en vacances, à propos de mon frère et moi. *Vous deux, vous êtes deux esprits libres flottant dans la brise.* Je ne devais avoir que huit ans, je n'ai pas bien compris, mais cette expression est restée gravée dans mon esprit. Ça me fait penser aux aigrettes – tu sais, la tête des pissenlits –, qui sont emportées dans le vent comme des fées.

— Si on achète un jour un bateau, on devrait l'appeler comme ça : *Esprit libre.*

Acheter un bateau. Et puis quoi encore. J'ai souri, mais j'ai gardé cette pensée pour moi.

J'ai remis ma brosse à dents dans la trousse de toilette, et puis j'ai sorti mon déodorant et j'en ai pulvérisé sous chacune de mes aisselles, sous mon pull. Une douche aurait été bienvenue. Mieux encore, un bon bain chaud, suivi d'une lonnngue sieste. Dans un lit moelleux et chaud. En même temps, c'était agréable d'être là dans les bois, abrutie de fatigue, respirant l'air frais.

Différent, voilà ce que c'était. Je n'avais jamais vécu une matinée de ce genre de toute ma vie.

— On va trouver une cabine téléphonique, si tu veux, a dit Uman, qui avait sorti son sac de la tente et le remplissait. Pour dire à tes parents que tu es vivante et en bonne santé.

J'ai pris une grande inspiration, puis une autre.

— En fait, Uman… Je pensais plutôt rentrer.

— Oh. OK.

Il a fait une pause, comme quand on joue à « un, deux, trois, soleil ! ». Il a toussé deux fois. J'avais remarqué qu'il faisait ça quand il était anxieux. Ses poumons étaient véritablement endommagés, mais sa toux était parfois un tic nerveux. Il s'est remis à faire son sac.

— On peut faire ça, bien sûr. Retourner à Shipley et sauter dans un train. (On aurait dit qu'il parlait à son sac.) Avec un peu de chance, tu seras juste à l'heure pour l'appel au collège.

— Je te déçois, pas vrai ?

— Non.

— Si. Je l'entends dans ta voix. Et tu fuis mon regard.

Il a cessé de tripoter son sac et m'a regardée droit dans les yeux.

— C'est à cause du Nutella ? a-t-il demandé en désignant l'endroit où nous avions petit-déjeuné. Parce que j'en ai mangé plus que toi ? C'est pour ça que tu veux rentrer, pas vrai ? (Il a froncé les sourcils.) Ou c'est à cause des ronflements ?

— Tu ne ronfles pas.

— Non, mais toi, si. Je me demande si tu t'en vas parce que tu as honte.

— Je ne…

— Oui, je suis déçu. Mais ce n'est pas toi qui me déçois. Je suis juste déçu que ça s'arrête avant qu'on ait vraiment essayé.

Je ne savais pas s'il parlait de notre aventure ou de nous deux.

— Tu pensais qu'on allait partir combien de temps ? Quelques jours ? Une semaine ?

— Je ne sais pas. Jusqu'à ce qu'on ait envie de rentrer, j'imagine. Pourquoi, qu'est-ce que tu croyais, toi ?

Je lui ai dit que je n'y avais pas pensé. Ce qui était vrai. Je n'avais pas vraiment réfléchi à tout ça : à ce que nous faisions, pourquoi, à la durée de notre absence, à l'endroit où nous irions. Au fait que les gens se feraient du souci pour nous, que nous leur manquerions, et qu'ils partiraient à notre recherche.

— C'est dingue, pas vrai ? ai-je demandé.

Il a hoché la tête.

— En effet.

— Dans le bon sens ou dans le mauvais sens du terme ?

— Les deux, je dirais. Allez, je sais que ça ne sert

plus à rien, mais je vais te montrer comme démonter et replier un igloo.

Nous avons mis plus de temps que si Uman s'en était chargé tout seul ; mais c'était amusant, dans le genre comédie burlesque, surtout quand la tente s'est dépliée d'un coup et qu'il se l'est prise dans la figure, ou quand nous avons fait une pause pour jouer à lancer des piquets sur un arbre, pour voir qui arriverait à en planter un dans le tronc, comme des lanceurs de couteaux. (Ni l'un ni l'autre n'avons réussi.)

Nous avons croisé une ou deux personnes sur le chemin de halage. Un joggeur, au visage violet et luisant ; une femme promenant six chiens, tous de race différente. De la fumée s'échappait en volutes de la cheminée d'une péniche rouge et verte amarrée près de l'écluse. *Annabelle*. Pas *Esprit libre*. Je me suis demandé comment c'était de vivre sur une péniche, de voyager, de larguer les amarres quand on en avait envie et d'aller dans des endroits inconnus. Mon père avait vécu dans une caravane à une époque, quand il essayait de percer dans la musique aux États-Unis, et il disait que c'était la meilleure période de sa vie.

Une autre journée magnifique commençait. Ce n'était pas encore le moins de juin, mais le printemps faisait une imitation réussie de l'été.

— Je t'accompagne à la gare, a dit Uman.

— Comment ça ?

— Je vais te dire au revoir. Te faire mes adieux. Ce genre de choses.

Je me suis arrêtée. Il a fait encore un ou deux pas, puis il s'est arrêté aussi, en se retournant à moitié pour me regarder. *Quoi ?* disait son expression. Étonnée, pas irritée. Nous étions proches du Salt's Mill ; Uman était encadré par l'arc du pont sur lequel passait la route.

— Tu ne rentres pas à Litchbury ?

Il a pris un air penaud.

— Non. Désolé.

— Qu'est-ce que tu... ?

Mais je savais exactement ce qu'il allait faire. Il allait partir avec son sac à dos et sa tente, quelque part, n'importe où. Il allait faire ça, donner une chance à cette aventure. Sans moi.

Alors j'ai pleuré. J'étais fatiguée. Tellement fatiguée et dépassée par tout ça. Pourquoi fallait-il que ce soit aussi compliqué ?

Quand j'ai eu fini, qu'il m'a relâchée d'une longue et puissante étreinte et que j'ai eu essuyé mon visage sur sa manche, j'avais changé d'avis. Je voulais rester avec lui, tout compte fait.

— Allez. Enfin, si tu veux encore de moi.

— Est-ce que tu es sérieuse ? a-t-il demandé doucement.

— Oui. (J'ai hoché la tête. J'ai ri.) Oui, absolument.

— Il t'a bien eue, tu ne trouves pas ? demande l'inspectrice Ryan.

Je ne lui réponds pas.

Où aller ensuite, telle était la question. On ne pouvait pas rester ici, selon Uman, au cas où ils auraient repéré le signal d'un de nos téléphones avant qu'on les balance.

— Tu dois être portée disparue maintenant, a-t-il dit.

Tu, pas *nous*. Bien sûr. La grand-mère d'Uman se rendait à peine compte qu'il vivait avec elle, alors il y avait peu de chances qu'elle se demande où il était passé. Personne d'autre ne s'en inquiéterait. Il n'avait personne. Quant au collège, avec toutes ses absences, je me doutais bien qu'il ne se passerait rien de ce côté. Ils contacteraient probablement sa « famille » d'abord. Sa grand-mère, en d'autres termes. Bonne chance pour lui expliquer tout ça, pensais-je.

— La police ne va pas te chercher avant plusieurs jours, pas vrai ? Si tu étais parti tout seul, ils ne se rendraient même pas compte de ta disparition.

— J'imagine que ton analyse est correcte.

— Alors tu serais mieux sans moi.

— Oh, eh bien : a) non, et b) non.

— Comment ça, *a* et *b* ? Je n'ai dit qu'une seule chose.

— Petit *a*, je ne serais pas mieux sans toi, parce que cette bêtise de fugitiverie – et à vrai dire, ma vie en général – est bien moins drôle sans toi. Et petit *b*, quel intérêt de s'enfuir si personne n'est à nos trousses ?

Nous étions assis dans un abribus dégoûtant, partageant une cannette de Red Bull que nous avions achetée dans une station-service sur la route principale, pas très loin du Salt's Mill. Nous n'attendions pas le bus ; il s'agissait seulement d'un endroit où s'asseoir. Une fille d'environ notre âge, en uniforme scolaire, était debout à l'autre bout de l'abri, tapant des textos, hochant la tête au rythme de ce qui passait dans ses écouteurs.

— Tu le penses vraiment ? ai-je demandé.

— Gloria, jouer à cache-cache alors que personne ne te cherche, c'est comme un roulé à la framboise sans framboise.

— Non, que ta vie est plus drôle quand je suis là.

Il avait porté la cannette à ses lèvres ; il l'a abaissée sans avoir bu.

— Oui, a-t-il répondu, l'air de rien. Ça aussi, je le pense.

Nous sommes restés assis en silence pendant que je me demandais si je devais me sentir flattée ou embarrassée. C'était l'heure de pointe. Les chauffeurs n'ont pas fait attention à nous ; pour eux, nous n'étions que deux gamins à un arrêt de bus. Comment le début de notre journée pouvait-il être aussi extraordinaire alors que, pour eux, c'était le même train-train ? *Regardez-nous !* avais-je envie de crier. *Regardez ce que nous sommes en train de faire !*

Avant que le silence devienne gênant, j'ai lancé :

— Un roulé à la framboise sans framboise ?

— Je sais, il existe un nombre infini de comparaisons, et c'est tout ce que j'ai trouvé.

Nous avons bu le reste de Red Bull. L'abri a tremblé contre mon sac au passage d'un camion.

— Nous devrions mettre un peu de distance entre nous et Litchbury, entre nous et ici, a-t-il repris, en dessinant un zigzag avec son doigt. Les esquiver. Brouiller les pistes.

— Quoi, patauger dans une rivière sur quelques kilomètres pour semer les chiens renifleurs ?

— Si on était dans un film, ce serait certainement une bonne solution.

Nous disposions d'une « fenêtre » avant qu'ils retrouvent notre trace, d'après lui. D'accord, j'avais officiellement disparu depuis huit ou dix heures environ, mais des adolescents fuguaient tout le temps de chez leurs parents. L'enquête ne démarrerait vraiment que lorsque mon absence de la nuit serait suivie d'une absence à l'école. Même lorsqu'ils auraient lancé un appel à témoins, il faudrait du temps pour que ces témoins se fassent connaître. La police devrait alors distinguer ceux qui m'avaient vraiment vue des autres. Il leur faudrait encore plus longtemps pour visionner les vidéos de surveillance de la gare de Litchbury afin de déterminer quel train nous avions pris. Ensuite, ils devraient découvrir où nous étions descendus.

— Pour l'instant, conclut-il, ils n'ont absolument aucune idée de l'endroit où nous nous trouvons.

— Comment tu sais tout ça ?

— Grâce aux romans policiers, principalement. Et aux feuilletons télé.

— Ah, OK.

L'image de mes parents est à nouveau remontée à la surface. Il ne s'agissait pas d'un feuilleton télé.

— Il faut que je trouve une cabine.

— Oui. On va en trouver une.

Nous avions ouvert l'œil depuis que nous avions quitté les bois, mais nous n'en avions pas vue au Salt's Mill ni le long de la route principale. Le type qui nous avait servis à la station-service ne nous avait pas été d'une grande aide (« qui utilise des cabines téléphoniques de nos jours ? »). J'avais même envisagé de demander à la collégienne de l'abribus de me prêter son portable, mais je ne l'avais pas fait.

Un bus s'est arrêté devant nous à ce moment-là, et ses portes se sont ouvertes bruyamment, avec un sifflement pneumatique.

— Viens, a dit Uman en me prenant la main. On monte.

Le bus aurait bien pu aller n'importe où, on s'en fichait. On était de nouveau en mouvement, voilà ce qui comptait. On esquivait. On brouillait les pistes.

— Deux tickets, s'il vous plaît, a demandé Uman en sortant un billet de dix livres.

Le chauffeur l'a regardé.

— Tu as oublié de me dire où tu vas, mon vieux.

— Malheureusement, je suis dans l'incapacité de vous fournir cette information.

Je suis intervenue, demandant deux Pass journée, et j'ai poussé Uman dans le bus. Nous avons fourré nos sacs dans le compartiment à bagages, sous l'escalier, et nous sommes allés à l'étage.

— Bien joué, ai-je murmuré alors que nous nous asseyions. Ce chauffeur n'est pas prêt de nous oublier.

— Ah, bien vu.

— « Je suis dans l'incapacité de vous fournir cette information. » Je rêve.

Il a désigné les tickets.

— Qu'est-ce qu'un Pass journée, d'abord ?

— Sérieusement ? Tu n'es jamais monté dans un bus ?

— Je crois que notre chauffeur en a doublé un, un jour.

J'ai ri.

— Mais quel snob !

Il avait l'air content de lui. Puis son expression a changé.

— Et si ce bus va à Litchbury ? Ce serait une catastrophe totale.

Il n'allait pas à Litchbury. Les panneaux routiers indiquaient qu'il se dirigeait vers le centre-ville de Bradford. Les villes, c'était bien, selon Uman. On y trouvait des moyens de transport pour se rendre dans d'autres villes. Des cabines téléphoniques, aussi. Mais Uman ne pensait pas à ça à ce moment-là.

— D'ici quelques heures, nous pourrions être n'importe où.

Nous étions alors tellement pressés. Bouger, bouger, bouger. Mettre autant de distance que possible entre Litchbury et nous, le plus vite possible. Moi autant qu'Uman. Je m'étais réveillée dans les bois, prête à rentrer chez moi, et pourtant, à partir du moment où j'avais changé d'avis, c'était comme si l'idée d'abandonner ne m'avait jamais traversé l'esprit, et maintenant il fallait que je prenne la route de toute urgence. Ou peut-être (et c'est plus probable) que je savais, et ce n'était pas enfoui si profondément dans mon inconscient, que si je ne me jetais pas la tête la première dans cette fugitiverie – si je ne m'impliquais à pas à fond – les doutes et la culpabilité s'insinueraient de nouveau en moi, et je ne pourrais plus rien faire.

Nous étions donc arrivés. À Bradford. Filant furtivement d'un endroit à l'autre, presque comme si nous étions poursuivis par un groupe de paramilitaires. Nous sommes descendus à la station de correspondance train-bus (appelée « Correspondance train-bus », ce qu'Uman a trouvé *merveilleusement imaginatif*) et nous nous sommes mêlés à la foule matinale. Nous avons d'abord fait les magasins pour faire le plein de vivres et acheter une carte du pays sur laquelle préparer l'opération Fuite.

Et puis on a changé de look.

— Nos vêtements, ai-je dit.

— Eh bien ?

— Quand des gens disparaissent, la police donne toujours une description de ce qu'ils portaient.

— Oui. Oui oui oui. Gloria, il y a du génie chez toi.

Nous avions retiré pas mal d'argent à Litchbury, mais nous ne pouvions pas risquer de nous servir de nos cartes de nouveau, de peur d'être tracés, il fallait donc le faire durer et trouver une boutique de fripes. Nous en avons trouvé une, avons choisi des vêtements et nous sommes glissés dans des toilettes publiques pour nous changer. J'avais choisi un look emo : haut noir, veste en jean noire (trop grande), legging à rayures noires et grises. Quant à Uman, il avait opté pour un sweat à capuche violet, un tee-shirt vert pâle et un pantalon orange en velours côtelé.

— Pas mal, ai-je commenté. Très discret.

— J'ai toujours eu un faible pour les couleurs secondaires.

— Ton esprit ne fonctionne pas vraiment comme celui des autres, pas vrai ?

Il m'a fait un grand sourire.

— Tu as remarqué ?

Nous avons fourré nos vieux vêtements dans un sac et les avons déposés sur le seuil d'une autre friperie, hormis les tenues de rechange que nous n'avions pas encore portées, et ma fausse veste d'aviateur dont j'étais incapable de me débarrasser. Je l'ai enfouie au fond de mon sac à dos pourtant bourré à craquer.

L'inspectrice Ryan intervient :

— C'est ce jour-là que tu t'es teint les cheveux ?

— Oui. Juste après.

— C'était l'idée de qui ?

— On a tiré les cartes. La plus forte, une coloration ; la plus faible, une coupe de cheveux. Uman a tiré un trois, moi un neuf.

Nous avons acheté des ciseaux et une coloration et nous sommes allés nous enfermer dans les toilettes pour handicapés, plus spacieuses. Mes cheveux châtain clair sont devenus carotte (le blond est venu plus tard, dis-je à l'inspectrice) et la longue chevelure d'Uman s'est transformée en vilaine coupe militaire. Lui couper les cheveux avait été agréable, intime, mais ça me brisait le cœur de voir tous ces beaux cheveux soyeux tourbillonner dans la chasse d'eau.

— Hé, ai-je dit en passant les doigts sur son crâne. Tu es bel et bien un garçon, tout compte fait.

— Cela veut-il dire que tu serais prête à m'embrasser, maintenant ?

— Je l'étais déjà avant, en fait. Si l'occasion s'était présentée.

Alors nous nous sommes embrassés. Là, dans les toilettes publiques : notre premier baiser.

Retour à la station, arborant nos fripes et nos étonnantes nouvelles coiffures.

Il était temps de passer ce coup de téléphone.

Je suis entrée dans une cabine tandis qu'Uman attendait un peu plus loin en m'observant. J'avais les mains moites, je respirais trop vite. Est-ce que j'avais déjà téléphoné d'une cabine ? Pas dans mon souvenir. Il m'a fallu un moment pour comprendre quoi faire, où mettre les pièces.

J'ai composé presque tout le numéro de la

maison avant de raccrocher. Maladroitement, si violemment que le combiné est ressorti de son support et s'est balancé au bout du fil, si bien que j'ai dû le remettre correctement.

Dehors, Uman faisait son imitation du funambule sur le bord du trottoir. Je lui ai fait les gros yeux pour qu'il arrête, mais il a continué.

Par une matinée normale, mes parents seraient déjà partis travailler à cette heure-là. Mais ce n'était pas une matinée normale. Avec ma disparition, ils étaient forcément restés à la maison, attendant que le téléphone sonne, non ? J'ai imaginé l'un d'entre eux – maman probablement – décrocher à la première sonnerie et dire mon nom avant même que j'aie le temps de parler.

Gloria, c'est toi ? Oh, Dieu merci ! Où es-tu, bon sang ?

Je ne pouvais pas affronter ça. Je ne pouvais pas lui parler. Lui dire que j'allais bien, que j'étais en sécurité, mais que je n'allais pas rentrer tout de suite à la maison. Je ne pouvais pas m'expliquer. Affronter les centaines de questions qu'elle aurait à me poser. Ou le son de ce que je lui infligeais – de ce que je leur infligeais – dans le ton de sa voix. Dans ses larmes.

En même temps, je ne pouvais pas quitter cette

cabine sans avoir passé ce coup de téléphone. Ils avaient le droit de savoir.

J'ai récupéré les pièces, décroché le combiné et refait le numéro. Sauf que cette fois, j'ai fait celui du téléphone « professionnel » dans le bureau de mon père, dans le grenier aménagé. Ils l'entendraient sonner, vaguement, depuis deux étages plus bas (je les imaginais dans la cuisine, ou dans le salon), mais si je faisais vite, il était impossible qu'ils l'atteignent et décrochent avant que j'aie fini mon message. À moins que papa ne soit assis à son bureau.

Ce n'était pas le cas.

— Hé, c'est moi. Je vais bien et il ne s'est rien passé. Rien de grave. C'est juste que… je ne vais pas rentrer à la maison avant un petit moment, c'est tout. (Puis, après une pause.) Désolée.

J'ai raccroché, appuyant les mains contre les parois de la cabine pour m'empêcher de trembler.

Q13
ALORS, EST-CE QUE C'ÉTAIT LE CAS ?

Cet appel passé, ce message laissé – notre position localisable (pour ce qu'on en savait) – il était temps de déguerpir. Il était temps, une fois de plus, de consulter les Cartes du Destin, ainsi que nous avions décidé de les nommer. *Des rayures roses et violettes,* me suis-je dit en sortant de la cabine.

— Tu leur as parlé ? a-t-il demandé.

— Répondeur.

Je lui ai répété ce que je leur avais dit sur le répondeur. Il m'a frotté le bras.

— Ça va ?

J'ai hoché la tête.

— Oui, ça va. Ça va.

— C'est la tête que tu fais quand tu vas bien ? Eh bien, je n'aimerais pas voir la…

— Arrête, Uman. S'il te plaît.

— OK. Désolé.

J'ai repoussé une mèche de cheveux roux qui me tombait sur les yeux.

— Faisons le truc avec les cartes.

Dans un coin tranquille de la station, nous avons mélangé le paquet. Et puis on a coupé. Les cartes ont dit « train ». Nous avons coupé de nouveau et elles ont dit « ouest ».

En milieu de matinée, nous étions à Manchester.

Mais on n'y est pas restés longtemps, car un autre tirage – « rester » ou « bouger » – nous a fait reprendre la route, et un autre nous a indiqué « sud-ouest ». Uman a ouvert sa carte du Royaume-Uni et tracé une ligne avec son doigt pendant que je notais les noms de lieux sur la route. Nous avons encore tiré une carte.

— Church Stretton, a-t-il dit, comme s'il prononçait une expression dans une langue étrangère. Tu en as déjà entendu parler ?

— Non.

— Cette partie de la carte est très verte. Et isolée.

— Vert, c'est bien. Isolé aussi. Et regarde, il y a une gare.

L'après-midi venu, nous avions bel et bien déguerpi – laissant Manchester, Bradford et

Shipley loin derrière nous – et nous marchions dans les collines où l'Angleterre commence sa longue ascension jusqu'au pays de Galles.

Deux cents kilomètres nous séparaient de Litchbury, plus ou moins. J'avais l'impression qu'il y en avait mille.

Quant au message que j'avais laissé sur le répondeur de mon père, j'avais l'impression qu'il remontait à plusieurs jours, pas à quelques heures.

— J'ai été lâche, ai-je dit. J'aurais dû leur parler directement.

— Ce qui compte, c'est que tu leur as dit ce qu'ils avaient besoin de savoir.

— Mais ils vont être tellement inquiets. Tellement en colère.

— Ils vont être soulagés d'avoir entendu ta voix, a-t-il dit en me prenant dans ses bras.

Je l'ai laissé me convaincre. Je l'ai laissé m'étreindre encore un peu.

Nous avons établi notre campement au bas d'une vallée aux flancs pentus, à deux heures de marche de Church Stretton. Au cours de la dernière heure, nous n'avions vu personne. Rien que des moutons. Des centaines de moutons, éparpillés sur les pentes comme des morceaux arrachés à un nuage, tombés du ciel et pris au piège par les ajoncs. Pendant la nuit, je les entendais bêler autour de nous.

Notre deuxième nuit de fugitifs.

Me blottissant contre Uman, j'ai demandé :

— C'est vrai que je ronfle ?

Mais il dormait déjà.

Nous avons passé presque une semaine dans les collines de Stretton. Je me suis toujours considérée comme une fille de la ville – je ne me suis jamais intéressée à la campagne, au retour à la nature, à ce genre de choses –, mais ces six jours de randonnée et de camping avec Uman ont été les plus heureux de ma vie.

Chaque nuit, nous montions la tente à un endroit différent. On brouillait les pistes. C'était amusant de défaire et refaire notre campement, de partir en périple, de chercher des cachettes encore plus introuvables. Nous n'avions que l'embarras du choix : une fois qu'on a quitté Church Stretton en direction des collines, les hameaux et les fermes se font de plus en plus rares. Nous les contournions. Nous évitions les routes et les allées, restant sur les sentiers et les chemins piétonniers, ou nous aventurant dans la lande où la bruyère nous arrivait au mollet et où les oiseaux, pipits ou tariers des prés, s'éparpillaient devant nous tels des enfants jouant au loup. Les seules personnes que nous croisions étaient des randonneurs et des cyclistes, un cavalier ou deux, et un paysan à l'occasion, dont aucun ne nous manifestait un intérêt particulier. Un geste de la main, un salut, un sourire enjoué. C'était tout. Parfois, un promeneur s'arrêtait pour nous demander son chemin ou faire des commentaires sur le temps, et une fois, un vieux type à rouflaquettes remplissant une auge de fourrage a désigné les vêtements d'Uman en disant qu'il espérait que toutes ces couleurs vives n'effraieraient pas les moutons.

À part ça, nous avions les paysages pour nous tout seuls. Rien que nous, les moutons et les oiseaux. La nuit, nous entendions le bruit de ce qui aurait pu être des renards ou des blaireaux furetant près de la tente.

Pour déterminer notre position, nous utilisions la boussole d'Uman et une carte IGN de la région que nous avions achetée à l'office du tourisme de Church Stretton, le jour de notre arrivée. Même si nous étions toujours en mouvement, nous prenions soin de rester aux alentours de la ville de façon à pouvoir nous y rendre discrètement tous les deux jours pour acheter à boire et à manger.

Je dis « nous », mais seul l'un de nous allait faire les courses. Même avec nos apparences radicalement différentes, deux adolescents ensemble – un garçon à la peau foncée avec une fille blanche – auraient pu attirer l'attention dans une petite ville.

On parlait de nous aux infos, désormais. Lors de notre troisième jour dans la région, j'ai feuilleté un journal pour voir si nous étions dedans. C'était le cas. Information principale page 5 : *L'inquiétude grandit au sujet des deux adolescents fugueurs*, avec des portraits d'Uman et moi (le mien était une hideuse photo du collège qui donnait l'impression que mes lèvres étaient soudées à la colle). J'ai lu l'article au supermarché.

« La police est de plus en plus inquiète pour la sécurité de deux adolescents de quinze ans qui semblent avoir fugué ensemble », commençait-il, avant de donner des détails de la dernière fois où nous avions été vus, par le chauffeur d'un bus reliant Shipley à Bradford. Bien. Cela signifiait qu'on n'avait pas encore retrouvé notre trace après Bradford. L'article mentionnait mon message téléphonique, puis donnait notre description (avant notre changement de look) ainsi qu'une citation du proviseur de Litchbury, me qualifiant d'« intelligente, douée et populaire » et de « membre précieux de la communauté scolaire ». Pas grand-chose sur Uman. Il était nouveau dans l'établissement, avait un « passé troublé » (sans plus de détails) et avait « exercé une influence sur Gloria pendant leur courte amitié ». Puis une citation de maman, « Gloria, ma chérie, contacte-nous s'il te plaît. Nous t'aimons et tu nous manques tellement et nous voulons que tu reviennes auprès de nous, là où est ta place. Tu n'auras aucun ennui ; on veut juste que tu rentres à la maison. »

J'ai reposé le journal dans les rayons et je me suis enfermée un moment dans les toilettes pour que personne ne me voie pleurer. Une fois calmée, j'ai fait les courses et je suis retournée à la tente.

J'ai parlé de l'article à Uman. Quand je lui ai dit ce qu'ils avaient écrit sur lui, il a hoché la tête, comme s'il s'était attendu à ce genre de choses.

— Ça ne disait rien d'autre sur moi ?

— Non.

Un autre hochement de tête.

— Alors c'est moi, le méchant.

Il a dit ça comme s'il plaisantait, ou comme s'il s'en fichait, mais je voyais bien que cela le préoccupait.

— Uman, ils ne te connaissent pas. Pas comme je te connais.

J'ai passé la paume de ma main sur ses cheveux courts. J'aimais déjà ses cheveux lorsqu'ils étaient longs, mais depuis qu'ils étaient courts, je ne pouvais m'empêcher de les caresser.

— Ils ne nous connaissent pas, ai-je ajouté.

Nous avons déballé les courses en silence. J'ai cru qu'il allait de nouveau s'enfoncer dans la morosité, comme la fois où il s'était renfermé alors que je lui faisais visiter Litchbury. Mais après avoir fini de ranger, il m'a demandé si j'allais bien. Comme si c'était moi qui m'étais renfermée.

— Moi ? Oui, ça va. Pourquoi ça n'irait pas ?

— La déclaration de ta mère.

Il avait raison ; elle continuait de tourner dans ma tête. La pensée de ce qu'ils traversaient, papa et elle. De voir son nom dans le journal – mon nom, ma photo – avait rendu les choses tellement réelles, tellement extrêmes. Dans tout le pays, des gens avaient entendu parler de nous. Des gens nous cherchaient.

— Tu crois qu'ils sont passés à la télé ? ai-je demandé. Tu sais, pour lancer un avis de recherche.

— Tes parents ? Probablement.

Je les ai imaginés flanqués d'officiers de police, devant une mer de micros, d'équipes de tournage, de photographes, répondant à une question après l'autre. Essayant de garder contenance. Se tenant la main, clignant des yeux à la lueur des flashs comme deux biches effarouchées.

— Merde, Uman.

— Tu veux lui téléphoner ?

— Je ne peux pas, pas vrai ?

— Sauf si tu en as vraiment envie.

J'ai secoué la tête.

— Il faudrait qu'on s'en aille si je le faisais. Et j'aime cet endroit. De toute façon, j'ai déjà appelé une fois, alors ils savent que je n'ai pas été enlevée, ou quelque chose comme ça.

Uman a étudié mon visage.

Une pensée m'a frappée.

— Mon frère. Il est peut-être rentré de la fac à cause de moi.

Il a pris ma main, la serrant entre les siennes.

— Si cela devient trop sérieux, tu n'as qu'un mot à dire, et on rassemblera nos affaires pour aller nous rendre au premier commissariat de police.

Je voyais bien qu'il le pensait vraiment.

— Mais pourquoi ? ai-je demandé d'une voix suppliante.

— Pourquoi quoi ?

— Pourquoi on devrait faire ça ? Pourquoi on ne peut pas mettre les voiles si ça nous chante ?

— Parce qu'on a quinze ans.

— Et alors ?

— Alors, tant qu'on n'aura pas dix-huit ans, on appartiendra à d'autres gens.

— Appartenir ? Je n'appartiens pas à mes parents. Je n'appartiens à personne.

Il a haussé les épaules.

— C'est comme ça, pourtant. Les parents, les profs, la police… ce sont eux qui édictent les règles. Pas nous. Nous, on ne fait que ce qu'on nous demande.

— Tu ne crois pas à ce que tu dis. Sinon tu ne serais pas ici, dans cette tente.

— Non, je n'y crois pas. Et non, je ne serais pas là.

— Alors pourquoi tu dis qu'on devrait abandonner ?

— Ce n'est pas ce que j'ai dit. Je dis juste que j'abandonnerai, si c'est ce que tu veux.

— Tu ferais ça ?

— Gloria, je voulais te rendre heureuse. Je voulais qu'on soit heureux en faisant ça. Si tu n'es pas heureuse, quel intérêt ?

— Mais je suis heureuse, répondis-je, riant et pleurant à moitié. C'est bien ça, l'intérêt.

Ce soir-là, nous sommes allés à Church Stretton et nous sommes offerts des fish and chips. Je les ai achetés pendant qu'Uman attendait sur un banc, dans le jardin d'une église, éclairé par la lune. Notre premier repas chaud depuis que nous étions devenus des fugitifs. Ce fut le meilleur repas de toute ma vie.

Nous avons pris nos habitudes. Au lever, nous étendions nos sacs de couchage dehors pour les aérer pendant que nous prenions notre petit déjeuner, puis nous faisions nos sacs et partions vers un nouvel endroit. On choisissait un lieu qui nous paraissait bien – à plusieurs kilomètres de distance, dans l'idéal – puis on étudiait la configuration du terrain à notre arrivée. Après avoir monté la tente, on déjeunait. L'après-midi, nous allions chercher des matériaux pour décorer notre campement. Des brindilles, des baies, des feuilles, des touffes de mousse, des pommes de pin, des plumes, des filaments de laine de mouton (un crâne de mouton, une fois), des coquilles d'escargots, des pétales d'ajoncs, des branches de fougères. Nous disposions le tout dans une sorte d'installation artistique, très païenne, que nous laissions le lendemain matin pour marquer l'endroit où nous avions séjourné. Même si personne ne saurait qui avait fait ça.

Nous laissons de superbes mystères dans notre sillage, comme disait Uman.

Cela me rappelait l'époque où nous nous fabriquions des cachettes, avec mon frère, quand nous étions petits. Ivan les construisait – dans le jardin, à la maison, ou en vacances –, et moi je les décorais. Avec Uman, il n'y avait pas de division du travail selon le sexe. Et je me sentais plus adulte, pas moins, tandis que nous installions notre campement et l'embellissions ; alors je ne sais pas pourquoi ces souvenirs d'enfance me revenaient dans ces moments-là. C'était l'aventure, peut-être. J'avais été aventureuse, plus jeune, et à l'époque, mes aventures incluaient Ivan – avec moi, la petite sœur, courant derrière lui. Une ou deux fois, au moins, nos parents avaient dû chercher notre repaire et nous en chasser à l'heure du dîner, du bain ou du coucher, et nous nous étions fait gronder pour nous être cachés.

— Est-ce que ton frère et toi étiez déjà allés camper ? ai-je un jour demandé à Uman.

— Non, a-t-il répondu d'un ton neutre.

Le sujet était clos.

Quoi qu'il en soit, j'adorais créer ces… ces autels décoratifs, pourrait-on dire. Ces superbes mystères. Uman incluait toujours un cercle de cailloux en mémoire de notre marche jusqu'aux Douze Disciples, pendant les Jours d'Avant, comme nous disions. Nous étions Maintenant, la période avant notre fugue, c'était Avant, et les jours avant notre rencontre, Avant Avant.

— Et la période qui suivra notre fugitiverie ? ai-je demandé alors que nous décidions de ces appellations.

Il a réfléchi un moment.

— Appelons-la les Jours d'Après.

— Les Jours d'Après, ai-je souri. Oui, ça me plaît. Avant Avant, Avant, Maintenant, Après.

Le soir, nous prenions le dîner (« le souper », selon Uman) et nous jouions aux cartes ou écoutions de la musique sur mon iPod (jusqu'à ce qu'il n'ait plus de batterie), ou alors nous jouions aux devinettes en vingt questions. Pour finir, nous nous racontions des histoires, chacun notre tour : des récits de notre enfance, ou des histoires de fantômes. Un soir, nous avons joué des scènes de nos épisodes préférés de *Friends,* avec Uman dans les rôles de Chandler, Joey et Ross, et moi incarnant Rachel, Monica et Phoebe. Le Ross d'Uman était tellement drôle que j'ai failli me faire pipi dessus.

Quand il a plu, ce qui a été le cas un jour de la semaine, nous avons mis nos imperméables et nous avons fait comme d'habitude. Pour la lessive, nous rincions nos vêtements dans un ruisseau (nous campions toujours près d'un cours d'eau), et nous les faisions sécher sur les cordes qui fixaient la tente au sol. Nous nous lavions aussi dans les ruisseaux, le mieux possible. Un jour, nous sommes tombés sur une cascade ; un ruisseau se déversait d'une avancée rocheuse à environ trois mètres de haut. Nous n'avons même pas eu besoin de parler. Nous avons juste échangé un regard, posé nos sacs à dos, puis nous nous sommes déshabillés et nous sommes savonnés des pieds à la tête sous l'eau glacée, en poussant des cris et des couinements. Quand nous avons eu fini, nous étions rose vif, nous tremblions et nos dents claquaient trop fort pour que nous puissions parler, mais cela faisait un bien fou d'être enfin vraiment propres.

Je vois l'inspectrice Ryan et ma mère échanger un regard. Pendant que je me rappelle notre euphorie lors de cette douche en extérieur, elles nous imaginent ensemble, nus sous cette cascade… et notre absence totale de gêne. Elles imaginent, j'en suis sûre, toutes ses nuits intimes dans une petite tente.

— Allez-y, dis-je à l'inspectrice. Posez-moi la question. Vous en mourez d'envie.

— Quelle question, Gloria ?

— Si nous couchions ensemble.

Elle jette un coup d'œil à maman, puis revient à moi.

— Alors, est-ce que c'était le cas ?

— Qu'est-ce que ça peut bien faire ?

— Tu as quinze ans, dit maman.

— Oui, lui aussi.

— Qu'est-ce que ça change ? Tu es mineure, Lor.

Elle semble bouleversée, alors je ravale ce que je m'apprêtais à dire et je choisis autre chose.

— Nous nous sommes déshabillés et nous sommes lavés sous une cascade au milieu de nulle part, dis-je doucement, calmement. N'y a-t-il pas eu une époque où tu aurais pu faire la même chose ?

Elle ne répond pas.

Nous gardons toutes les trois le silence pendant un moment. Je m'attends à ce que l'inspectrice Ryan insiste pour savoir si nous avons oui ou non couché ensemble, maintenant que j'ai entrebâillé la porte.

— Si vous étiez si bien là-bas, demande-t-elle plutôt, pourquoi êtes-vous repartis ?

On ne l'aurait pas fait, lui dis-je. Si les choses

s'étaient passées différemment, nous serions restés des semaines dans les Stretton Hills. Des mois. C'est une très belle région. Cela nous convenait parfaitement. Je n'avais jamais fait autant d'exercice ni respiré autant d'air frais, et j'étais en pleine forme. Je ne dors pas très bien en temps normal, mais ces nuits-là, dans la tente, je dormais d'un sommeil régénérateur et me réveillais en pleine forme.

— Je ne veux plus jamais dormir dans un lit ou vivre dans une maison, disais-je à Uman.

— Alors soit, répondait-il.

C'était aussi facile que ça. Tout était possible pour nous, et je ne pouvais pas imaginer que ça s'arrête un jour. Bien sûr, tout au fond de moi, je savais que ça s'arrêterait, d'une façon ou d'une autre, à un moment ou à un autre. Mais pour le moment, nous vivions dans les Jours de Maintenant, et nous nous autorisions à croire que les Jours d'Après n'étaient rien d'autre qu'une petite bande de nuages à l'horizon. Au-dessus des collines, bien loin de là.

Six nuits, pourtant. C'est tout ce que nous avons eu.

Le jour où c'est arrivé, nous nous sommes réveillés tôt, comme d'habitude. Nous avons étendu nos sacs de couchage, nous sommes lavés dans un ruisseau tout proche, puis nous avons préparé le petit déjeuner. Notre installation artistique avait été un peu abîmée par le vent pendant la nuit, alors nous avons passé quelques minutes à la remettre en place. Elle comprenait un corbeau mort que nous avions trouvé la veille, étrangement intact, si parfaitement conservé qu'on aurait dit qu'il dormait. Avec ses ailes bleu noir chatoyantes, il reposait sur une pierre plate entourée de douze cailloux, au centre d'un arrangement de fougères et de bruyère, de sorte qu'il semblait flotter sur un radeau, sur une mer verte et violette. Une créature mythique en route pour l'au-delà.

C'est ce qui a attiré l'attention sur nous.

Un lundi matin ; le jour précédent avait marqué la fin de notre première semaine. Uman et moi en avions parlé : le temps avait semblé passer si vite, et pourtant, cette première nuit dans les bois de l'Ours chuteur nous paraissait déjà un lointain souvenir.

— Je n'ai plus l'impression d'avoir quinze ans, ai-je dit alors que nous débarrassions le petit déjeuner et ramassions nos déchets.

— Je vois ce que tu veux dire. À vrai dire, je crois que moi non plus.

— Ça. Être ici, avec toi, cette dernière semaine…

C'est comme si j'en avais vingt. Comme si on était des étudiants en année sabbatique.

Il a enfermé les derniers crackers dans leur Tupperware.

— Si tu continues à vieillir à ce rythme-là, dans deux mois tu auras dans les soixante-dix ans.

— Non, écoute.

Il pouvait se montrer agaçant, parfois, à plaisanter alors que j'essayais d'être sérieuse.

— J'ai envie de faire tellement de choses dans ma vie, et j'ai l'impression d'avoir seulement commencé. Seulement maintenant.

— Seulement maintenant. C'est un bon endroit pour vivre sa vie.

J'ai étudié son expression pour voir s'il se moquait encore de moi. Ce n'était pas le cas.

— C'est ce que tu fais, toi, pas vrai ? (Je n'ajoutais pas *depuis l'incendie*.) C'est l'une des choses que j'aime vraiment chez toi.

— Vas-y, liste-moi les autres choses.

— Uman.

— OK, OK, un peu de sérieux, a-t-il ajouté en fermant le couvercle du pot de Nutella avant de me le tendre pour que je le range dans mon sac. Tu sais ce que mon père disait souvent ?

— Quoi ?

— Vis comme la rivière, sans jamais t'immobiliser ni retourner en arrière, mais en coulant toujours vers l'avant. Si tu devais atteindre un désert, transforme-toi en nuage et flotte par-dessus, puis retombe sous forme de pluie de l'autre côté pour redevenir une rivière. (Il a haussé les épaules.) C'est un vieux proverbe arabe.

— C'est magnifique.

— Ce n'était que du flan, a-t-il précisé sans méchanceté ni amertume envers l'homme qui avait tué sa mère et son frère, et qui avait bien failli le tuer aussi. Mon père a vécu pour l'argent ; plus il en avait, plus il en voulait.

— Il avait toujours été comme ça ?

— Non, pas au début, quand il est arrivé dans ce pays. C'était une aventure, une nouvelle vie – c'est ce que ma mère dit. Disait. Mais il fallait qu'il fasse ses preuves, qu'il donne la mesure de son succès. L'immigré qui a réussi, tu vois ? Cela ne suffisait pas de « vivre comme la rivière ». Il fallait qu'il devienne la rivière la plus grosse, la plus puissante possible.

Nous roulons nos sacs de couchage, que nous avions sortis pour les aérer. J'étais pendue à ses lèvres, je m'en rendais bien compte. Il parlait rarement de son père ; même quand nous nous racontions des histoires de notre enfance, il le laissait en marge.

— C'est drôle, non ? a-t-il demandé en faisant un bruit qui n'était pas vraiment un rire. S'il avait réussi, je serais mort. Et je suis là à répéter les conseils qu'il me donnait sur la vie.

Il a toussé une ou deux fois. Violemment. Ses quintes de toux s'étaient calmées depuis que nous vivions dans les collines. Il boitait moins, aussi, même si nous marchions beaucoup ; il avait pris l'habitude de tremper ses pieds dans les ruisseaux après chaque marche.

— Ça va ? ai-je demandé, et il a hoché la tête.

Nous avons commencé à démonter la tente. J'imaginais son père, jeune homme, quittant son pays natal pour une nouvelle vie dans un pays étranger. Ses rêves et ses espoirs. Mes parents avaient-ils vécu la même chose quand ils avaient quitté l'Angleterre et voyagé à l'autre bout du monde, aux États-Unis, des années avant ma naissance ? Avant que leurs rivières atteignent le bord du désert ? Avant de s'arrêter et de faire demi-tour ?

— On n'est pas obligés de devenir comme eux.

Occupé à retirer les piquets du sol, il a relevé les yeux.

— Quoi ?

— Nos parents. On n'est pas obligés de vivre comme eux. Ni de penser comme eux.

— Non. Je sais.

— Ils ont eu leur tour. C'est le nôtre, maintenant.

À peine avais-je prononcé ces mots que leur brutalité m'a frappée : ses deux parents étaient morts, et leur « tour » était bel et bien terminé.

Mais Uman m'a simplement décoché un sourire.

— Bien dit, Miss Inexcelsis.

Nous en étions au tapis de sol quand nous avons entendu un crissement de bottes sur le chemin caillouteux qui longeait le ruisseau. D'ordinaire, nous campions loin des sentiers, mais ici, le choix était limité, car nous ne pouvions pas monter la tente sur une pente. Il était encore tôt ; étonnamment tôt pour que quelqu'un se promène dans un lieu aussi isolé.

Nous avons échangé un regard. Nous n'avons pas prononcé un mot, mais nous connaissions la marche à suivre. *Être amical. Se comporter naturellement. Faire attention à ce qu'on dit.*

Le type a jailli de derrière un éperon rocheux. Il était presque aussi coloré qu'Uman : veste en polaire rouge, pantalon bleu ; les lacets orange de ses bottes étaient quasi fluorescents. D'une main, il tenait un sac en plastique vert, et de l'autre, ce que j'avais d'abord pris pour un bâton de marche, mais qui était en fait une pince à déchets.

— Bonjour ! a-t-il lancé, aussi vif et enjoué que ses vêtements.

— Bonjour, ai-je répondu.

Pour je ne sais quelle raison, Uman lui a adressé un salut militaire. J'espérais qu'il n'était pas dans une de ses humeurs.

Le sentier se trouvait à environ trente mètres de notre campement et on aurait dit que l'homme allait simplement continuer son chemin. Nous n'avons pas eu cette chance. Je l'ai vu remarquer l'installation au corbeau mort, s'arrêter, puis quitter le sentier pour venir l'observer de plus près.

— Épatant, a-t-il dit.

Je lui ai rendu son sourire.

— Merci.

Les quelques cheveux que je distinguais sous sa casquette bleue à visière étaient presque tout gris ; sa barbe clairsemée aussi. Ses dents étaient trop blanches, trop propres.

— Nous l'avons appelé *Oiseau mort et sa flore*, a ajouté Uman.

Il était bel et bien dans une de ces humeurs.

Je lui ai lancé un regard appuyé pour l'exhorter à se comporter normalement ; du moins, à se conformer à la version la plus courante de la normalité, en opposition à sa propre interprétation. Cela n'a pas semblé troubler notre interlocuteur, cependant. Il avait posé le sac par terre et retiré sa casquette, s'essuyant le front avec la manche de sa veste. Ses cheveux se dressaient en un toupet argenté.

— Je suis comme qui dirait garde champêtre, a-t-il dit en désignant son sac. Enfin, bénévole.

— Qu'y a-t-il là-dedans ? a demandé Uman. Un parachutiste ennemi ?

Le vieil homme l'a regardé.

— Vous voulez qu'on enlève tout ça ? suis-je intervenue rapidement en désignant notre installation.

— Non, non, pas du tout. Mais… Bon, ne déracinez plus de bruyère, d'accord ?

— Oh, d'accord. Désolée.

Il a pointé le doigt sur les fougères.

— Celles-là, par contre, vous pouvez en arracher autant que vous voulez. Il y en a trop, de ces saletés. Elles tuent tout le reste, si on les laisse faire. (Il a fait un geste large avec sa pince.) Le week-end dernier, on est montés ici à dix pour leur mettre une bonne raclée.

— Vous avez vraiment dû vous éclater, a commenté Uman.

Le type lui a encore lancé un drôle de regard.

— Alors, a-t-il repris, qu'est-ce qui vous amène ici, les p'tits loups ?

Les p'tits loups ? J'ai répondu avant Uman :

— On fait de la randonnée, du camping, tout ça. (Je lui ai adressé mon plus beau sourire.) C'est tellement beau, ces collines, pas vrai ?

— Oh oui, c'est beau.

Il a remis sa casquette. Ramassé son sac-poubelle. *Bien,* ai-je pensé. *Il va repartir.* Mais alors :

— Vous allez me dire de m'occuper de mes affaires, mais vous ne devriez pas être à l'école ?

— Si, mais c'est pour le duc d'Édimbourg, ai-je répondu. Vous savez, le concours. On a eu la permission de manquer une journée.

— Par le duc d'Édimbourg lui-même, a renchéri Uman.

Oh non.

Le vieil homme s'est contenté de hocher la tête.

— Dans quel établissement allez-vous ? Mon petit-fils a environ votre âge. Vous le connaissez peut-être.

— Oh, on ne vit pas par ici, ai-je répondu. On vient de Manchester.

Un autre hochement de tête. Il a rajusté sa prise sur son sac. Pendant que nous parlions, son regard avait été attiré à plusieurs reprises par mes cheveux roux. Il les fixait de nouveau. En changeant d'apparence, je n'avais peut-être réussi qu'à ressembler à une fille qui avait changé d'apparence ?

— Bon, je ferais mieux d'y aller, a-t-il dit en regardant d'abord Uman, puis moi. C'était un plaisir de bavarder avec vous.

— Oui, pour nous aussi, ai-je répondu. Passez une bonne journée. Et désolés, pour la bruyère.

Après quelques pas en direction du chemin, il s'est retourné et a demandé :

— Au fait, vous savez que vous n'êtes pas censés camper ici ? C'est une réserve naturelle. À vrai dire, c'est même un site protégé.

Je lui ai dit que nous l'ignorions, et il a ajouté :

— Si vous comptez rester plus longtemps, je vous conseille d'aller dans un camping « officiel » avant que les « vrais » gardes champêtres vous tombent dessus.

— Merci pour cette information, monsieur, a dit Uman. Nous garderons ça en tête, à coup sûr.

— Tu es une vraie tête de nœud, parfois, ai-je lancé quand nous avons de nouveau été seuls.

— Double bluff, a-t-il répliqué. Si nous étions vraiment des adolescents en fuite, nous n'aurions pas attiré l'attention sur nous en faisant preuve d'une insolence aussi éhontée.

— Comment ça, *nous* ?

— Il a aimé notre œuvre d'art, en tout cas. D'après mon expérience, les gens qui s'y connaissent en art ne dénoncent que rarement les fugitifs aux autorités. En fait, je ne pourrais en donner aucun exemple.

Et ainsi de suite. C'était inutile d'essayer de discuter avec lui quand il était comme ça. Nous avons fini de démonter la tente et de ranger nos affaires. En temps normal, c'était à ce moment que nous ouvrions la carte pour trouver un site possible pour la nuit. Ce matin-là, j'ai suggéré que nous quittions les Stretton Hills pour de bon.

— Ce type nous a captés, je le sais.

Je m'attendais à ce qu'il me contredise, mais il a dit :

— Je le pense aussi.

— Bien. On bouge, alors.

— Holà, doucement, Gloria. On a cinquante-deux consultants à consulter ; cinquante-quatre, si on compte les jokers. (Il a sorti les cartes de son sac à dos.) On ne parle pas au destin, on l'écoute.

— On ne peut pas tirer ça au sort, Uman. C'est trop important.

Il a mélangé, m'a tendu le paquet.

— Rouge, on reste ; noir, on s'en va.

J'ai refusé de couper.

Alors il l'a fait. Il a tiré le noir.

— Bien. Le destin a parlé.

Q14
QUEL ENDROIT TE REND HEUREUSE ?

Nous nous sommes séparés. C'était l'idée d'Uman.

Même s'il y avait du réseau par ici et que l'homme au sac-poubelle avait déjà appelé la police, il y avait peu de chances qu'ils réagissent immédiatement, avec tous les autres appels qu'ils avaient dû recevoir de tout le pays. Les excentriques et ceux qui leur faisaient perdre leur temps, les cas d'erreurs d'identité. Nous ne nous attendions pas à ce qu'une équipe du RAID nous prenne en embuscade à tout moment ou à ce qu'un hélicoptère de la police jaillisse au sommet d'une colline. Nous pensions avoir le temps de marcher jusqu'à Church Stretton et de prendre le premier bus ou le premier train avant qu'ils se lancent à notre poursuite. L'autre possibilité, c'était de sortir la boussole et de marcher vers l'ouest, en direction du pays de Galles, pendant quelques jours. Mais nous voulions nous éloigner de cet endroit le plus possible, et aussi vite que possible.

— Il y a une troisième solution, a dit Uman.

— Laquelle ?

— Rattraper ce type, le tuer, puis l'enterrer dans une tombe pas trop profonde.

Je me suis tapé le front.

— Pourquoi n'y ai-je pas pensé ?

Nous avons discuté des armes potentielles pour commettre ce meurtre ; l'embrocher avec sa pince à déchets serait la méthode la plus appropriée, avons-nous décidé.

— Au lieu de l'enterrer, on devrait le découper en morceaux et le donner à manger aux moutons, ai-je suggéré.

— En théorie, c'est une idée brillante. Hélas, je doute que mon couteau suisse soit à la hauteur… Et je pourrais me tromper, mais les moutons ne sont-ils pas herbivores ?

— Zut. Ça ne devrait pas être aussi compliqué de se débarrasser d'un garde champêtre bénévole.

Alors que nous arrivions en ville, Uman a suggéré que nous voyagions séparément, juste ce jour-là, en utilisant des moyens de transport différents. L'un de nous esquivant, l'autre brouillant les pistes. Si la police décidait de prendre au sérieux l'appel du type, ils visionneraient forcément les vidéos des caméras de surveillance à la recherche de deux adolescents voyageant ensemble.

— On pourra se retrouver plus tard, a-t-il dit, une fois qu'on sera loin d'ici.

— Où ça ?

— Au point de rendez-vous dont on aura convenu.

— Ah, OK. Je suis contente qu'on ait réglé ça.

—Juste par curiosité, demandé-je à l'inspectrice Ryan, est-ce que le « garde champêtre » a appelé la police ?

— Pas à ma connaissance.

— Sérieusement ? Alors on aurait pu rester là-bas ?

Elle hoche la tête.

— À ce moment-là, on vous croyait à Londres.

Bristol. Je ne me rappelle même pas comment j'y suis arrivée – enfin, je ne me rappelle pas du trajet que les Cartes du Destin m'ont choisi, si ce n'est que j'ai dû prendre deux bus, un train, et que ça a duré une éternité. Quatre bus, en fait, parce que je me suis trompée de ligne et que j'ai dû la reprendre dans l'autre sens pour retourner à l'endroit où j'avais fait fausse route. Quand j'ai raconté ça à Uman, il a parlé de « coup de génie : un brouillage de pistes de première catégorie ». Son trajet avait été plus direct, bien qu'indirect : un train de Church Stretton à Cardiff, puis un autre pour revenir en Angleterre. Quand j'ai fini par le retrouver sous le panneau des départs à la gare de Bristol, il attendait depuis presque deux heures et demie.

De toute ma vie, je n'avais jamais vu quelqu'un aussi content de me voir.

Nous sommes entrés dans un Starbucks, on a pris deux chocolats chauds géants avec tous les accompagnements et on les a emportés à une table dans un coin, où on s'est assis en tournant le dos aux autres clients. Nous nous sommes raconté notre voyage. C'était bizarre, après plus d'une semaine à tout faire ensemble (à part les courses) d'avoir quelque chose à se raconter sur notre journée.

— J'avais tout le temps l'impression que quelqu'un allait me reconnaître.

Uman a dit qu'il avait ressenti la même chose.

— Il y a un type qui est descendu du train à Cardiff, j'aurais juré que c'était un flic en civil. C'était assez excitant, en fait.

— Je sais. C'est bizarre, non ?

Je ne lui ai pas avoué que, seule, j'étais loin de me sentir aussi confiante – en moi-même, mais aussi en toute cette fugitiverie – que lorsque nous étions ensemble. Mais le pire, dans le fait de voyager séparément, c'était de ne pas avoir de téléphone, et de ne pas pouvoir rester en contact. Ça, et la pensée que quelque chose puisse mal tourner. Que l'un d'entre nous puisse se faire prendre. Qu'on me l'arrache, ou que je sois arrachée à lui. Je n'étais pas prête pour les Jours d'Après.

— Qu'aurais-tu fait si je n'étais pas arrivée ? ai-je demandé.

Il a haussé les épaules.

— J'aurais attendu que tu arrives.

— Mais imagine que je ne sois jamais arrivée.

— Mais tu es arrivée.

— Oui, mais…

— Gloria, je t'aurais attendue sous ce panneau des départs jusqu'à être si vieux que mon cœur se serait arrêté de battre et que je serais tombé raide mort ; jusqu'à ce que mon cadavre en décomposition suinte des fluides nauséabonds dans le hall ;

jusqu'à ce que mes restes soient balayés et le sol aspergé de désinfectant par un agent de surface en gilet fluo.

Je lui ai dit que cela démontrait un niveau acceptable d'engagement dans notre relation bourgeonnante. (Nous en étions au stade « bourgeonnant », désormais, après le stade « imminent » et le stade « embryonnaire ».)

Et maintenant, où aller ? Ce fut notre deuxième sujet de conversation.

— Allons dans un endroit spécial, a-t-il dit.

— Comment ça, spécial ?

— Spécial pour nous. Enfin, spécial pour toi ou pour moi.

— Un endroit qui nous rend heureux ?

— Exactement. Précisément. Alors, quel endroit te rend heureuse ?

— Je ne peux en choisir qu'un seul ?

— Non, tu as raison, on doit faire une liste. Je suis un garçon et les garçons font des listes, pas vrai ? C'est ce que je dois faire, maintenant que j'ai les cheveux courts.

En fait, nous n'avons pas fait de liste de nos endroits préférés. Nous les avons tirés au sort.

J'ai arraché une page blanche du carnet où nous notions les scores de nos jeux de cartes et il l'a découpée en bandes avec les ciseaux de son couteau suisse. Trois bandes chacun. Ça a pris un temps fou, mais il a écrit ses choix en quelques secondes, a plié les bouts de papier et les a laissés tomber dans une tasse vide. On ne copie pas, avions-nous convenu. J'ai carrément écrit « ON NE COPIE PAS ! ! ! » sur l'une de mes bandes parce que je savais qu'il était en train de regarder. Effectivement, il a levé les mains en l'air en signe d'excuse et il a découpé une autre bande.

— Prends ton temps, Gloria. On pourra toujours monter la tente dans ce Starbucks.

— Ne sois pas aussi impatient.

— Je ne suis pas impatient, je suis fou de désir pour tout à la fois.

— Et ne me cite pas Kerouac alors que j'essaie de réfléchir.

J'étais tentée d'écrire « Stretton Hills » sur tous les papiers, juste pour voir sa tête si l'un des miens était tiré au sort. C'était de loin l'endroit où j'avais été le plus heureuse. Mais nous ne pouvions pas y retourner. Si tu n'avais pas été aussi bête avec ce type, pensais-je, on n'aurait pas besoin de faire ça. Mais je ne l'ai pas dit. Je n'arrivais jamais à rester en colère contre lui bien longtemps. Pour être honnête, j'étais très contente, assise là à ses côtés, l'ayant retrouvé après une demi-journée de séparation, d'être en cavale avec lui.

— Tu sais, je serai heureuse où qu'on aille, ai-je dit.

— C'est gentil, a-t-il répondu avant de me lancer un mini-marshmallow imbibé de chocolat. Mais que Dieu m'en soit témoin, je vais déclencher une bagarre de nourriture de tous les diables si tu ne remplis pas ces bouts de papier.

— D'accord, d'accord. C'est dingue, on dirait ma mère quand elle me harcèle pour que je fasse mes devoirs.

— Merde, les devoirs ! (Il a fait la même grimace que le personnage du *Cri* de Munch.) On a oublié de laisser une adresse au collège pour qu'ils nous les envoient.

J'ai éclaté de rire.

J'ai terminé et j'ai ajouté mes bandes à celles d'Uman dans la tasse. Il s'est servi d'une touillette pour les mélanger, puis il a posé une main sur mes yeux pendant que j'en choisissais une. Je la lui ai tendue pour la Cérémonie du Dépliage.

— Roulement de tambour, s'il vous plaît, a-t-il dit.

J'ai tambouriné des doigts sur le bord de la table.

— Mesdames et messieurs, je peux vous révéler

que la prochaine destination (il a baissé la voix) de la grande tournée des fugueurs Uman et Gloria est… Bryher ! Qu'est-ce que…

— On y allait souvent en vacances quand on était petits, Ivan et moi. C'est l'une des îles Scilly.

— C'est près de l'Écosse, non ?

J'ai secoué la tête d'un air désapprobateur.

— Non, au large de la pointe de Cornouailles. Trente mille livres sterling de frais de scolarité, et tu ne connais même pas la géographie de ton pays.

Il a de nouveau regardé le bout de papier.

— Bryher, a-t-il dit, comme si ce mot était une cuillerée de glace et qu'il essayait d'en deviner le parfum. (Ses yeux se sont illuminés.) Bien, c'est réglé, alors.

Peu importe le nombre de fois où nous prenions une décision sur un coup de tête – une carte, un tirage au sort –, je n'en revenais pas que ce soit aussi ridiculement facile de vivre ainsi. Que ce soit aussi ridiculement génial. J'ai senti qu'un sourire niais s'étirait sur mon visage à l'idée de retourner à Bryher pour la première fois depuis mes dix ans. L'endroit qui me rendait heureuse. L'endroit où j'avais été une personne heureuse.

Alors que nous rassemblions nos affaires et hissions les sacs sur nos dos, je lui ai demandé :

— Qu'est-ce que tu avais choisi, toi ?

— Kyoto, les chutes du Niagara côté canadien et les montagnes d'Andalousie.

J'ai ri.

— Ouais, bien sûr.

Il a fouillé dans la tasse et en a sorti ses trois bandes de papier pour me montrer ce qu'il avait écrit. Et en effet : « Kyoto », « Les chutes du Niagara (côté canadien) », « les montagnes d'Andalousie. »

— Uman, comment aurait-on payé les billets d'avion ? Et comment serait-on monté dans un avion, d'abord ? On n'a même pas de passeports !

—Nous aurions trouvé un moyen, Miss Inexcelsis, croyez-moi.

Nous avons de nouveau changé d'apparence à Bristol. Si le garde champêtre bénévole nous avait dénoncés, la police aurait une nouvelle description : mes cheveux roux, la coupe militaire d'Uman. Nos vêtements. Enfin, ceux d'Uman, surtout. Ma tenue noire était assez neutre, et je portais rarement mes vêtements de rechange, car ma mère devait avoir déterminé ce qui manquait dans ma garde-robe, désormais. Uman, en revanche, ressemblait à un présentateur d'émission télé pour enfants sous acide. Il a jeté ses vêtements à la poubelle, à contrecœur, et en a choisi de moins voyants dans une friperie (sweat à capuche marron, pantalon de treillis kaki). Il a aussi acheté un gros bonnet en laine style rasta, avec les rayures rouges, jaunes et vertes du drapeau éthiopien.

— Je ne peux pas être complètement passe-partout, s'est-il justifié. Cela va à l'encontre de ma nature.

Quant à moi, je me suis teint les cheveux en blond. En blond punk, pas en blond Barbie.

L'autre problème, c'était l'argent. Nos fonds s'amenuisaient, entre la nourriture et les autres trucs que nous avions achetés, et les billets de train et de bus que nous avions payés.

Nous avons fait les comptes. Nous les avons refaits, et cela ne se présentait toujours pas très bien.

Pour rejoindre Bryher, nous devions nous rendre à Penzance, prendre un ferry jusqu'à St Mary's, l'île principale des Scilly, puis un autre bateau. Prendre l'avion n'était pas possible. Trop cher, et de toute manière, il faudrait sans doute donner son nom et présenter une carte d'identité, même pour un vol national. Le billet de train de Bristol à Penzance nous laisserait suffisamment d'argent pour quelques jours de nourriture ou pour la traversée en ferry, mais pas pour les deux. Même si nous choisissions l'option la moins onéreuse, descendre en Cornouailles en bus, nous serions limites. Et faire du stop risquait d'attirer l'attention sur nous.

— On devrait peut-être aller ailleurs, ai-je proposé.

— Gloria, on en a déjà parlé. On a tiré au sort. Nous sommes des marionnettes, et le destin est notre marionnettiste.

— Le destin ne pourrait pas nous prêter deux cents livres ?

— Le sarcasme. Dans certaines circonstances, cela peut être une forme d'humour hautement amusante.

— Et si on tentait notre chance à un distributeur ?

Uman a réfléchi un moment. Il arrivait je ne sais comment à avoir l'air cool avec ce bonnet rasta.

— S'ils ont mis nos cartes sous surveillance, en combien de temps pourraient-ils remonter notre trace ?

— Je ne sais pas, c'est toi qui regardes des séries policières à la télé.

Il a ignoré cette remarque.

— Très bien, on va à un distributeur et on déguerpit aussitôt par le moyen le plus rapide à notre disposition. Ça te paraît bien, comme plan ?

Ça me paraissait bien. C'était la fin d'après-midi, cependant ; le prochain train pour Penzance y arriverait après la tombée de la nuit, et le bus encore plus tard, à minuit. Des horaires pourris pour quitter une ville inconnue à pied à la recherche d'un endroit pour camper, et pour monter une tente dans l'obscurité totale.

— Il nous faut un autre bon plan jusqu'à ce qu'on puisse mettre en œuvre notre premier bon plan, a dit Uman.

— Et si on passait la nuit à Bristol ? Je ne sais pas, on pourrait camper dans un parc, ou un truc comme ça, et demain à la première heure, on retire de l'argent et on prend le train pour Pé-Zèd.

— Pé-Zèd ? C'est comme ça que les gens du coin désignent Penzance, là-bas dans les *Colnwailles* ?

— C'est censé être l'accent de la Cornouailles ?

— Pas nécessairement.

Je l'ai regardé.

— Alors, et mon plan ? Il te paraît bon ?

— Il me paraît bon, a-t-il dit en tapant dans ses mains. Allons trouver un parc.

Pour un parc de centre-ville, ce n'était pas mal. Il existe des endroits pires pour dormir à la dure. Il y avait une église en ruine et une promenade au bord de la rivière, des pelouses soignées et de jolis parterres fleuris. Plus utile, il y avait aussi une zone avec des arbres et des buissons où, quand le crépuscule est tombé et que le parc s'est vidé, nous avons pu nous faufiler et nous cacher jusqu'au matin. Il y avait trop de végétation pour qu'on puisse monter la tente, alors nous avons simplement rampé jusqu'à la partie la plus dense, étendu nos tapis de sol du mieux possible, puis posé nos sacs de couchage par-dessus. En cas de pluie, nous espérions que les arbustes et la canopée nous abriteraient. Le plus important, c'était que nous étions bien cachés de la police ou des patrouilles de sécurité, ou de tout *indésirable*, comme disait Uman, pouvant traîner dans le parc après la tombée de la nuit.

Il n'a pas plu. J'ai pourtant mal dormi. Ce n'était pas à cause du bruit de la ville (bien que la période de calme entre le moment où elle s'est endormie et celui où elle s'est réveillée m'a paru bien trop courte), ou du froid (en fait, il faisait plutôt doux). Ce qui m'a le plus perturbée, c'est de devoir dormir à l'air libre après toutes ces nuits passées sous la tente. Même après avoir enfoui la tête dans mon sac de couchage, je me sentais encore… exposée, j'imagine. En danger. *N'aie pas peur*, me disais-je. Mais on ne peut pas se convaincre de ne pas avoir peur, même quand on ne sait pas vraiment ce qui nous effraie.

J'ai dû finir par m'endormir, car j'ai rêvé qu'un renard me mordait le visage.

La circulation matinale m'a réveillée. J'ai grogné et me suis tournée vers Uman. Dormir dehors l'avait dérangé aussi, apparemment : il avait tiré son bonnet sur son visage, comme une cagoule de braqueur de banque, sans les trous au niveau des yeux et de la bouche.

J'ai embrassé l'endroit où devaient se trouver ses lèvres.

— Tu as un goût de laine.

— B'jour.

— Comment tu arrives à respirer ?

— Je n'y arrive pas, a-t-il répondu d'une voix étouffée. De toute manière, je dors encore.

— On dirait un couvre-théière parlant.

Il a fait semblant de ronfler.

— J'ai fait un cauchemar. Je me faisais dévorer par un renard.

— Bon d'accord, tu as gagné. Je suis réveillé.

Il a relevé son bonnet, laissant des bouts de laine

rouge accrochés à sa barbe de trois jours. Il a cligné des yeux à la lumière du jour. Il avait l'air aussi fatigué que moi.

— J'avais oublié que tu étais blonde, a-t-il dit en posant les yeux sur moi.

— Ça me va bien ?

— Tu ressembles à cette femme… comment elle s'appelle ? Des années soixante.

— Twiggy ? La top-modèle ?

— Non, Myra Hindley. Celle qui a assassiné tous ces enfants.

J'ai tiré le bonnet sur son visage. Sans ménagement.

Après nous être rafraîchis dans des toilettes publiques, nous sommes retournés à la gare et nous avons acheté des billets pour le prochain train à destination de Penzance. Il nous resterait de l'argent pour deux ou trois jours, supposions-nous. Quatre si nous rationnions la nourriture. Ensuite, ce serait terminé.

— Est-ce qu'on a déjà commencé à se rationner ? ai-je demandé en regardant les emballages de nos donuts du petit déjeuner.

Il s'est léché les doigts et les a essuyés sur une serviette en papier. Il avait toujours des filaments de laine sur le menton.

— Allez, il est temps d'aller rendre visite à notre vieil ami, Mister Distributeur.

Nous n'avions pas le choix. Plus d'argent signifiait la fin de notre fugitiverie.

Le train partait dans vingt minutes. Le plan, c'était d'utiliser un distributeur que nous avions repéré à quelques rues de là – pas dans la gare, il s'agissait encore de brouiller les pistes – et de retirer autant d'argent que possible sur nos deux comptes, puis de revenir à la gare à toute vitesse et de nous tirer avec son portefeuille et mon sac à main rempli d'argent pour toute la nourriture que nous pourrions manger pendant un mois et un billet aller pour les îles Scilly. Pour Bryher. Pour ce qui nous attendait dans cette prochaine étape des Jours de Maintenant.

— Et voilà, a dit Uman devant le distributeur, faisant craquer ses doigts comme s'il s'apprêtait à percer un coffre-fort.

Il m'a souri. Mais je voyais bien qu'il essayait de cacher sa nervosité sous des plaisanteries.

J'avais la nausée.

À quoi nous attendions-nous ? À des lumières clignotantes et une alarme à nous percer les tympans dès qu'il insérerait sa carte et taperait son code ?

Il a inséré sa carte. Tapé son code. Pas de problème.

Il m'a décoché un autre sourire. Ça allait marcher. Il a sélectionné 200 £. Nous avons attendu le bruit des billets en train d'être comptés, le vrombissement de la fente s'entrouvrant, l'argent tombant billet par billet dans le réceptacle, les bips rappelant à Uman de prendre l'argent et de récupérer sa carte.

Rien de tout ça n'est arrivé.

— Carte retenue, a-t-il dit, inutilement.

J'avais lu les mots moi-même. Il a juré. Beaucoup. Très fort. J'ai cru qu'il allait frapper l'écran, mais aussi vite que sa colère s'était enflammée, elle s'est dissipée. Il s'est simplement penché en avant et a posé le front contre le distributeur, son haleine se condensant sur la vitre.

— Laisse-moi essayer avec la mienne. Après tout, on ne sait jamais, hein ?

— OK, a-t-il dit au bout d'un moment sur un ton monocorde.

Nous nous doutions tous les deux de ce qui allait se passer cette fois-ci. Ça n'a pas manqué. Plus de cartes. Pas d'argent.

Nous sommes restés plantés là, les yeux rivés sur l'écran, comme si tout cela n'était qu'une terrible erreur, comme si le message allait s'effacer, comme si le distributeur allait soudain se mettre en action et nous donner de l'argent. Nous n'avons rien dit. Nous n'avons pas prononcé les mots qui couraient dans mon esprit et, j'en étais certaine, dans le sien aussi.

Nous avions révélé notre position. Pour rien.

Une autre personne attendait derrière nous. Nous lui avons laissé la place. Uman m'a prise dans ses bras et m'a embrassée ; il visait la joue, sans doute, mais il a touché l'oreille. Il avait l'odeur de quelqu'un qui a passé la nuit à la dure dans un parc municipal, mais cela ne me dérangeait pas le moins du monde.

— Bien, a-t-il dit, son souffle chaud sur ma peau. C'est réglé, alors.

— On abandonne ? ai-je demandé, prononçant ces mots avec peine.

Il m'a relâchée, a posé les mains sur mes épaules et m'a regardée bien en face.

— Non, non, non, Miss Inexcelsis. J'ai deux billets pour Penzance dans une poche et un jeu de cartes dans l'autre. (Il a froncé les sourcils, désignant de la tête les sacs à dos appuyés contre le mur.) En fait, les cartes sont dans mon sac, mais tu vois ce que je veux dire.

— Licence poétique, ai-je dit.

— Exactement. Licence poétique. Tu vois, c'est pour ça que je t'aime.

— Et si on faisait une pause ? propose l'inspectrice Ryan. On pourrait se dégourdir les jambes.

Je me contente de la regarder.

— On peut commander des pizzas, si tu veux.

Je m'apprête à répondre qu'on vient juste de finir de déjeuner, mais en jetant un coup d'œil sur l'horloge murale, je me rends compte qu'il est 18 h 35. À vrai dire, il pourrait aussi bien être minuit.

— Je crois qu'on devrait arrêter pour aujourd'hui, dit maman.

Elle me tient la main. Depuis combien de temps me tient-elle la main ? À en juger par l'expression de l'inspectrice, elle préférerait continuer, mais maman insiste.

— Regardez-la. Elle est lessivée.

L'inspectrice se laisse aller dans son fauteuil et hoche la tête.

— Bien sûr. On peut faire ça. Gloria ?

Instinctivement, j'ai envie de protester. Qui sont-elles pour décider si je vais bien ou non ? Mais maman a raison, je tombe de fatigue. Il y a quelques instants, je parlais sans m'arrêter et maintenant, je peux à peine tenir ma tête droite et garder les yeux ouverts. Ce n'est pas que ça, en fait ; c'est la façon dont elle l'a dit. *Regardez-la. Elle est lessivée.* La façon dont elle a tenu, dont elle tient toujours ma main, son pouce caressant mes doigts, comme si je les avais écorchés et qu'elle voulait me soulager.

Comme si elle était de mon côté.

— Oui. J'aimerais bien arrêter.

— Entretien suspendu, 18 h 36.

L'inspectrice Ryan ne parvient pas vraiment à dissimuler la note d'impatience dans sa voix. Elle éteint l'enregistreur.

— Allez manger et passez une bonne nuit reposante, et on reprend demain matin. Neuf heures.

— Merci, dit maman.

L'inspectrice soupire. Elle me sourit, adoucit sa voix.

— Tu t'en sors très bien.

Je me frotte les yeux et me rends compte que mon visage est trempé de larmes.

— Où est-il ? demandé-je, suppliante. Que lui est-il arrivé ?

Mais l'inspectrice Ryan n'a pas de réponse à me donner.

Q15
COMMENT PEUX-TU ENCORE CROIRE ÇA ?

Nous ne rentrons pas à la maison. Il y a trop de journalistes, trop de caméras. La police nous a réservé une chambre dans un hôtel chic. Ils nous font sortir par l'arrière du commissariat, et nous plongeons à l'arrière d'une voiture banalisée. Pas de couverture sur nos têtes, pourtant. C'est dommage, car je me suis toujours demandé quelle impression ça fait. Nous entrons dans l'hôtel par une porte de service. Un inspecteur nous escorte à l'étage et donne à maman le numéro de téléphone d'une chambre dans le couloir, où deux agents resteront toute la nuit, en cas de besoin.

— La réception de notre mariage a eu lieu ici, dit maman.

L'inspecteur Washington ne semble pas trouver cette information digne d'intérêt.

— Commandez ce que vous voulez au service d'étage, dit-il. C'est nous qui payons la note.

Si j'étais Uman, je commanderais une centaine d'orchidées, deux kilos de chocolats belges et assez de champagne rosé pour remplir la baignoire. Mais je ne suis pas lui. Je suis tellement à l'ouest – et tout ça me semble tellement irréel – que je pense à peine à marmonner un « merci » au policier alors que maman me fait passer la porte.

Papa est déjà dans la pièce, ce qui me surprend, mais, en même temps, me paraît parfaitement naturel. Il est assis au bout du lit double et regarde les informations. Quand nous entrons, il éteint la télé et se lève brusquement, comme si nous l'avions surpris à faire quelque chose de mal.

— Salut, dit-il. Ah, vous avez réussi à arriver jusqu'ici.

À croire qu'on a parcouru mille kilomètres pour arriver dans cette chambre.

Je désigne la télévision.

— On parlait de moi ?

Il regarde l'écran noir puis repose les yeux sur moi.

— À moins que tu ne sois le président des États-Unis, non.

Je ne sais pas si je dois le croire. Il semble à deux doigts de me prendre dans ses bras, mais il ne sait pas trop quelle est la conduite appropriée pour accueillir sa fille dans une « chambre sécurisée », à l'hôtel, après qu'elle a été interrogée toute une journée par la police. Une de ses manches de chemise est relevée, l'autre non.

Maman me frotte le dos.

— Grosse journée, dit-elle.

— Comment ça s'est passé ? demande-t-il, s'adressant à moi.

Il semble craindre ma réponse.

Même si je suis rentrée chez moi depuis un jour ou deux, je ne me suis pas réhabituée à lui. Il me semble plus petit qu'avant toute cette histoire. Plus calme. Il ne s'est pas rasé aujourd'hui. En temps normal, il ne manque jamais de le faire, même le week-end. Je ne l'ai vu mal rasé que sur de vieilles photos, à l'époque où il n'avait pas d'enfants.

Je hausse les épaules.

— Bien, je crois. Enfin, je n'en sais rien.

— Elle s'en est bien sortie, dit maman en me frottant de nouveau le dos.

Nous restons tous les trois plantés là. Hésitants, mal à l'aise. Cela me rappelle la fois où Uman s'est pointé chez moi et est monté dans ma chambre. Il y a un lit une place en plus du lit double, alors je suppose que nous allons partager la chambre. Ils pensent peut-être que je vais m'enfuir si j'ai une chambre rien que pour moi.

— Je t'ai apporté quelques vêtements, dit papa en désignant un fourre-tout près de la penderie.

— Des choses qui vont ensemble ?

J'ai réussi à le faire sourire.

— Ça m'étonnerait, répond-il.

Je remarque l'expression de maman.

— Quoi, je n'ai plus le droit d'avoir de l'humour ? je lui demande.

Elle ne répond pas. Elle pose son sac, s'approche de la bouilloire et la secoue pour voir s'il reste de l'eau. Elle reste près du comptoir, nous tournant le dos, la bouilloire à la main, sans la reposer ni la remplir au lavabo.

Papa se rend compte avant moi qu'elle est en train de pleurer.

— Liz, chérie.

Il s'approche d'elle et tente de la prendre dans ses bras, mais elle se dégage d'un haussement d'épaules.

— Tu peux nous laisser un moment ?

Elle s'essuie le visage sur sa manche, brusquement, comme si elle était en colère contre elle-même. Je crois qu'elle s'adresse à moi, mais elle parle à papa.

— Il faut qu'on récapitule, Lor et moi.

Qu'on *récapitule* ? Ah bon ?

— D'accord, dit papa.

Mais, au ton de sa voix, je vois qu'il n'est pas vraiment d'accord.

— J'ai besoin de lui parler sans que tu t'en mêles, dit-elle en se retournant vers nous, le visage marbré, luisant. Sans que ça se transforme en... (Elle agite une main en l'air, sans préciser en quoi cela pourrait se transformer.) Quelques minutes, Kev, c'est tout. S'il te plaît.

— Tu l'aimais, dit-elle une fois que papa a quitté la pièce, en faisant référence à Uman. Pendant tout ce temps où tu as disparu, ça ne m'est même pas venu à l'esprit.

— Quoi, tu croyais que j'aurais juste... ?

— Je pensais qu'il t'avait enlevée. Qu'il t'avait piégée, du moins. Manipulée. Et que, quand tu t'étais rendu compte de ce qu'il faisait, c'était trop tard. Mais tu aimais vraiment ce garçon.

— Oui, dis-je d'une voix enrouée.

Elle a encore les yeux brillants.

— Quand il te l'a dit près du distributeur, quand il a dit qu'il t'aimait, c'était la première fois qu'un garçon te disait ça ?

Je hoche la tête. Je m'attends à ce qu'elle ajoute qu'il ne faut pas toujours croire les garçons quand ils nous disent qu'ils nous aiment. Ou que nous sommes trop jeunes pour être amoureux ; qu'à quinze ans, ce qu'on pense être de l'amour n'en est pas vraiment. Ou qu'Uman n'est absolument pas la personne dont il faut tomber amoureuse. *Bon sang, tu ne le connais même pas.* Mais elle ne dit rien de tout ça.

— L'autre chose dont je ne m'étais pas rendu compte avant aujourd'hui, c'est à quel point tu nous détestais.

Nous. Papa et elle.

— Je ne vous détestais pas. Je ne vous déteste pas.

— C'est l'impression que ça donnait, Lor, ce que tu as dit à l'inspectrice Ryan.

— Je ne te déteste pas, maman.

— Il le faut bien, pour être partie comme ça, pour nous avoir laissés croire le pire. Sais-tu seulement à quel point nous étions inquiets ? Est-ce que ça te préoccupait seulement ?

— Je vous ai téléphoné.

— Un message ? Un foutu message, puis rien pendant presque deux semaines.

— Je sais, je sais. Et je suis vraiment désolée. Mais quand j'étais avec Uman, je… j'avais tellement plus envie d'être avec lui que d'être à la maison, ou au collège, ou tous ces trucs-là.

Tous ces trucs-là. À peine ai-je prononcé ces mots que je voudrais les retirer.

Maman me regarde pendant un très long moment. Elle semble âgée, soudain. Lasse. Nous sommes assises l'une en face de l'autre, moi au bout du lit simple, elle dans le fauteuil, près du bureau. Elle s'est préparé une tasse de thé après le départ de papa, mais elle n'y a pas touché. Cette chambre est trop violette. Moquette bordeaux, murs mauves, rideaux marron. Même les fleurs des deux tableaux accrochés au mur sont du lilas, je crois. Couleur lilas, en tout cas. Logiquement, la pièce devrait sentir le cassis, mais elle sent le désodorisant au citron.

— Mince, dis-je. J'ai dû passer pour une véritable égoïste.

— Peut-être que quand tu auras des enfants…

Elle ne termine pas sa phrase. Puis elle secoue légèrement la tête.

— J'ai fait sortir ton père justement pour éviter ça.

De se chamailler, je suppose.

Tout en parlant, je bois un soda trouvé dans le mini-bar et je mange une barre de Toblerone. Elle me regarde casser un autre triangle de chocolat et le glisser dans ma bouche. À la maison, autrefois, elle m'aurait demandé de ne pas me couper l'appétit avant le dîner, mais, ici, elle prend juste un air désapprobateur ; comme si je ne devrais pas avoir faim, dans ces circonstances.

— Bryher, dit-elle. Tu sais, quand la police m'a demandé où vous aviez bien pu aller, ça ne m'est même pas venu à l'idée.

— Pourquoi ?

— Je ne sais pas. Peut-être parce que j'ai du mal à faire le lien entre la petite fille que tu étais à l'époque, pendant ces vacances, et celle que tu es aujourd'hui.

— Désolée d'avoir grandi, maman. Je ne l'ai pas fait exprès.

Elle soupire.

— Lor, j'essaie de comprendre. J'essaie de comprendre ce que tu as vécu.

Elle donne un petit coup de coude dans sa tasse de thé, qui déborde sur le bureau. Elle ne semble pas le remarquer. Avec quelque chose qui ressemble à un rire, elle reprend :

— Je ne m'en sors pas très bien, pas vrai ?

— À certains moments, on aurait dit que c'était toi le flic, et elle la mère.

Même si elle tente de le cacher, je vois à quel point ça la blesse.

— Ils ne devraient même pas t'interroger si tôt, dit-elle rapidement. Tu devrais passer un peu de temps à la maison, avec nous. J'ai besoin de passer du temps avec toi, pas de rester assise je ne sais combien d'heures dans un commissariat de police à l'écouter t'interroger.

— Merci de l'avoir arrêtée. J'ai cru qu'elle allait continuer toute la nuit.

— J'ai bien vu que tu étais crevée. Tu es une gamine. Elle ne doit pas l'oublier.

Une gamine. Je ne relève pas.

— Ce n'est pas vraiment moi qui les intéresse. C'est Uman.

— Je suis bien d'accord. Si tu as besoin de parler à quelqu'un, après ce que tu as traversé, c'est à un psychologue, pas à une policière.

— Je n'ai rien *traversé*, maman, sérieusement.

Elle semble exaspérée.

— Comment peux-tu encore croire ça ?

— Il n'est pas comme ils le croient.

— Et cette autre fois, avant ? Je suppose que la police a encore mal compris ?

— Oh, alors c'est comme ça que tu essaies de comprendre ?

— Lor, mon lapin, l'état dans lequel tu étais quand ils t'ont trouvée…

Elle ne m'a pas appelée « mon lapin » depuis mes huit ans. Ils ne m'ont pas *trouvée.* Et l'état dans lequel j'étais n'était pas dû à Uman. Pas vraiment. Quant à l'autre fille… mais je n'ai plus l'énergie de discuter. Je me suis assez justifiée pour aujourd'hui. De toute manière, il faudra que je reparle de tout ça demain, avec l'inspectrice Ryan : les derniers jours de notre fugitiverie. Ce qui s'est passé. Ce qu'il a fait. Comment ça s'est terminé.

— Il faut que je prenne une douche, dis-je en me levant du lit. Je pue le commissariat de police.

Papa est revenu. Ils arrêtent de parler dès que je sors de la salle de bains et se retournent tous les deux pour me regarder. Je porte un peignoir (bien trop grand, incroyablement doux) fourni avec la chambre, et une serviette en turban sur ma tête. J'ai la peau qui me picote et je dois être toute rouge. Je pensais qu'une douche me réveillerait, mais je me sens encore plus fatiguée. J'imagine que maman lui a fait un compte rendu de ma journée avec l'inspectrice Ryan. À la façon dont il m'interroge sur la douche – la simplicité d'utilisation des boutons, la puissance de l'eau, la température –, je déduis qu'elle lui a demandé d'y aller doucement avec moi. De parler de tout sauf de l'entretien. Ça me va très bien.

— Où es-tu allé ? demandé-je.

— Juste dans le couloir. Je ne voulais pas risquer de tomber sur des journalistes au bar. (Puis il s'adresse à maman.) Je ne suis pas sûr qu'ils aient changé la moquette depuis notre mariage.

J'essaie de les imaginer à l'époque, dans la salle de bal, au rez-de-chaussée. *La salle des banquets.* J'ai vu des photos, bien sûr, et une vidéo, mais en les regardant maintenant, après tout ce qui s'est passé ces deux dernières semaines, je n'arrive pas à voir ces jeunes gens d'une vingtaine d'années en robe à volants et costume chic s'engageant sur la piste de danse avec des confettis dans les cheveux. Cette nuit-là, ils n'auraient pas pu imaginer qu'ils dormiraient dans le même hôtel presque vingt ans plus tard.

Pas dans ces circonstances.

Je m'en veux d'avoir parlé comme ça à maman

tout à l'heure. Je regrette que papa ait dû attendre dans le couloir comme un élève exclu de la classe. En les voyant ainsi, faisant de tels efforts pour essayer de comprendre tout ça – pour m'aimer, faire ce qu'il faut, être là pour moi –, je sais qu'ils ne méritent pas mon ressentiment. Mais tout en le pensant, je leur en veux de me faire culpabiliser de leur en vouloir. Et je me déteste à cause de ça.

Ils voulaient que je revienne. Eh bien, je suis revenue. C'est moi, désormais. Voilà qui je suis.

Nous commandons à manger au service d'étage. Pendant que nous attendons, je me sèche les cheveux.

Je surprends maman en train de m'observer dans le miroir.

— Tu devrais les reteindre dans leur couleur naturelle, dit-elle par-dessus le bruit du sèche-cheveux. Le temps qu'ils repoussent.

— Ils ne font pas de coloration « châtain terne », maman.

— Moi je trouve que le blond te va bien, intervient papa.

Elle lui lance un regard qui semble dire *tu ferais mieux de retourner dans le couloir, si c'est pour dire ce genre de choses.* Mes cheveux les ont perturbés quand nous nous sommes retrouvés. C'était hier ?

Ou avant-hier ? Je perds déjà le fil. Ils n'ont rien dit, mais ça ne m'a pas échappé. Pour eux, ma blondeur était le signe de mon « étrangeté » – la fille qui est partie et qui revient sous les traits d'une inconnue.

— Ivan nous a envoyé un texto pendant que tu étais sous la douche, dit maman, changeant de sujet. Il rentre ce week-end, quand il aura fini ses examens.

Ceux qu'il devait réussir pour passer en deuxième année, et que ma disparition pourrait avoir mis en péril (pourrait encore mettre en péril). Apparemment, il a écrit une dissertation dans le train de Londres à Litchbury, quand il est rentré pour participer avec papa et maman à une conférence de presse télévisée pour demander mon retour saine et sauve.

— Il a laissé un mot pour toi, il t'embrasse.

Maman s'occupe de prendre mes messages. Je n'ai pas eu l'occasion de remplacer le téléphone qu'Uman a jeté, et la police a gardé mon iPad et mon ordinateur portable – qu'ils ont fouillé à la recherche d'indices quand j'ai disparu, ou de preuves contre Uman.

— Il m'embrasse ? Il a dû écrire « Passe le bonjour à G », alors.

Elle rit.

— C'est exactement ce qu'il a écrit. Mot pour mot.

Quand je suis rentrée, il m'a appelée et m'a dit qu'il était une « légende » à la fac, grâce à moi. Les autres étudiants l'appellent le Frère de Gloria, m'a-t-il dit. Il avait l'air soûl. Je m'attendais presque à ce qu'il s'en prenne à moi, me reproche mon *stupide petit numéro de fugueuse.* Mais il ne l'a pas fait. Il m'a annoncé qu'il s'était rasé la barbe (il m'a promis de m'envoyer le lien de son tumblr.) Il a aussi dit : « J'espère que les parents ne t'en font pas trop voir, petite. »

J'aimerais que ce soit le week-end. J'aimerais qu'il soit là.

Il me vient à l'esprit d'appeler Tierney à partir du téléphone de la chambre. Mais comment pourrais-je, avec papa et maman juste à côté ? Je lui ai passé un coup de fil en douce, hier, à la maison, mais je suis tombée directement sur son répondeur. Rien que d'entendre sa voix chantante, faussement bébête, m'a fait craquer. Le message que je lui ai laissé se composait principalement de sanglots et de reniflements, avec des « désolée » et des « tu me manques » et « j'ai vraiment besoin de te parler » au milieu, le tout n'ayant pas beaucoup de sens. Cela fait des années que Tier est ma meilleure amie, et j'ai l'impression de l'avoir abandonnée, presque autant que mes parents. Nous n'avons jamais eu de secrets l'une pour l'autre, et pourtant elle ne sait rien de la chose la plus folle et la plus importante que j'aie jamais faite.

Elle ne m'avait pas rappelée quand la police m'a emmenée.

Je m'ébouriffe les cheveux, m'efforçant de ne pas repenser à Uman m'aidant à les teindre dans les toilettes de la gare de Temple Meads, à Bristol. À ses doigts massant mon crâne.

Si je ne change pas de couleur de cheveux, je penserai à lui à chaque fois que je me regarderai dans la glace.

J'essaie de calculer depuis combien d'heures je ne l'ai pas vu, mais je suis trop fatiguée pour réfléchir.

Quand le repas arrive, nous mangeons autour de la table basse. Papa et maman sur des chaises, moi au bout du lit une place. Je suis toujours en peignoir. Je surprends maman à jeter un coup d'œil à mes jambes pas rasées. La chambre sent le thon et le fromage fondu, le chili et les frites, la bière et le Pepsi Max.

Il y a plus de silence que de conversation. Le bruit de trois personnes en train de manger.

J'ai quasiment fini quand papa dit :

— On se disait, ta mère et moi, qu'on pourrait peut-être... quand toutes ces histoires avec la police seront terminées, et qu'Ivan sera rentré, on pourrait partir en vacances, peut-être ? Dans un endroit sympa. (Il boit une gorgée de bière.) Tous les quatre.

— Je reviens juste de vacances.

J'ai dit ça pour blaguer, mais ça ne sonne pas comme ça.

Ils ne relèvent pas. Papa tripote le goulot de sa bouteille de bière, comme si c'était un micro et qu'il n'arrivait pas à savoir s'il est allumé ou non.

— À New York, peut-être. Tu as toujours voulu aller à New York.

New York. L'effort que je dois fournir pour ne pas m'effondrer complètement et les laisser me prendre dans leurs bras est presque insurmontable.

— Et les cours ? demandé-je. Et votre boulot ?

— Tu as envie de retourner en cours tout de suite ? me demande maman.

Quelle horreur.

— Non. Je ne pourrais pas.

— Bien, dit papa. Je ne pourrais pas retourner au travail non plus. Aucun de nous ne le pourrait.

— Tu as été arrêté pendant tout ce temps ?

— Bien sûr.

Bien sûr.

— Papa, je suis vraiment…

— Ne gaspille pas ta pitié avec lui, me coupe maman. Je me faisais tellement de souci pour toi que j'ai dû réduire mon entraînement à cinquante kilomètres par jour.

Il me faut une nanoseconde pour comprendre qu'elle plaisante. Je manque de m'étouffer et papa recrache de la bière par le nez. Puis, quand nous nous reprenons, il lui demande si elle compte prendre son vélo dans l'avion pour New York, et nous repartons de plus belle.

Quand nous finissons de rire, un autre silence s'installe. Mais un silence plus agréable.

Nous finissons de dîner. Moi, en tout cas ; ils laissent la moitié de leur repas. Maman remplit de nouveau son verre de vin.

— Penses-y, dit-elle, en parlant de New York. Tu n'es pas obligée de te décider tout de suite.

Je la regarde empiler les assiettes et les couverts, les charger sur le plateau. Des gestes précis, efficaces ; un nœud de concentration entre ses sourcils, comme si placer des objets sur un plateau était un casse-tête ayant une seule solution qu'elle était déterminée à trouver.

— Quand tu es sur ton vélo, dis-je, est-ce qu'il t'arrive de penser à… à juste continuer ?

Elle s'interrompt.

— Comment ça ?

— Eh bien, à simplement continuer de rouler et ne jamais revenir.

— Non.

Elle semble choquée par cette idée. Elle lance un regard à papa, puis repose les yeux sur moi.

— Non, je n'ai jamais pensé à faire ça.

— Je ne veux pas dire pour de vrai, t'en aller vraiment. Mais d'une sorte de fantasme. Du genre, *que se passerait-il si je continuais de rouler en ligne droite au lieu de faire demi-tour pour rentrer à la maison* ?

Elle finit de remplir le plateau. S'assied et le fixe du regard pendant un moment. Les yeux toujours rivés sur le plateau, elle me demande (doucement, avec précaution) :

— Où veux-tu en venir, Lor ?

Papa intervient avant que je puisse répondre :

— C'était comme ça, pour toi ? Avec ce… avec Uman ?

Ce garçon, a-t-il failli dire. Le garçon qui, pense-t-il, m'a enlevée, ou m'a dupée ; qui doit m'avoir séduite ou, pire encore, violée. À quel point lui est-il difficile de prononcer son prénom ?

— Plus ou moins.

Ni l'un ni l'autre ne semblent savoir comment répondre. Alors, dans le moment gênant qui s'ensuit, je pose une autre question.

— Qu'est-ce qui vous est arrivé, aux États-Unis ?

— Qu'est-ce qui nous est arrivé ? demande papa.

— Vous êtes partis là-bas pour vivre votre rêve. Où sont passées ces deux personnes ? Les « Liz » et « Kev » que vous étiez quand vous avez quitté l'Angleterre ? Pourquoi sont-ils revenus ?

— J'avais vingt-sept ans. Ta mère en avait vingt-trois. (Il marque une pause.) Tu as quinze ans.

Je le regarde.

— Tu n'as pas répondu à ma question.

— Nous avions vécu notre aventure, intervient maman. Notre folle équipée, appelle ça comme tu voudras. Nous nous étions rencontrés, nous étions tombés amoureux, et nous étions prêts à nous poser.

— Ils vécurent heureux et eurent beaucoup d'enfants.

— Il existe différentes sortes de bonheur, dit papa. Différentes… intensités.

— Tu es heureux d'être comptable ? Et toi, d'être réceptionniste ?

— Ne critique pas nos choix, réplique maman,

sur un ton neutre, mais les lèvres serrées. Ne nous dis pas comment nous aurions dû vivre nos vies, s'il te plaît.

— Alors ne me dites pas comment vivre la mienne.

— Bon sang, tu n'es qu'une enfant.

— Liz, dit papa.

Il lui prend la main et elle le laisse faire. Elle a les larmes aux yeux. Elle bat des paupières pour les chasser. Il porte son attention sur moi.

— Non, je ne me réveille pas tous les matins le cœur plein de joie à l'idée d'une journée à faire de la comptabilité. Oui, je préférerais largement faire quelque chose de plus excitant.

— De la musique ?

— De la musique, oui.

— Alors pourquoi tu ne l'as pas fait ? Pourquoi tu ne le fais pas ?

— Parce que je ne suis pas assez bon. Je ne l'ai jamais été. (Il parle avec un fatalisme aussi brutal qu'une porte qui claque.) Quand on est jeune, on croit que tout est possible. On n'a aucun problème à tenter sa chance et à voir comment ça va se passer. On prend des risques, on fait des trucs dingues. On vit son rêve. (Il hausse les épaules.) Et puis on grandit.

Je secoue la tête.

— Quand tu dis « on grandit », tu veux dire qu'on abandonne.

— Elle a découvert Jack Kerouac, explique maman.

Il fronce les sourcils.

— C'est ce gamin de troisième, le rouquin ?

— Non, dis-je, c'est...

— Lor, je sais qui est Jack Kerouac, dit-il en riant. J'ai lu *Sur la route* des années avant ta naissance. Je l'ai lu en Californie, d'ailleurs.

— Récite-lui la citation, dit maman.

Je ne le fais pas.

— Quelque chose sur les gens qui ont la folie de vivre, qui ne bâillent jamais ou...

— Arrête de te moquer de moi, maman.

— Je ne me moque pas de toi, chérie. Vraiment pas.

— Tu sais comment Kerouac est mort ? demande papa, avant de continuer, comme je ne réponds pas. Il a bu jusqu'à en mourir quand il avait mon âge. Ce n'était pas un héros romantique, c'était un alcoolique.

Je reste assise là à bouder. C'est pathétique, mais c'est ce que j'ai envie de faire.

Il finit sa bière. Maman se lève et emporte le plateau dans le couloir. J'entends quelque chose se renverser quand elle le pose par terre. Elle revient, tire la porte et la ferme à clé.

— Lor, dit-elle en reprenant son verre de vin. Quand tu seras assez grande pour quitter la maison, tu pourras vivre comme tu l'entends. Traîner avec qui tu veux. Passer toute ta vie à voyager d'un endroit à l'autre, avec ton sac à dos et ta tente. Y peindre des bandes roses et violettes.

— Oui, mais d'abord, il faut finir le collège, je réponds en prenant une voix exagérément lasse. Puis le lycée, la fac, puis il y aura tous ces prêts étudiants à rembourser et, oh, oui, je pourrais aussi me trouver un job pourri et louer un appart miteux le temps de retomber sur mes pieds. Et ensuite, youpi ! je pourrai faire quelque chose de vraiment excitant avec ma vie. À supposer que je ne sois pas mariée avec des enfants et un emprunt immobilier à ce moment-là.

— Formulé comme ça, dit maman en souriant, ça paraît effectivement sacrément barbant.

Je suis encore trop vexée pour trouver ça amusant.

Perplexe, papa demande :

— Pourquoi quelqu'un voudrait-il avoir une tente avec des bandes roses et violettes ?

Des voix me réveillent.

J'ai l'impression d'avoir dormi pendant une éternité. Quand j'ouvre les yeux, deux lampes sont encore allumées et je vois sur le réveil de la table de nuit qu'il est 21 h 50. Je crois d'abord qu'il est presque minuit, puis je refais le calcul et je me rends compte qu'il est seulement dix heures moins dix. Je suis au lit depuis moins d'une heure. Je m'assieds. La télévision est toujours allumée – sans le son, avec des sous-titres apparaissant sur l'écran – et le livre que lisait maman est posé, ouvert, à l'envers, sur la chaise où elle était assise quand je me suis couchée. Mais il n'y a personne.

Encore des voix. En provenance du couloir.

Toujours en peignoir, je sors du lit et je traverse la pièce. La porte est fermée, mais j'entends une discussion de l'autre côté. Maman, et un homme dont je reconnais la voix, sans réussir à le resituer. Le son est trop étouffé pour que je puisse comprendre ce qu'ils disent.

J'ouvre la porte.

À ma vue, ils se taisent. Mes parents sont avec un homme grand aux cheveux blonds dans un costume gris froissé et une cravate qui ressemble à une bande vert fluo peinte sur sa chemise. Un journaliste ? Non, je me souviens de lui : c'est un flic. Il est passé à la maison après mon retour ; il a plus ou moins vécu avec mes parents pendant mon absence.

— Oh, salut, Gloria, dit-il en parvenant à m'adresser un sourire qui ne cache pas le fait qu'il aurait préféré que je ne me pointe pas à ce moment-là. Paul Cocker, agent de liaison avec les familles. On s'est vus hier.

— Oui, je sais.

Papa et maman semblent aussi gênés que lui.

— Paul est juste venu voir si tout allait bien, dit maman en me frottant le bras. Désolée, ma puce, on ne voulait pas te réveiller.

Je la regarde, puis je regarde papa, qui a les yeux rivés sur la moquette. Puis je pose les yeux sur le policier.

— C'est à propos d'Uman, n'est-ce pas ? Il s'est passé quelque chose. C'est pour ça que vous êtes là.

Il hoche la tête.

— Oui.

Il se racle la gorge, recommence.

— Oui, je le crains.

Q16
TU ES SÛRE QUE TU ES PRÊTE À CONTINUER, GLORIA ?

Inspectrice Ryan :

L'entretien reprend à 9 h 07, le 15 juin, au commissariat de Litchbury. Personnes présentes : moi-même, inspectrice Katharine Ryan ; Mlle Gloria Jade Ellis ; Mme Elizabeth Mary Ellis. Tu es sûre que tu es prête à continuer, Gloria ?

Gloria :

Oui.

Inspectrice Ryan :

OK. (Bruissements.) Je montre à la personne interrogée un sac contenant un sweat à capuche marron en coton et polyester. Marque : River Island. L'article comporte des taches de sang et de sable et a été abîmé par l'eau. Gloria, reconnais-tu ce sweat à capuche ?

Gloria :

Est-ce que je peux le sortir du sac ?

Inspectrice Ryan :

Enfile ça. Je donne à la personne interrogée une paire de gants de protection.

(Pause.) La personne interrogée examine le vêtement.

Gloria :

(Elle pleure.)

Inspectrice Ryan :

Est-ce que tu le reconnais ?

Gloria :

(Hochement de tête.)

Inspectrice Ryan :

Pour l'enregistrement, s'il te plaît.

Gloria :

Oui. C'est celui d'Uman. Celui qu'il a acheté dans la (elle pleure). Désolée. Dans la friperie à Bristol.

Inspectrice Ryan :

Tu es sûre que c'est le sien ?

Gloria :

Regardez (elle montre le vêtement). Il s'est fait ça sur un barbelé.

Inspectrice Ryan :

La personne interrogée me montre un accroc

d'environ 3 centimètres de long, sur l'envers de la manche gauche, juste au-dessous du coude.

Gloria :

Et il y a le sang.

Inspectrice Ryan :

C'est arrivé quand tu étais avec lui ?

Gloria :

(Hochement de tête.) Oui. (Elle pleure.) C'est le sweat d'Uman, j'en suis sûre.

Inspectrice Ryan :

OK. Merci, Gloria. Je remets le scellé dans le sac.

Mme Ellis :

Tu veux t'arrêter un instant, Gloria ?

Gloria :

(Elle secoue la tête.) Il y avait d'autres choses à lui sur la plage ?

Inspectrice Ryan :

Non. (Marque une pause.) Juste le bateau. Nous attendons la confirmation du propriétaire pour identifier l'embarcation, ainsi qu'un autre examen médico-légal complet. Mais à ce stade, je dois dire que toutes les indications suggèrent…

Gloria :

Il a peut-être rejoint la côte, non ?

Inspectrice Ryan :

Nos découvertes préliminaires suggèrent que

le bateau a été gravement endommagé *avant* d'échouer sur la plage.

Gloria :

Mais vous n'en êtes pas sûrs.

Inspectrice Ryan :

J'ai conscience que c'est difficile à accepter, Gloria, mais la probabilité, très réelle, c'est qu'Uman…

Gloria :

Une probabilité. C'est tout ce que c'est. Une probabilité. Vous ne l'avez pas retrouvé, pas vrai ?

Inspectrice Ryan :

Non, en effet.

Gloria :

Voilà.

Mme Ellis :

Est-ce qu'Uman… a été vu ? À terre ?

Inspectrice Ryan :

(Elle secoue la tête.) Personne ne nous a rapporté l'avoir vu. En réalité, nous ne nous attendons pas à ce que quiconque signale l'avoir vu, désormais.

Gloria :

Alors qu'est-ce qu'on fait là ? Je veux dire, comment pouvez-vous l'arrêter ou l'accuser de quoi que ce soit s'il est…

Inspectrice Ryan :

Jusqu'à ce que nous ayons une confirmation… Gloria, je suis consciente que parler de tout ça va être encore plus difficile pour toi, aujourd'hui – encore plus bouleversant – après ce dernier rebondissement. Mais le…

Gloria :

Rebondissement.

Inspectrice Ryan :

Mais qu'Uman soit encore en vie ou… non, et quelles que soient les infractions qu'il a commises ou non, le fait est que nous avons besoin de savoir ce qui est arrivé pendant les derniers jours que vous avez passés ensemble. Où vous étiez, ce que vous avez fait. Comment ça s'est terminé. Tout ce qui a changé, c'est qu'hier nous essayions de localiser un suspect, et qu'aujourd'hui nous recherchons un garçon disparu présumé mort.

Gloria :

(Elle pleure.)

Mme Ellis :

Elle a à peine dormi cette nuit, après avoir appris ça.

Inspectrice Ryan :

Je n'en doute pas, je n'en doute pas. (Pause.) Est-ce que tu veux prendre dix minutes ?

Gloria :

(Elle secoue la tête.)

Inspectrice Ryan :

Crois-moi, Gloria, si je pouvais éviter de t'infliger tout ça, je le ferais. Mais tu es peut-être la dernière personne à avoir vu Uman en vie. Cela fait de toi un témoin très important. Et il est de notre devoir de déterminer, du mieux possible, ce qui s'est passé. Comment et pourquoi nous nous retrouvons avec un bateau détruit et un sweat de garçon trempé sur une plage. Et pas de garçon.

Mme Ellis :

Vous avez fait subir à ma fille une journée très longue et très difficile, hier.

Inspectrice Ryan :

Je sais, madame Ellis.

Mme Ellis :

Et cette nouvelle a été un véritable choc. Il suffit de la regarder pour s'en rendre compte.

Inspectrice Ryan :

Je comprends, bien sûr. Vous êtes sa mère, et c'est bien naturel que vous…

Mme Ellis :

Vous avez été très bien avec nous pendant toute cette affaire, inspectrice Ryan, et je ne veux pas me fâcher avec vous maintenant, mais ne vous avisez pas de vous montrer condescendante à mon égard.

Gloria :

Maman, ça va. Vraiment. Elle ne fait que son travail.

Inspectrice Ryan :

Écoutez, le fait est que si nous ne faisons pas ça maintenant, aujourd'hui, il faudra…

Gloria :

Faisons-le tout de suite, alors. Qu'on en finisse.

Inspectrice Ryan :

Liz ?

Mme Ellis :

C'est à Lor de décider. Mais dès qu'elle voudra arrêter…

Inspectrice Ryan :

On arrêtera. Absolument. (À Gloria) Entendu ?

Gloria :

(Hochement de tête.) OK.

Inspectrice Ryan :

Bien. Merci. C'est bien. Commençons, dans ce cas, d'accord ?

Gloria :

(Hausse les épaules.) Ouais.

Inspectrice Ryan :

Bien. Bon, quand nous avons arrêté, hier, le

distributeur automatique avait avalé vos cartes bleues, mais vous aviez déjà acheté vos billets de train, alors vous avez décidé d'aller à Penzance quand même. C'est bien ça ?

Gloria :

Ce n'est pas nous qui avons décidé. C'est le jeu de cartes.

Inspectrice Ryan :

C'est vrai. Bien sûr. Bref, vous voilà dans le train.

Gloria :

Nous nous sommes assis dans des wagons différents. Après ce qui s'était passé au distributeur, on ne savait pas combien de temps il vous faudrait pour nous retrouver. Uman a pensé qu'on se ferait moins remarquer dans ce train si on ne s'asseyait pas ensemble.

Inspectrice Ryan :

Pour brouiller les pistes.

Gloria :

C'est ça.

Inspectrice Ryan :

À quelle heure êtes-vous arrivés à Penzance ?

Gloria :

Vous devez déjà le savoir, grâce aux caméras de surveillance.

Inspectrice Ryan :

Non. Il se trouve qu'on n'a pas remonté vos traces plus loin que Bristol. Pas de manière certaine.

Gloria :

(Elle secoue la tête et marmonne quelque chose d'inaudible.) Nous sommes arrivés vers 14 heures, je crois. Quelque chose comme ça.

Inspectrice Ryan :

Et vous aviez toujours l'intention de vous rendre sur les îles Scilly, alors qu'il vous restait si peu d'argent ?

Gloria :

On avait encore coupé les cartes. Elles avaient encore dit « Bryher ».

Inspectrice Ryan :

Ces cartes avaient le chic pour choisir ce que vous désiriez.

Gloria :

Le destin est une poignée de main entre le libre arbitre et le hasard pur. Elle est de moi, celle-là, pas d'Uman.

Inspectrice Ryan :

(Pause.) Bon, continue. Bryher.

Gloria :

À vrai dire, on a un peu triché, cette fois. On était

tellement déterminés à aller à Bryher qu'on a joué en trois manches. En cinq manches, même, à la fin.

Inspectrice Ryan :

Bien, vous êtes à Penzance. Il y a environ soixante kilomètres de mer entre vous et Bryher. Les cartes disent « oui », mais comment faire ? Que se passe-t-il ensuite, Gloria ?

Q17
ET SI ON Y ALLAIT À LA NAGE ?

C'est à ce moment-là que tout a commencé à partir en vrille.

Le premier truc qui a foiré (le deuxième, si on compte le distributeur), c'est qu'il n'y avait qu'une traversée par jour vers les îles Scilly, et que nous l'avions manquée. Ce qui signifiait que nous allions devoir passer tout l'après-midi, toute la soirée et toute la nuit à Penzance. Ce n'était pas très grave, en réalité, sauf que, maintenant que nous nous étions décidés pour Bryher (l'endroit qui me rendait heureuse), nous étions impatients d'y arriver. Une fois que nous serions sur l'île, tout irait bien, comme dans les Stretton Hills. Bryher était un royaume magique de plages dorées, de cieux bleu clair et de soleil toute la journée, ai-je dit à Uman.

Je lui avais rempli la tête de récits des vacances familiales idylliques de mon enfance, mon frère et moi explorant l'île du matin au soir, pieds nus et bronzés. Ces esprits libres dont parlait maman, flottant dans la douce brise marine. S'il avait jamais plu au cours de ces étés, s'il y avait eu des querelles familiales, je l'avais effacé de ma mémoire.

Il pleuvait ce jour-là, à Penzance. Ça a été la deuxième chose contrariante. Après des jours majoritairement secs et chauds depuis le début de notre fugue, le temps se retournait contre nous.

— Nous sommes jeunes, a dit Uman. Nous sommes imperméables.

— Tout à fait.

Nous étions blottis l'un contre l'autre dans un abri sur le front de mer et regardions les vagues se briser comme de la mousse de bière sur le rivage. Nous tuions le temps. Conservant ce qu'il nous restait d'argent. Évitant les boutiques et les cafés, et les parties les plus fréquentées d'une ville de Cornouailles où un mec avec un bonnet rasta et une fausse blonde pourraient attirer l'attention. En cet après-midi humide et venteux, nous avions le front de mer rien que pour nous, à l'exception d'une personne vêtue de gore-tex des pieds à la tête qui promenait son chien et de quelques mouettes ici et là.

Nous avons enchaîné les devinettes en vingt questions (malgré la manie agaçante d'Uman de choisir les choses les plus obscures à me faire deviner : une fleur de cerisier, le tungstène, Mademoiselle Ouistiti dans *Oui-Oui*.) Sinon nous parlions de Bryher et de notre plan pour y parvenir. Même si nous n'avions pas de plan.

— Et si on y allait à la nage ? a demandé Uman.

— Uman, le ferry met deux heures et demie.

— Ça fait combien de brasses ?

— Exactement à mi-chemin entre trop loin et noyé.

— À vrai dire, je suis un très bon nageur.

— Ah bon, alors tu peux nager soixante kilomètres.

Il a réfléchi un moment.

— J'ai déjà fait vingt longueurs dans une piscine de cinquante mètres.

— Il y avait une piscine olympique dans ton école ?

— Oui, bien sûr. Mais je parlais de celle qui était chez mes parents.

Plus tard, quand la pluie s'est calmée et alors

qu'il faisait encore jour, nous avons marché jusqu'au port. Aussi nonchalants que possible, rien que deux routards en balade. Il y avait d'autres personnes dehors, des touristes, comme nous, ainsi que des travailleurs en ciré jaune ou en gilet fluo. L'air empestait le poisson et le sel, l'huile de moteur et la fiente d'oiseau. Le ferry était rentré des Scilly et était amarré au bout d'un vieux quai en pierre, prêt à repartir le lendemain matin. Il était plus petit que dans mon souvenir, mais tout de même impressionnant, à côté des bateaux de pêche et d'excursion qui tanguaient et grinçaient contre leurs amarres. Quand j'étais petite et que j'attendais d'embarquer avec ma mère, mon père et Ivan, je m'imaginais traverser le port en sautant de bateau en bateau.

Cette idée me tentait encore. Je parie qu'Uman l'aurait fait si je l'avais suggéré.

Mais nous étions là en mission, pas pour nous amuser. Nous étions en reconnaissance, cherchant un moyen de monter en douce sur le ferry. Pas tout de suite (les agents de nettoyage étaient à bord, apparemment, et des hommes chargeaient au treuil des caisses sur le pont supérieur). Mais plus tard, dans la nuit, nous allions revenir. C'était le plan que nous avions choisi : nous ferions la traversée jusqu'aux îles Scilly en tant que passagers clandestins.

— On va se faire prendre, ai-je dit. Tu le sais très bien.

Il a secoué la tête.

— Ce sera comme les fois où on a séché les cours : on est juste sortis du collège. C'est la dernière chose à laquelle ils s'attendent.

— Il y aura des patrouilles de nuit. Des hommes avec des chiens. Des caméras de surveillance.

— Des chiens avec des caméras de surveillance.

— Uman, je suis sérieuse.

— C'est le port de Penzance, pas l'aéroport d'Heathrow.

— De toute façon, ils auront relevé la passerelle. (J'ai désigné la hauteur entre le quai et le pont supérieur, le vide entre le quai et le bateau.) Comment on va monter à bord, avec nos sacs à dos ? Et même sans.

— Je te rappelle que nous n'appliquons le plan B que parce que les cartes l'ont préféré au plan A. Et parce que tu t'es opposée au plan C.

Le plan A était de supplier un pêcheur de nous faire traverser sur son bateau. Le plan C d'acheter de fausses armes à feu et de détourner le ferry.

Uman l'aurait nié, mais je crois que nous nous

étions résignés au fait que nous avions atteint la fin de notre fugitiverie. Que nous nous attendions à nous faire prendre quand nous essaierions de monter clandestinement à bord. Mais c'était mieux de finir comme ça – dangereusement, audacieusement – que de jouer à cache-cache en Cornouailles pendant deux ou trois jours, jusqu'à ce qu'on n'ait plus d'argent.

Il a encore plu ce soir-là. Comme nous avions besoin d'un endroit sec où nous réfugier pendant les quelques heures qui nous restaient avant de mettre le plan B en action, nous sommes allés au cinéma. C'était le dernier volet de la trilogie du *Hobbit*. Pas mon genre de film, ni celui d'Uman, mais il était très long, ce qui nous convenait parfaitement.

— Qu'est-ce qu'un hobbit, exactement ? a demandé Uman alors que nous faisions la queue pour acheter nos tickets.

— Un mélange entre un homard et une orbite.

Devant nous, un garçon d'environ douze ans s'est retourné et, comme s'il s'adressait à deux gamins de son âge, a expliqué :

— Un hobbit est une créature humanoïde de petite taille qui vit dans un trou.

— Tiens, je crois que j'ai bien connu quelqu'un comme ça, a répondu Uman.

Le garçon lui a lancé un regard méprisant.

— J'en doute beaucoup.

Nous avons éclaté de rire.

— Adoptons-le, m'a murmuré Uman à l'oreille alors que le garçon se détournait.

Uman a détesté le film. Cent quarante-quatre minutes de sa vie qu'il ne récupérerait jamais, et ainsi de suite.

— Comme tous les films de fantasy, ce ne sont que des absurdités pour fuir la réalité, cachées derrière un écran de fumée d'images de synthèse.

— Tu n'aimes pas fuir la réalité ? ai-je demandé en me retenant de rire.

— Non.

— Alors qu'est-ce qu'on a fait ces dix derniers jours ?

— On n'a pas fui la réalité. C'est notre réalité.

Était-ce notre réalité ? Peut-être que oui, si nous en décidions ainsi. Mais qui peut choisir sa propre réalité, franchement ? Et pour combien de temps ? Il m'est venu à l'esprit, alors, que nous étions comme des petits enfants se cachant les yeux avec la main et s'imaginant que les autres ne peuvent pas les voir. Ou que le reste du monde les laissera tranquilles.

— La vraie réalité est toujours là, ai-je repris. Elle ne disparaît pas comme ça.

— Je n'ai jamais dit le contraire.

Nous sommes retournés dans la ruelle où nous avions caché nos sacs à dos derrière une énorme benne à ordures. Ils étaient toujours là, protégés de la pluie par leurs housses imperméables.

— Passager clandestin ? a demandé Uman.

— Passager clandestin.

L'heure des papillons dans le ventre. Soit nous réussirions un coup incroyable… soit nous serions arrêtés. La perspective que tout cela se termine était trop bouleversante. J'ai fermé mon esprit à cette possibilité. Je me suis retenue de lâcher qu'on ferait mieux de partir dans la campagne, de monter la tente et de faire durer notre aventure – notre réalité – aussi longtemps que possible. Nous pourrions toujours voler de la nourriture quand nous n'aurions plus d'argent, non ? Mais je n'ai rien dit de tout ça.

Je lui ai simplement pris la main et j'ai dit :

— Je t'aime, Uman Padeem.

— Ça tombe très bien, car je t'aime aussi, Gloria Jade Ellis.

Nous nous disions beaucoup « je t'aime » depuis la déclaration d'Uman près du distributeur, à Bristol. Comme si nous avions découvert un fantastique nouveau parfum de glace et que nous ne pouvions résister à l'envie d'en prendre une autre cuillerée dès que nous en avions envie. Je n'avais jamais été amoureuse. Et je n'avais jamais été aimée. Mais déjà, j'en savais plus sur l'amour que quiconque.

Cependant, ces derniers « je t'aime » ressemblaient plutôt à des adieux. Comme si aucun de nous ne savait quand nous pourrions nous le redire après l'échec du plan B.

Nous avons emprunté une rue piétonne en direction du port. Le sol glissant réfléchissait les lumières. Les bars et les pubs s'étaient déjà vidés, mais quelques traînards rentraient encore chez eux ou cherchaient un fast-food. Des cris et des rires résonnaient dans la rue. Une sirène a retenti.

Je les ai vus avant Uman.

Trois types venant en sens inverse, d'environ dix-huit ans. Ça se voyait qu'ils avaient bu. Uman venait de me demander de citer mes trois films préférés de tous les temps et j'en étais à : « Un, *Juno* ; deux, *Little Miss Sunshine*… » Ils étaient à dix mètres de nous. Celui du milieu m'a regardée, puis a regardé Uman ; il a donné un coup de coude à ses potes et dit quelque chose que je n'ai pas entendu.

Mais je savais. Comme au collège, quand une bagarre va éclater ; la violence s'insinue dans l'air et vous laisse un goût aigre dans la gorge avant même que le premier coup de poing ait été lancé.

— Hé, le Paki, a dit celui du milieu. Joli bonnet, *maaan*.

Les deux autres ont ri. Leurs chemises trempées et translucides, boutonnées jusqu'au col, leur collaient à la peau. Chemise rouge, chemise jaune, chemise verte. Comme un feu de signalisation. Je ne sais pas pourquoi cette comparaison m'est passée par la tête à ce moment-là.

— C'est à toi que je parle, a repris celui du milieu.

Cheveux roux, coupés court et relevés en banane avec du gel ; il était plus petit et plus maigre que ses copains, presque filiforme, sautillant presque littéralement d'énergie contenue. Les deux autres (des jumeaux ?) semblaient avoir été sculptés dans de la pâte à tarte et s'être fait peindre le visage en rose.

Ils nous ont barré le passage.

— Et ton troisième film ? m'a demandé Uman, comme s'il n'avait pas conscience de leur présence.

Je l'ai fait ralentir, tirant sur sa main pour qu'il

s'arrête ; sinon je jure qu'il aurait simplement foncé dans le rouquin.

— Il est sourd, le Paki ? a demandé le type. Ou pas parler anglais le Paki ?

S'il te plaît, Uman, ai-je pensé, *juste pour une fois, ne fais pas le malin.*

— Oh, je suis désolé, vous vous adressiez à moi ? a demandé Uman sur un ton jovial, en exagérant son accent BCBG, ce qui m'a fait grogner intérieurement. Si oui, j'ai bien peur que vous ne vous soyez fourvoyé dans votre hypothèse sur mon ethnicité.

Merde.

— Uman, ai-je sifflé en lui pressant la main pour le faire taire.

— Je me suis quoi ? a demandé le rouquin.

— Est-ce mon accent qui vous perturbe ? Ou mon niveau de langue ?

Le rouquin a reniflé bruyamment et a craché par terre, entre les pieds d'Uman.

— Voyez-vous, mes ancêtres venaient de Turquie et de différentes parties de la péninsule arabique, et je suis né au Royaume-Uni. Si bien que je ne peux en aucun cas être qualifié de Pakistanais. (Il a souri comme si tout cela n'était qu'un amusant malentendu.) À moins que vous n'ayez employé « Paki » comme un terme péjoratif plus global.

Flanqué de ses potes, le rouquin le dévisageait. Il avait le visage luisant d'humidité, et ses tétons étaient nettement visibles à travers sa chemise jaune imbibée de pluie.

— S'il vous plaît, ai-je dit d'une voix étrange, tremblante, nous ne vous avons rien…

Le bruit du poing heurtant le visage d'Uman a semblé s'élever avant même que le type ait bougé son bras. Un bruit humide, comme s'il avait lancé une tomate sur un mur.

Uman a paru aussi surpris que moi. Je ne sais pas si le coup était assez fort pour le faire tomber ou si le poids de son sac à dos l'a déséquilibré. En tout cas, il s'est retrouvé à terre, tel un scarabée retourné. Alors qu'il roulait sur le côté, essayant de dégager ses bras des sangles, le rouquin l'a contourné et lui a balancé un coup de pied dans les côtes. Uman a poussé un grognement plus animal qu'humain.

J'ai hurlé, alors, je crois. *Non !* ou *Arrête !* ou *Laisse-le !* Quelque chose comme ça. J'ai essayé de me mettre entre eux, mais l'un des garçons en pâte à tarte m'a attrapée par le bras et m'a repoussée.

Uman était à quatre pattes, avec un bras libre, et des fils de morve ensanglantée et visqueuse coulant de son nez et de sa bouche. Le rouquin lui a encore donné un coup de pied, en plein visage, et la tête d'Uman est partie brusquement en arrière, faisant voler son bonnet rasta.

— Il n'a que quinze ans ! ai-je crié.

Le garçon en pâte à tarte numéro un me tenait toujours, et je nous ai à moitié fait tomber par terre en essayant de me libérer. J'ai cru que le rouquin allait encore frapper Uman – continuer de cogner dans sa tête comme dans un ballon de foot –, mais il s'était penché sur lui et lui donnait de petit coups et le tripotait comme s'il voulait lui enlever sa veste… ou comme s'il le poignardait à la poitrine.

— *Nooon !* ai-je hurlé, démente, manquant me déboîter l'épaule.

Avait-il un couteau ? Je n'arrivais pas à voir – juste ces mains, ces éclairs blancs et rapides. J'ai entendu quelqu'un crier et j'ai vu des gens se rassembler autour d'Uman, et l'espace d'un instant, j'ai cru qu'une foule entière allait se joindre à l'agression. Mais il s'agissait de deux couples d'une trentaine d'années, et les hommes s'étaient plantés devant le rouquin. On aurait dit des joueurs de rugby.

— Allez-y ! a hurlé le rouquin. Vous en voulez aussi ? Vous en voulez ?

Ils n'ont pas flanché.

— Je suis prêt, petit. C'est quand tu veux, a dit le plus costaud des deux, sans hausser le ton du tout.

Derrière eux, l'une des femmes était penchée sur Uman et l'autre était au téléphone et a prévenu le rouquin qu'elle appelait la police.

Le garçon en pâte à tarte numéro un m'a relâchée.

— Laisse tomber, Craig, a dit l'autre.

— Allez, ils ne sont que deux !

Ses potes l'entraînaient avec eux.

— Laisse tomber.

Ils ont dû partir, alors. Je ne sais pas. J'étais à genoux à côté d'Uman, l'aidant à se défaire de son sac à dos, en pleurs, répétant son nom encore et encore.

— Tout va bien, ma jolie. (J'ai senti une main sur mon épaule.) L'ambulance arrive.

J'étais dans la salle d'attente depuis deux heures quand une infirmière est venue me dire que je pouvais le voir. Il n'était pas en grande forme pour discuter, m'a-t-elle expliqué, mais je pouvais rester cinq minutes.

— Est-ce qu'il va s'en sortir ?

— Il a une commotion cérébrale, alors on va

le garder cette nuit pour surveiller ça. Et il s'est cassé le nez, et s'est peut-être aussi fêlé une ou deux côtes.

À l'entendre, on aurait dit qu'Uman s'était infligé lui-même ces blessures. C'était une Asiatique, jolie, plus petite que moi. Un grain de beauté sur l'arête de son nez ressemblait à une pépite de chocolat.

— À part ça, ce ne sont que des coupures et des bleus.

— J'ai vu ce type le poignarder, ai-je dit.

Je me suis surprise à imiter les gestes du rouquin et j'ai aussitôt laissé pendre mes bras de chaque côté de mon corps.

J'avais dit la même chose aux ambulanciers quand ils étaient arrivés ; je leur avais crié :

— Ils l'ont poignardé ! Ils l'ont poignardé !

Mais il n'y avait aucune blessure au couteau ; le sang sur son sweat venait de son visage, m'avaient-ils expliqué. Au début, je ne les avais pas crus. Ils ne l'avaient pas bien examiné, ils voulaient me rassurer, moi la fille hystérique. Même maintenant, à l'hôpital, j'avais besoin de l'entendre de la bouche de cette infirmière.

— Non, a-t-elle dit. Personne ne l'a poignardé.

— J'ai eu peur qu'il…

Mais je n'ai pas pu continuer.

Elle a souri.

— Viens, je vais te conduire jusqu'à lui.

Un rideau avait été tiré autour de son lit, dont la tête était un peu surélevée. Entre ça et les oreillers, il était à moitié assis, à moitié allongé. Sa lèvre supérieure faisait quatre fois la taille de sa lèvre inférieure et exhibait six nuances de rouge différentes, à part une « fermeture éclair » de points de suture blancs. Son nez ressemblait à une grosse sangsue violette se nourrissant au milieu de son visage. On lui avait fourré des mèches en coton dans chacune des narines. Deux yeux au beurre noir se formaient déjà.

Il fixait d'un air vide le bout du lit quand je me suis faufilée par le trou dans le rideau. Il lui a fallu un moment pour me remarquer.

— Salut, ai-je dit, lui prenant la main qui n'était pas reliée à une intraveineuse.

Il a à moitié tourné la tête vers moi et m'a adressé une grimace endormie qui, je le supposais, était ce qu'il pouvait faire le mieux en guise de sourire.

— Salut, Miss Inexcelsis, a-t-il répondu.

Du moins, c'est ce que j'ai compris. C'était surtout des sons en S, une respiration sifflante et de la salive teintée de rose.

Je suis restée plantée là et j'ai pleuré pendant un moment. Uman a pressé ma main, ses yeux ne quittant pas les miens.

— J'ai cru que tu allais mourir, ai-je finalement réussi à dire.

— Pas moi.

Bas boi. Puis quelque chose de complètement incompréhensible.

— Tu parles danois, là ?

Il a ri, puis a aussitôt grimacé et serré ses bras autour de lui. Ses côtes fêlées.

— Désolée.

Quand il a eu récupéré, il a murmuré :

— Che t'aibe, Bloria.

J'ai hoché la tête. Souri.

— Che t'aibe aussi, Ouban.

L'inspectrice Ryan me demande si la police m'a interrogée sur les lieux de la bagarre, ou plus tard, à l'hôpital.

— Ce n'était pas une bagarre. Il s'est fait tabasser.

— Est-ce qu'ils t'ont parlé ?

Je hoche la tête.

— Aux urgences, oui.

— Et… tu leur as dit quoi ?

Je lui répète les mensonges que j'ai débités à la

jeune policière au visage plein de taches de rousseur, affligée d'un eczéma tellement sévère sur les doigts qu'il m'était presque douloureux de la voir tenir son stylo alors qu'elle prenait des notes. J'étais assise dans un coin de la salle d'attente, nos deux sacs à dos appuyés contre le mur, à côté de moi. Quand j'ai remarqué la policière qui s'approchait du bureau d'information, j'ai changé de rang pour qu'elle ne se rende pas compte que les sacs et l'équipement de camping avaient un rapport avec moi. Je venais de m'installer dans mon siège quand la réceptionniste m'a désignée.

La policière m'a conduite dans une salle de consultation, de l'autre côté du couloir. Ça sentait l'antiseptique. Ils n'avaient pas encore réussi à interroger mon ami, m'a-t-elle dit. Du moins, ils avaient essayé, mais n'avaient pas compris ce qu'il disait. Pas même son nom.

— Il n'a pas de papiers d'identité sur lui, a-t-elle ajouté.

J'ai essayé de ne pas fixer ses phalanges gercées.

— Il s'appelle Fernando.

C'était le prénom que j'avais donné aux ambulanciers.

— Il est espagnol. Il vient d'Andalousie.

— Nom de famille ?

— Je ne m'en souviens pas, ai-je répondu, avant d'ajouter, devant son regard sceptique : C'est un élève étranger. Il n'est chez nous que depuis deux jours. Martinez, je crois. (J'ai hoché les épaules d'un air penaud.) Ça commence par un M, en tout cas. Ou un N.

J'ai continué à lui servir des mensonges. Une version plus détaillée de ce que j'avais raconté à la réceptionniste quand Uman avait été admis. Je ne sais pas trop pourquoi j'ai menti. Peut-être m'étais-je tellement habituée à cette vie, depuis que nous étions en fuite, que c'était devenu instinctif pour moi de brouiller les pistes. Ou peut-être que je n'avais tout simplement pas envie que ça se termine comme ça. Ou que ça se termine du tout. Pendant la longue attente aux urgences, j'avais peaufiné mon histoire. Celle dans laquelle Fernando, qui séjournait dans ma famille à l'occasion d'un échange scolaire, s'était joint à nous pour une semaine de vacances en Cornouailles. Non, c'était les vacances, dans le nord. Nous étions allés au cinéma (le Savoy, pour voir le dernier *Hobbit* ; oui, rien que tous les deux), et alors que nous marchions dans la rue … j'ai décrit ce qui s'était passé. J'ai décrit le rouquin – « ils l'ont appelé Craig » – et les deux garçons en pâte à tarte.

Mon père était en route pour l'hôpital. Non, je ne me souvenais pas du nom de notre cottage de vacances ni de l'adresse, mais c'était près de la gare. Mon nom ? Je lui ai donné celui d'une de mes cousines. Et son adresse dans le comté de Cumbria. Risqué, mais il était presque deux heures du matin, et je doutais que la police vérifie ça tout de suite.

— Cette policière ne t'a pas demandé tes papiers ? demande l'inspectrice Ryan.

— Non.

Elle claque la langue d'un air désapprobateur, secoue la tête. Puis, après une pause :

— Tu aurais pu abandonner à ce moment-là. Ils allaient garder Uman pour la nuit et ce n'était qu'une question de temps avant que le personnel médical ou la police fasse le rapprochement. Vous vous étiez plus ou moins résignés à vous faire prendre en essayant de vous introduire sur le ferry, et d'ailleurs Uman n'était pas en état d'aller où que ce soit. Alors pourquoi n'avoir pas laissé tomber ? Là, à l'hôpital.

Je ne réponds pas.

— Allez, Gloria.

— Je ne pouvais pas abandonner pour nous deux.

— Comment ça ?

— Il fallait d'abord que je parle à Uman. Que je sache s'il voulait abandonner.

— Tu avais convenu de ça avec lui, c'est ça ?

— Il fallait que je lui parle, je répète. S'il disait qu'il en avait assez, alors on arrêterait. On abandonnerait.

— Et s'il disait qu'il voulait continuer ?

Je hausse les épaules.

— Alors on continuerait.

La policière a dit qu'elle reviendrait le lendemain matin pour parler à Fernando. Elle m'a conseillé de rentrer au cottage retrouver mon père, quand il arriverait, et de dormir un peu. Pendant ce temps, il lui fallait un moyen de me contacter. J'aurais dû y penser. N'ayant pas le temps de réfléchir, je lui ai donné le numéro du téléphone que nous avions jeté dans les bois de l'Ours chuteur.

J'ai passé le reste de la nuit dans la salle d'attente des urgences.

Ça ne leur a pas plu, étant donné mon âge ; si j'étais décidée à rester (« Je le suis, absolument ; je ne le laisserai pas »), il fallait au moins que je sois avec un adulte. Mon père était en route pour l'hôpital, ai-je dit à la réceptionniste. Peu de temps après, il y a eu un changement d'équipe et une autre employée l'a remplacée. Après ça, ils m'ont oubliée. Trop occupés. Il y avait eu un accident grave sur l'autoroute, ou quelque chose comme ça, et pendant les deux heures qui ont suivi, tout le personnel a rejoué un épisode d'*Urgences*. Une adolescente recroquevillée sur un siège au fond d'une salle d'attente bondée était le cadet de leurs soucis.

Je me suis échappée un moment pour aller voir Uman, mais il dormait. Aussi bouleversant que ce soit de le voir dans cet état, je suis restée et l'ai veillé aussi longtemps que j'ai osé.

Lui tenant la main. Lui caressant les cheveux. Lui parlant à voix basse.

Je ne sais pas à quoi je pensais. Pour être honnête, je ne suis pas sûre que je pensais. J'étais trop fatiguée, trop choquée par ce qui s'était passé. La question de ce qui se passerait ensuite ne se posait même pas. Tout ce que je voulais, c'était être avec Uman – être près de lui, en tout cas – et attendre qu'il se réveille.

À un moment donné, j'ai dû m'endormir moi aussi.

Une main sur mon épaule me secouait doucement. *Tout va bien, ma jolie, l'ambulance va arriver.*

L'espace d'un instant, j'étais de retour dans la rue, penchée sur Uman, avec une femme qui essayait de me réconforter… Ou, non, je m'étais endormie au chevet d'Uman et une infirmière ou un médecin ou un policier essayait de me réveiller. Ou alors je rêvais, tout simplement.

Une autre secousse, moins douce.

— Doria.

J'ai sursauté, ouvert les yeux. Où étais-je ? Dans la salle d'attente, avachie sur mon siège, la tête posée sur mon sac à dos. Quand je me suis redressée, ma joue s'est décollée du tissu rugueux avec le bruit d'un bout de scotch qu'on arrache.

Une voix me murmurait quelque chose. La lumière était trop vive, mes yeux trop collants, incapables de faire le point.

— Hé, a dit la voix chuchotante.

Je l'ai vu, alors. Son visage tuméfié flottait devant le mien.

— Uman ?

Il a posé un doigt sur ses lèvres. M'a fait signe de me lever. Et il a dit quelque chose qui aurait pu être : « On a un ferry à prendre. »

Q18
POURQUOI TU ES TOUJOURS LÀ ?

On est sortis de l'hôpital. Personne ne nous a interrogés, ou ne nous a rappelés, ou ne nous a couru après. Les portes automatiques se sont ouvertes, et nous avons pénétré dans la lumière grisâtre d'un nouveau jour. Nous n'avons pas parlé avant d'avoir quitté l'enceinte de l'hôpital et de nous être engagés sur une route qui, d'après les panneaux, rejoignait le centre-ville.

— Comment tu te sens ? ai-je demandé.

— Sur une échelle d'un à bix ? Zéro birgule cingue.

— Zéro virgule cinq ? Pas mal. C'est cinq dixièmes de plus que ce qu'on pourrait croire en te regardant.

— Berci.

— De rien. Je suis contente de te voir, au fait.

— Boi aussi.

Il a juré. Il s'est arrêté et, d'un geste hésitant, a retiré les mèches de coton de son nez.

— C'est mieux, a-t-il dit.

J'ai sorti un mouchoir en papier de ma poche et le lui ai tendu.

— Ça coule.

D'après l'horloge murale, il était huit heures du matin quand nous avions quitté les urgences. Le ferry devait partir une heure et quart plus tard. Nous n'avons même pas discuté de la façon dont nous espérions monter à bord ; nous nous sommes juste dirigés vers le port, tellement heureux d'être réunis que rien d'autre ne comptait. Uman boitait encore plus que d'habitude, l'état de ses poumons avait empiré, mais ce qui le ralentissait vraiment, c'était la douleur causée par ses côtes fêlées. À chaque pas, il grimaçait, sa respiration était sifflante alors que le poids de son sac se déplaçait.

Heureusement, l'hôpital n'était pas loin du centre-ville. Au bout de quelques minutes, la route se transformait en rue piétonne, et j'ai reconnu l'endroit où nous étions. La devanture bleue du cinéma ne se trouvait qu'à une centaine de mètres devant nous et, un plus loin, on voyait l'endroit où Uman s'était fait agresser. Même à la lumière du jour, avec l'agitation des gens allant travailler et des quelques commerçants relevant leurs rideaux et installant leurs étalages, la rue m'a fait peur. Comme si Craig le rouquin et les garçons en pâte à tarte étaient encore là, cachés, nous attendant.

— On peut prendre un autre chemin, si tu veux, ai-je proposé.

Il a secoué la tête. Il n'avait pas du tout l'air perturbé. Quand nous sommes arrivés à l'endroit où c'était arrivé, il a fait une pause pour examiner le sol, à la recherche de taches de sang – déçu, apparemment, de ne pas en trouver, ni aucun signe de ce qui s'était passé là. La pluie avait tout effacé. Non, pas tout. Deux moitiés d'un bracelet en plastique bleu reposaient à quelques centimètres l'une de l'autre, telles des parenthèses dont le contenu aurait été supprimé.

— J'aurais pu gagner, dit-il. Si ce type ne m'avait pas cassé la gueule.

Il parlait normalement désormais, à part un léger zézaiement dû à sa lèvre abîmée.

— Se foutre de sa gueule n'était peut-être pas une si bonne idée que ça.

— Il l'aurait fait quand même. Ce genre de type cherche toujours la bagarre, et je me suis trouvé sur son chemin, avec la mauvaise couleur de peau et un bonnet stupide.

— Oui, mais…

— Gloria, je suis comme ça. Il a ses poings et ses pieds, j'ai mes mots – mon esprit irrésistible et, en toute franchise, mon intelligence confinant au génie. Et tu sais quoi ? Pendant ces quelques secondes avant qu'il me frappe, j'ai vraiment, vraiment apprécié de lui montrer à quel point il était bête.

— Puis-je redire : « Oui, mais » ?

— Non, tu ne peux pas. Et mon dernier argument, c'est que mes blessures vont guérir, mais lui restera un salaud de raciste, violent et bête jusqu'à la fin de sa vie.

Un ou deux passants lui ont jeté un coup d'œil. Il a pressé le mouchoir contre son nez, qui s'était remis à couler. Il me l'a montré.

— Regarde, les taches de sang reproduisent la forme exacte de l'archipel indonésien.

Sur le port, une file s'était déjà formée sur le quai, et les premiers passagers embarquaient. Le système était le même que dans mon souvenir. Il fallait faire la queue devant un petit préfabriqué pour échanger son ticket contre une carte d'embarquement avant de se rendre dans la zone dédiée, où deux employés rangeaient les bagages dans un conteneur en métal. Puis on remontait la passerelle et on donnait sa carte à un steward avant de monter sur le pont.

Facile. Si on avait un ticket.

Papa nous laissait toujours tenir les cartes d'embarquement, mon frère et moi. Deux chacun. La première fois, j'avais pleuré quand l'hôtesse me les avait prises. Elle m'avait souri et m'avait permis de les garder.

— Je crois que nous avons raté notre chance d'embarquer clandestinement en pleine nuit, a dit Uman.

— Elle ne t'abandonne jamais, ton intelligence confinant au génie, pas vrai ?

— Et si on créait une diversion ? (Il a toussé, crachant un mélange de sang et de salive par terre.) On met le feu à un des bateaux du port et, quand tout le monde sera distrait…

— Uman, je sais que tu as reçu un coup de pied dans la tête, mais il doit quand même te rester quelques fonctions cérébrales.

— Bien vu. Je crois que je suis encore commotionné. Combien de doigts me montres-tu ?

— Je ne t'en montre aucun.

Il a secoué la tête.

— Mon Dieu, c'est pire que ce que je pensais.

— On peut rester concentrés ? ai-je demandé en me retenant de rire.

— OK… Je me suis fait agresser et le type qui m'a tabassé nous a volé nos tickets.

— Non, ils vérifieront notre réservation sur l'ordinateur.

Nous avons sombré dans le silence et observé ce qui se passait. Le quai était suffisamment large pour qu'on puisse dépasser la queue, le préfabriqué et même les types des bagages, mais sans carte d'embarquement, on ne passerait jamais les stewards en haut de la passerelle. Peut-être que la tactique de diversion d'Uman n'était pas une idée si absurde que ça, tout compte fait.

— Je vais aller acheter des allumettes et un bidon d'essence, ai-je annoncé.

Alors que je prononçais ces mots, la solution m'est venue. Je n'avais pas le moindre espoir de réussir… pourtant, vingt minutes plus tard, nous étions à bord du ferry.

— Waouh, attends une seconde, intervient l'inspectrice Ryan. On peut revenir un peu en arrière ?

Je fais l'innocente.

— Ah, vous voulez savoir comment on a fait ?

Elle rit.

— Ce serait bien, oui.

Je lui dis ce qu'elle veut savoir. Que j'ai sorti quelques pièces de ma poche et acheté un café dans un kiosque. (Je n'avais pas dit à Uman ce que j'avais en tête, je lui avais seulement demandé de m'attendre là où il était.) Que j'ai rejoint la file d'attente, sans boire le café. Qu'en approchant de l'avant de la file, j'ai ôté le couvercle en plastique. À la fenêtre du préfabriqué, dis-je à l'inspectrice Ryan, j'ai posé le gobelet sur le rebord et j'ai fait semblant de chercher mon ticket dans ma veste pendant que l'employée attendait avec un air d'ennui patient. Dont elle est sortie quand mon coude a heurté le gobelet et répandu du café sur tout son bureau, sur ses genoux, sur son clavier d'ordinateur.

Je me suis confondue en excuses. Vraiment. J'ai même tenté de l'aider à éponger. Et figurez-vous que je venais de me rendre compte que pendant tout ce temps, c'était mon petit ami qui devait avoir les tickets. J'allais les récupérer et je referais la queue, ai-je dit à la femme. Qui nettoyait toujours son bureau, vérifiait que son PC fonctionnait et s'efforçait de ne pas trop s'énerver sur moi à cause de l'état de sa jupe. Je me suis excusée de nouveau. Auprès d'elle, auprès de la famille derrière moi qui attendait d'embarquer.

Puis je me suis écartée et je suis partie rejoindre Uman sur le quai.

— C'était pour quoi, tout ça ? a-t-il demandé.

— C'était pour ça, ai-je répondu en lui montrant les deux cartes d'embarquement que j'avais piquées sur le bureau pendant que la femme refaisait surface après le tsunami caféiné.

Il nous a fallu un moment, après le départ, pour arrêter de nous sourire bêtement, de nous taper dans la main, pour que j'arrête de dire que je n'en revenais pas qu'on ait réussi, pour qu'Uman arrête de me dire que j'étais l'embrouilleuse la plus géniale et la plus maligne de toute l'histoire de l'embrouille.

Pour qu'on arrête de dire chacun son tour des trucs du genre : « Eh ouais, on va à Bryher ! »

Le seul moment délicat, ça a été quand nous avons montré les cartes d'embarquement volées et qu'une hôtesse – alarmée par l'état épouvantable d'Uman – s'est mise en tête de faire venir un médecin pour l'examiner. Mais Uman n'avait pas perdu son talent de dissuasion. Il venait de quitter l'hôpital, et on lui avait donné le feu vert pour prendre le ferry.

— J'ai rendez-vous chez un médecin à St Mary's, lui a-t-il assuré.

— Bon, d'accord, mais ne manquez pas d'y aller, a-t-elle dit avant de désigner son visage. Que s'est-il passé, d'ailleurs ?

— Oh, mon cheval m'a envoyé la tête la première par-dessus une haie. Ce maudit renard s'en est tiré sans encombre.

Cela lui a valu un long regard appuyé, mais elle nous a finalement fait signe de passer.

— C'est plus fort que toi, hein ? ai-je marmonné après que nous nous sommes éloignés.

— C'est bien l'impression que ça donne, a-t-il répondu dans un murmure.

Nous avons tous les deux éclaté de rire.

Par cette matinée froide et humide, presque tous les autres passagers étaient à l'intérieur. Mais nous sommes restés sur le pont supérieur, à l'arrière, regardant défiler la côte. Des mouettes nous suivaient, zigzaguant au-dessus du sillage du navire, hurlant les unes sur les autres. Ou nous hurlant dessus, peut-être. Comme si elles avaient raté le bateau et nous criaient de ralentir pour pouvoir nous rattraper et sauter à bord. Des odeurs de cuisine nous parvenaient du café, sur le pont inférieur. Des odeurs de bacon, particulièrement.

— Fêtons ça avec un gros petit déjeuner, a dit Uman, la brise emportant ses mots.

J'ai embrassé la partie non abîmée de son visage.

— Tu est capable de manger, là ?

— Tu pourras réduire mes aliments en purée. Ça nous fera de l'entraînement, pour quand on sera vieux.

Il a fallu attendre que nous ayons chargé le plateau de nourriture et que nous soyons arrivés à la caisse pour qu'Uman se rende compte que son portefeuille n'était plus dans sa veste. Que, loin de le poignarder quand il avait été à demi-conscient, à terre, Craig le rouquin l'avait dépouillé. Et qu'à nous deux, nous disposions d'un billet de cinq livres froissé dans la poche arrière de mon jean et de six livres soixante-quatorze en pièces de monnaie.

— Combien coûte la traversée de St Mary's à Bryher ? a-t-il murmuré.

— Je ne sais pas.

Il a hoché la tête. S'est excusé auprès de la caissière et lui a dit que nous n'avions pas faim, tout compte fait. Puis il a reposé le plateau et nous sommes retournés sur le pont.

Petite fille, j'étais toujours arrivée à Bryher dans un état d'excitation de début de vacances. C'est comme ça que je m'en souviens, en tout cas. À Church Quay, Ivan et moi étions les premiers à descendre du bateau, et nous courions sur la plage tandis que papa et maman se débattaient avec les bagages et saluaient le propriétaire aux cheveux blancs comme neige du cottage que nous louions à chaque fois. Tandis qu'ils chargeaient la carriole de son quad pour remonter le sentier sableux menant à « notre » crique, mon frère et moi trouvions déjà le premier coquillage porcelaine, ou os de seiche ou patte de crabe de ces deux semaines de vacances qui, pour nous, s'étiraient comme une éternité devant nous. Il faisait toujours, toujours soleil.

— À croire que Bryher a été imaginé par Enid Blyton, dis-je à maman.

Elle m'adresse un sourire mi-triste mi-joyeux.

— Nous avons passé de belles vacances là-bas, n'est-ce pas ?

— Je voulais qu'Uman voie cet endroit comme je le voyais. Qu'il en tombe amoureux.

Au-dessus de Church Bay, le ciel était couvert quand nous avons débarqué ce jour-là. Après avoir payé la petite traversée depuis St Mary's, il nous restait à peine plus de trois livres. Nous avions faim. Uman n'arrêtait pas de saigner du nez et sa vision s'était brouillée, disait-il. Il avait mal à la tête, aux côtes et, s'il respirait trop profondément, la douleur lui faisait monter les larmes aux yeux.

Malgré tout, mon humeur s'est améliorée quand l'un des membres d'équipage nous a fait descendre et a balancé nos sacs sur le quai. Même dans la lumière morne, le long arc de la plage scintillait et les ajoncs de White Hill étaient d'un jaune aussi vif que dans mon souvenir, nous faisant signe de faire la course jusqu'au sommet de la colline, comme mon frère et moi l'avions fait si souvent. Un résidu de joie enfantine montait en moi, en dépit de tout.

Contre toute attente, Uman et moi avions posé le pied sur l'île, l'endroit qui me rendait heureuse.

J'ai pressé sa main.

— Allez, on va trouver un endroit où monter la tente.

Il y a un camping officiel dans un champ, sous Watch Hill, avant que le sol s'élève à nouveau jusqu'à la pointe déchiquetée, au sommet de l'île. Quand nous avions tiré Bryher au sort, je m'étais imaginé qu'Uman et moi camperions là. Mais sans argent, il nous faudrait camper illégalement quelque part et nous faufiler en douce dans le camping de temps en temps pour prendre une douche.

— Bryher ne fait que cinq kilomètres et demi de long, et il y a environ soixante-dix habitants, ai-je expliqué à Uman. Il n'y a que deux routes, enfin, des chemins, et pas de véhicules, à part les tracteurs et les quads. Oh, et une Land Rover à l'hôtel, en bas de l'île, pour transporter les gens riches et leurs bagages. On s'y offrait un repas à chacune de nos vacances.

— Dans la Land Rover ?

— Non, à l'hôtel.

Nous suivions le chemin qui passe au centre de l'île, dépassant les maisons éparpillées aux jardins luxuriants remplis de fleurs aux couleurs vives, d'arbustes et de rares palmiers. J'ai raconté à Uman une partie de l'histoire de l'île ; il y avait surtout des pêcheurs autrefois, et on y cultivait aussi des jonquilles pour les envoyer sur le continent.

— Mais maintenant, ce n'est quasiment que du tourisme, des maisons de vacances et des excursions en bateau pour aller voir les phoques, ai-je dit, avant de rire. Désolée, je radote un peu, pas vrai ? C'est juste que tout me revient. Les trucs que mes parents nous lisaient dans les guides qu'Ivan et moi trouvions trop barbants. (J'ai ri de nouveau.) Mince, je suis en train de me transformer en mes parents.

— À vrai dire, je ne serais pas contre un peu de repos, a-t-il dit.

Il avait respiré difficilement sur presque tout le chemin.

Nous étions arrivés au sommet d'une colline, où le sentier s'incurve et descend vers le bas de l'île. L'épicerie se trouvait là, ainsi qu'une boutique de souvenirs. Nous nous sommes assis à l'extérieur, et j'ai dû l'aider à poser son sac. Il a poussé un petit grognement en s'asseyant sur le banc.

— C'est encore loin ? a-t-il demandé.

Nous n'avions marché que quelques centaines de mètres.

— Plus que cinq minutes. Il y a des champs de jonquilles à l'abandon au-dessous de Samson Hill. Personne ne nous verra, là-bas.

Il a hoché la tête.

— Désolé d'être aussi bon à rien.

Il n'avait aucune raison de s'excuser, ai-je répondu en lui caressant la nuque. Ses cheveux repoussaient, hirsutes et inégaux. Il n'avait pas porté son bonnet rasta très longtemps, mais ça me faisait déjà bizarre de le voir sans. Il était resté par terre quand l'ambulance était arrivée et n'était plus là le lendemain matin. Les gens lui lançaient toujours de drôles de regards (sur le bateau en partance de St Mary's, un petit garçon l'avait dévisagé pendant toute la traversée), mais désormais c'était son visage meurtri qui attirait l'attention, plutôt que son couvre-chef décalé. D'autres passagers, l'équipage, les gens que nous avions croisés sur le quai, tout le monde le prenait pour un voyou.

— C'est ma vue préférée, ai-je dit.

Parsemés de fleurs sauvages, les champs descendaient jusqu'à un lagon en forme de rein et à la ligne découpée des dunes. Au-delà, l'Atlantique était truffé d'îles rocailleuses inhabitées, certaines aussi grosses que des châteaux tandis que d'autres perçaient à peine la surface. Les vagues se brisaient sur les rochers, soulevant de gros nuages d'écume. Par un jour ensoleillé, toute la scène aurait revêtu un lustre doré.

J'ai jeté un regard en biais à Uman, essayant de déchiffrer son expression. Voulant qu'il ait l'air heureux.

— On ne la voit pas bien d'ici, mais il y a une plage juste derrière ces dunes, ai-je poursuivi. Quand j'avais environ six ans, on y a fait une pieuvre en sable, avec Ivan. Énorme. On a utilisé des coquillages pour faire les ventouses des tentacules et des algues pour les cheveux.

— Les pieuvres n'ont pas de cheveux.

— La nôtre en avait. Je voulais faire une sirène, mais Ivan a insisté pour que ce soit une pieuvre.

Les cheveux faisaient partie du deal pour empêcher la petite sœur de pleurer ou d'aller se plaindre aux parents.

Uman s'est contenté de hocher la tête et a adopté une position plus confortable sur le banc.

— Je vois pourquoi tu as voulu venir ici, a-t-il dit d'un ton neutre.

Je n'arrivais pas à savoir s'il disait ça par politesse, ou s'il était trop mal en point pour faire preuve d'enthousiasme pour quoi que ce soit.

— Tu préférerais être dans les montagnes d'Andalousie ? ai-je demandé avec un sourire dans la voix. Ou contempler les chutes du Niagara, ou les temples de Kyoto ?

— Bryher fera l'affaire pour l'instant. (Il a toussé, grimacé.) Un... pas après l'autre... et tout ça.

— Cette hôtesse avait raison. Tu devrais vraiment voir un médecin.

— Ce qu'il faut, c'est que je m'allonge et que je dorme.

— Sérieusement, Uman, tu pourrais avoir une hémorragie cérébrale ou je ne sais quoi.

— Impossible. Le moindre millilitre de sang de mon corps est concentré dans mes narines.

Deux gouttes ont éclaboussé son pantalon, comme pour appuyer son propos.

J'ai secoué la tête.

— Je n'en reviens pas qu'on ait été aussi stupides de venir ici alors que tu es dans cet état. Je n'aurais jamais dû te laisser sortir de l'hôpital.

— Nous sommes là, c'est la seule chose qui compte. D'accord, ce n'est pas l'Andalousie, mais on est ensemble. C'est la seule autre chose qui compte.

J'ai ri, ravie de le retrouver tel que je le connaissais. Nous sommes restés assis en silence, profitant juste de la vue.

— Dommage qu'on n'ait plus de téléphone, a-t-il repris. J'aurais pu te montrer des vidéos sur YouTube de mecs qui marchent sur El Caminito del Rey.

— El quoi ?

— Le Chemin du roi. C'est un long chemin élevé qui longe la gorge d'El Chorro. Un mètre de large, fixé à la paroi par des piquets en métal, sauf qu'on voit sur les vidéos que la plupart des rambardes de sécurité sont tombées et qu'il y a plein de trous dans le béton. Il manque carrément certaines sections et les types doivent marcher sur des poutres métalliques. (Il était tellement animé qu'on aurait dit qu'il se trouvait sur ce chemin en ce moment même.) On parle d'une hauteur de cent mètres, par endroits.

— Sérieusement ? Et on a le droit de marcher dessus ?

— Non, il a été fermé il y a des années. Il y a eu des morts. (Il tamponne son nez.) Mais ce n'est pas dur d'escalader les barricades si on en a vraiment envie ; des tas de gens le font. C'est l'un des grands défis pour les casse-cou, de parcourir El Caminito del Rey.

— Tout en se filmant.

— Bien sûr. Quel intérêt de faire quoi que ce soit si on ne poste pas la vidéo sur Internet ? (Il était ironique, je crois.) Il y a un type qui parcourt tout le sentier avec une caméra à la main, même pas un de ces trucs qu'on s'attache sur la tête, a-t-il ajouté en riant. Je peux te dire qu'on a l'estomac retourné rien qu'à regarder ça.

— Alors c'est pour ça que c'est l'un des « endroits qui te rendent heureux » ?

— Nous y sommes allés. À El Chorro.

Nous. Uman, ses parents et son frère, ai-je supposé. Leurs toutes dernières vacances, peut-être.

— On n'a marché que jusqu'à l'endroit où le chemin était fermé, mais on le voyait devant nous, serpentant le long de la gorge. Absolument extraordinaire.

Je l'ai regardé.

— Et alors, quoi ? Tu as envie d'y retourner ?

— Oui, c'est exactement ce que j'aimerais faire. Ils l'ont réparé, et il est rouvert désormais… mais c'est encore sacrément effrayant. On peut toujours se tuer.

— Il faut que je vous dise, dis-je à l'inspectrice Ryan : après ça, j'ai commis un délit.

— En plus du vol des cartes d'embarquement ?

J'ignore cette remarque. Je lui explique que j'ai laissé Uman se reposer sur le banc et que je suis entrée dans l'épicerie, que j'ai parcouru les rayons pendant que la jeune caissière était occupée avec d'autres clients, puis que j'ai payé environ 25 cents pour un paquet d'analgésiques et que je suis ressortie. Quand nous avons été suffisamment éloignés sur le chemin, j'ai retourné les différentes poches de ma fausse veste d'aviateur en faux cuir pour lui montrer tout ce que j'avais piqué.

Des biscuits, deux cannettes de Coca, une bouteille d'eau, du riz au lait en boîte, deux Snickers, un gros sac de Doritos (sous mon pull), des tranches de jambon sous vide et deux petits pains.

Pendant que je les exhibais, Uman hochait la tête, fixant avec intensité les différents articles, comme si j'étais une magicienne faisant sortir des lapins et des foulards colorés de ma manche et qu'il essayait de trouver le truc.

— Les Doritos, a-t-il dit quand j'ai eu terminé, ils n'en avaient pas goût barbecue ?

Nous avons établi notre campement dans un champ étroit envahi par les mauvaises herbes, mais des sillons témoignaient que des rangées de jonquilles avaient poussé là autrefois. Nous étions cachés du chemin et de tout sentier, nichés dans l'angle formé par deux grandes haies brise-vent pas taillées, et abrités de l'autre côté par la pente inférieure couverte d'ajoncs de Samson Hill.

Dès que nous avons été installés, Uman a rechuté.

Il a à peine quitté la tente au cours des quarante-huit heures qui ont suivi, à part pour aller faire pipi d'un pas chancelant. La plupart du temps, il s'enfouissait dans son sac de couchage et dormait.

C'était en partie physique – ses côtes, son visage, ses migraines ; je ne dis pas qu'il n'avait pas besoin de se reposer, de laisser son corps guérir. Mais c'était aussi psychologique. J'ignore s'il s'agissait d'une réaction à son passage à tabac ou au fait que nous étions coincés sur une île avec presque pas d'argent et presque rien à manger. Peut-être que Bryher nous avait parue tellement pleine de promesses, mais aussi tellement inaccessible, qu'y être pour de vrai ne pouvait que nous décevoir. Quelles que soient les raisons, il me répondait à peine quand je lui parlais. Parfois, je me demandais s'il dormait vraiment, ou s'il faisait semblant.

Parle-moi. Combien de fois lui ai-je dit ça ? *S'il te plaît, Uman.* Rien. On aurait dit qu'il s'était débranché. Qu'il s'était laissé tomber lui-même, qu'il m'avait laissée tomber, ainsi que notre fugitiverie. Qu'il avait tout laissé tomber.

Le contraste avec son humeur quand il m'avait parlé d'El Caminito del Rey n'aurait pu être plus saisissant. Je m'étais dit qu'il devait être un peu suicidaire pour avoir envie de marcher sur ce chemin, et pourtant il m'avait paru plein de vie. Comme si celle-ci ne valait la peine d'être vécue que si on pouvait la risquer. Cela correspondait à son humeur sur la lande, au-dessus de Litchbury, quand nous avions regardé le funambule traverser la carrière, aux Pierres pendues. À son euphorie en voyant quelqu'un flirter avec la mort, jouant avec elle, mais tout en étant plein de vie. C'était la même chose quand il s'était moqué de Craig le rouquin ; comme s'il avait voulu que ce type lui mette une raclée, ne serait-ce que pour se prouver qu'il était en vie grâce à la peur, à la douleur et à l'adrénaline.

Désormais, on aurait dit que vivre lui demandait trop d'efforts. Qu'il aurait préféré être mort.

— Tu penses que c'était à cause de l'incendie ? demande maman quand l'inspectrice Ryan demande une pause-pipi.

Nous sommes dans le couloir, devant la salle d'interrogatoire.

— La mort de sa mère et de son frère, le suicide de son père. Pour Uman, pour n'importe quel adolescent, perdre sa famille comme ça, être le seul à ne pas être mort cette nuit-là...

La culpabilité du survivant, veut-elle dire. Je hausse les épaules.

— Je lui ai posé la question, un jour.

— Qu'est-ce qu'il a répondu ?

— Que se passe-t-il, maman ? On dirait presque que tu t'intéresses à lui.

J'essaie de prendre un ton taquin, pas sarcastique. Je ne l'accuse pas. Ça me fait plaisir qu'elle montre de l'intérêt pour Uman.

— Je tiens à toi, dit-elle. Et manifestement, tu tenais – tu tiens – à Uman.

Je hoche la tête. Je commence à parler, mais je dois m'arrêter. J'ai envie de lui demander si elle pense qu'il est mort, mais je ne peux pas.

Et puis j'ai peur de ce qu'elle pourrait dire.

Au lieu de ça, je réponds à sa question :

— Il a dit que le pire, ce n'était pas « pourquoi moi ? » ou « pourquoi eux ? », mais « quel sens peut bien avoir la vie si elle peut s'arrêter aussi facilement ? » Uman essayait encore de comprendre ça.

Je fais une pause devant la porte des toilettes ; maman est restée près du distributeur de boissons ; elle cherche de la monnaie dans son sac.

— En fait, dis-je, je pense qu'il se croyait à moitié immortel ; il croyait que puisqu'il avait réchappé de cette maison en flammes, il pouvait survivre à tout.

Je suis sortie un peu. Je détestais le laisser seul dans cet état, mais rester dans une tente pendant des heures avec quelqu'un qui m'ignorait complètement, c'était plus que je ne pouvais en supporter.

Je ne savais pas quoi dire ou faire. Je ne savais pas comment l'aider. Quoi penser.

Même si j'avais entraperçu sa capacité à déprimer, je ne l'avais jamais vu aussi mal, ni aussi longtemps. Pas avec moi. Je repensais à toutes les fois où il n'était pas venu en cours et je me demandais s'il avait passé ses journées ainsi. *Je t'en prie, redeviens toi-même*, me surprenais-je à espérer. Mais bien sûr, il était lui-même. Ça faisait aussi partie de lui. Quand on aime quelqu'un – et je l'aimais, je l'aime –, on doit l'aimer tout entier, avec ses hauts et ses bas.

C'est dur, cependant, quand cette personne se barricade sur elle-même.

Alors je me distrayais en me promenant sur l'île. Il faut une heure pour traverser Bryher, de Rushy Bay au cap rocailleux de la pointe nord. Plus longtemps si on suit les plages et les sentiers côtiers. Il n'existait pas une partie de l'île que je n'avais explorée enfant, et je les visitais toutes, souhaitant désespérément qu'Uman serait sorti de son hibernation à mon retour. Quand j'en avais assez de marcher, j'allais sur une plage ; je regardais les pierres, je cherchais des coquillages inhabituels ou alors je m'asseyais et j'obervais les vagues et les oiseaux marins et les allées et venues des bateaux. Je devais paraître étrange et solitaire aux yeux des gens du coin et des vacanciers. S'ils me souriaient ou me disaient bonjour, je faisais de même ; dans l'ensemble, je les évitais autant que possible.

Il était assez facile de trouver de l'eau. Je récupérais des bouteilles en plastique dans les poubelles de recyclage et je les remplissais dans les lavabos des toilettes publiques, sur Church Quay, ou au camping. Mais la faim était un problème constant. Je n'osais pas recommencer à voler, de peur de me faire prendre. Et nous avions terminé ce que j'avais dérobé la première fois, à part les biscuits ; pendant environ vingt-quatre heures, c'est tout ce que nous avons mangé. Au final, je suis retournée à l'épicerie et j'ai dépensé presque tout ce qui nous restait pour acheter du pain. C'était notre deuxième après-midi sur l'île. Ou peut-être le troisième. Alors que je retournais à la tente, je suis passée devant un cottage que j'avais déjà remarqué et j'ai pris un pot de miel maison sur un stand, à côté du portail du jardin. Je n'avais pas prévu de le payer, mais ma conscience l'a emporté. J'ai fouillé dans ma poche et laissé tomber les dernières pièces dans la boîte prévue à cet effet.

Et voilà. Nous n'avions plus du tout d'argent.

Le pain tartiné de miel, c'était délicieux, même sans beurre. J'ai forcé Uman à manger aussi. Je voulais que nous nous asseyions dehors – le temps était sec et il y avait des bandes de ciel bleu –, mais je n'ai réussi qu'à le faire asseoir dans la tente. Avec son sac de couchage remonté jusque sous ses aisselles, il me rappelait sa grand-mère turque dans son salon surchauffé.

J'aurais pu sortir. Mais je me suis assise et j'ai mangé avec lui, contente que, pour une fois, il ne soit pas endormi ou caché dans son sac de couchage.

J'ai ouvert les rabats de la tente aussi largement que possible pour laisser au moins entrer de l'air et de la lumière. Même ainsi, il faisait sombre, et la tente empestait la sueur et les vêtements sales. Je n'ai pas parlé. J'avais appris à me taire. Je suis juste restée assise en tailleur à côté de lui et j'ai mangé, lentement, pour faire durer, même si c'était difficile de ne pas tout engloutir d'un seul coup. Nous étions à l'étroit ; nos genoux et nos coudes se touchaient. Je l'entendais mâcher, déglutir, j'entendais ses reniflements ; nous étions si proches que j'avais du mal à distinguer sa respiration de la mienne.

Je ne m'étais jamais sentie aussi seule de ma vie.

— Uman… ai-je commencé.

Au même moment, il s'est tourné vers moi et a dit :

— Pourquoi tu es toujours là ?

— Il voulait que tu t'en ailles ? demande l'inspectrice Ryan.

Je secoue la tête.

— Il ne comprenait pas pourquoi je ne l'avais pas déjà quitté.

Q19
QUE CROYAIS-TU QU'IL ALLAIT ARRIVER ?

Uman m'a raconté l'autre fois. La fille avant moi. La vraie raison pour laquelle il avait dû quitter le pensionnat.

C'est arrivé après qu'il m'a demandé pourquoi j'étais toujours là et que je lui ai répondu : « Parce que je t'aime. »

Il m'a dit que je ne devrais pas l'aimer. Il ne le méritait pas vu la façon dont il s'était fermé à moi. Ses humeurs – *des trous noirs, profonds* – le rendaient indigne d'être aimé. Les connaissant, pourquoi avais-je envie de rester avec lui en attendant la prochaine crise ? Je méritais mieux.

— Comment pourrais-je te rendre heureuse alors que je cherche encore comment être heureux moi-même ?

— Tu me rends heureuse.

Après s'être retiré en lui-même pendant si longtemps, il a finalement émergé de nouveau durant cet après-midi, dans la tente lugubre qui sentait mauvais. Nous avons parlé pendant un temps fou. Enfin, c'est surtout lui qui a parlé. Ces moments de dépression, ces trous noirs, avaient commencé après l'incendie. Parfois, ils duraient une heure ou deux, parfois une journée entière, parfois plus longtemps. Il se couchait. Ou il partait quelque part, disparaissant un moment.

— Tu avais déjà fait ça ? ai-je demandé. T'enfuir ?

— Jamais aussi longtemps. Mais oui.

— Mais tout seul.

Il a secoué la tête.

— Une fois, il y avait quelqu'un d'autre.

C'est alors qu'il m'a parlé de Dominique. Elle avait un an de moins que lui. Ils avaient sympathisé au club de théâtre du pensionnat, et elle avait eu le béguin pour lui. Un béguin sérieux.

— Les gens l'appelaient « ma groupie ». Bien que je n'aie rien fait pour ça.

— Ah non ? l'ai-je taquiné.

— Non. Gloria, avec les groupies, il suffit de croiser leur regard ou de leur sourire ou même de leur parler.

— Ne m'en parle pas. Je ne peux pas marcher au collège sans me cogner à l'une de mes groupies.

Il a ri. Ça faisait si longtemps qu'il n'avait pas ri que j'avais oublié ce son. J'ai remarqué qu'il n'a pas grimacé, pas plus qu'il ne s'est tenu les côtes. Il n'y avait plus de pain et nous nous passions le pot de miel à moitié vide, que nous mangions à la cuillère. J'avais les doigts et les lèvres collants. Je savais que je ne mangerais plus jamais de miel sans penser à Uman dans cette tente.

— Bref, un soir, j'ai senti que j'allais retomber dans un de ces trous, a-t-il continué.

S'enfermer dans sa chambre, et se cacher sous sa couette, n'était pas une solution. Il avait déjà essayé une ou deux fois, mais ils avaient forcé la serrure, l'avaient fait sortir de son lit et l'avaient envoyé chez le psy.

— Tout ce que je voulais, c'était rester seul, m'enfoncer dans cet endroit sombre et profond jusqu'à ce que je me sente prêt à en ressortir. Mais ils ne me laissaient pas tranquille.

Alors il avait fourré quelques affaires dans un sac et s'était enfoncé dans le parc (« on parle d'un parc de douze kilomètres carrés », a-t-il précisé), se cachant dans un abri antiaérien souterrain datant de l'époque où l'établissement servait de base de l'armée, pendant la Seconde Guerre mondiale. Il y avait plusieurs abris sur le site, tous condamnés depuis longtemps. Mais en prenant un raccourci pendant une course de cross quelques mois plus tôt, il était tombé sur l'un d'entre eux dont les planches pourries se détachaient. Il s'était alors contenté de jeter un coup d'œil à l'intérieur.

Ce jour-là, il s'y était glissé.

— Dominique m'a suivi. Elle avait dû me voir partir. Ou alors elle m'avait espionné, plus probablement.

Il venait à peine d'entrer dans l'abri quand il avait entendu sa voix, lui demandant si elle pouvait entrer.

— Et tu as dit oui ?

— Elle a dit que sinon elle irait leur dire où j'étais. (Il a haussé les épaules.) De toute manière, tu as vu comment je suis quand je me renferme. Je voulais juste m'allonger et ne pas me réveiller. Je n'avais pas l'énergie de me disputer ou de la faire partir.

Alors Dominique était restée avec lui. Elle s'était étendue à côté de lui sur le tapis de sol une place, un sac de couchage ouvert étalé sur eux. Ils avaient passé trente-six heures là-dedans, se nourrissant d'eau, de crackers et de sommeil. Uman lui avait tourné le dos pendant tout ce temps-là et estimait qu'ils n'avaient pas échangé plus de vingt mots. Je n'avais aucun mal à le croire, vu comme il avait été avec moi.

— Elle semblait contente qu'on soit ensemble. Et puis, quand j'ai refait surface et que nous sommes retournés à l'école, elle leur a dit que je l'avais forcée à venir dans l'abri avec moi, que je l'avais séquestrée, que je l'avais menacée avec mon couteau suisse et que je lui avais fait faire des trucs.

— Uman. Pourquoi aurait-elle raconté tout ça ?

— Parce que je lui avais dit que je ne l'aimais pas et que je ne la voyais pas de cette façon-là. Parce que je lui avais dit que je ne voulais plus traîner avec elle, qu'elle me faisait flipper. Et parce que, quand elle a essayé de m'empêcher de quitter l'abri et de m'embrasser… je l'ai repoussée. Plus violemment que je n'en avais eu l'intention. (Il m'a regardée, comme pour tenter de jauger ma réaction.) Ils ont vu les bleus qu'elle s'était faits en tombant. Ils ont trouvé le couteau dans ma poche. Ils avaient vu comment j'étais depuis l'incendie. C'était la seule version de l'histoire qu'ils allaient croire.

L'école a étouffé l'affaire du mieux possible, a-t-il dit ; les parents de Dominique ont accepté à contrecœur de ne pas porter plainte, étant donné les circonstances (le deuil tragique d'Uman.) Peu de temps après, il partait dans le nord de l'Angleterre pour vivre avec sa grand-mère, prenait le nom d'Uman Padeem et faisait son arrivée au collège de Litchbury.

— Pourquoi tu me racontes ça ? ai-je demandé quand il a eu fini. Pourquoi maintenant ?

— Parce que, quand tout sera terminé, tu en entendras parler. Je voulais que tu l'entendes d'abord de ma bouche. La vérité.

Quand tout sera terminé. La tête me tournait tellement après tout ce qu'il m'avait raconté que le sens de cette phrase ne m'a pas frappée sur le coup.

Il ne s'est senti prêt à quitter la tente et à explorer l'île avec moi que le lendemain matin.

L'ambiance était bizarre, entre nous. Uman avait honte de m'avoir ignorée – ça avait duré deux ou trois jours, je crois – et se sentait gêné que je l'aie vu dans cet état. Quant à moi, il fallait que je m'habitue à cet autre lui. Il fallait que je réapprenne comment être avec lui. De plus, pour être honnête, j'étais contrariée qu'il ait mis aussi longtemps à me raconter ce qui s'était passé avant. Je le croyais. Il ne me serait pas venu à l'idée de remettre en question son histoire ; mais alors que nous étions censés avoir tout partagé, cela me blessait qu'il m'ait caché quelque chose d'aussi important.

Est-ce que ça me gênait qu'il ait fait du mal à cette fille, même sans le faire exprès ? Oui. Même après avoir entendu ses explications, ça me préoccupait.

Ça le préoccupait aussi, je le voyais bien. D'avoir fait ça. Mais aussi que je le sache et qu'il puisse baisser dans mon estime à cause de ça.

Il a plu ce matin-là. Nous sommes sortis quand même, dans un bruissement d'imperméables. Je crois que nous espérions tous les deux qu'un peu d'air frais et d'exercice nous aideraient à retrouver nos repères.

Uman n'était pas encore prêt à faire le tour de l'île, alors je l'ai juste emmené faire une courte promenade sur le sentier montant à Great Par, où j'avais vu deux huîtriers la veille, sur la côte. Ils étaient encore là et nous nous sommes assis sur des rochers, au bout de la crique, pour les regarder. J'ai nommé d'autres oiseaux pour lui : des bécasseaux, des sternes, deux cormorans volant au ras de l'eau, un énorme goéland à manteau noir qui s'est posé non loin de nous. Je lui ai raconté la fois où l'un de ces oiseaux avait fait un piqué pour attraper le biscuit que j'avais à la main, sur une autre plage de Bryher, et où Ivan l'avait pourchassé, sautant pour tenter de le récupérer alors que le goéland était déjà bien trop haut.

— Tu crois que c'est le même oiseau ? a demandé Uman.

— Ça m'étonnerait qu'ils vivent aussi longtemps. (Le goéland a penché la tête sur le côté, comme s'il nous écoutait.) Mais c'est vrai qu'il lui ressemble beaucoup, maintenant que tu en parles.

Il s'est envolé et Uman a dit que cela resterait l'un des innombrables mystères non résolus de la vie. J'ai étudié son visage alors qu'il suivait l'oiseau des yeux : c'était la première fois que je le regardais vraiment depuis qu'il s'était renfermé sur lui-même. Il avait les yeux humides dans la brise.

— Tu commences à guérir, ai-je dit.

— Je ne peux toujours respirer que par une narine.

— Mal de crâne ?

— Non merci, j'en ai déjà un.

Je n'arrivais pas à savoir s'il était redevenu lui-même ou s'il essayait de redevenir lui-même.

La pluie a redoublé. Ni lui ni moi ne voulions retourner à la tente, et nous ne pouvions pas aller dans le seul café de l'île sans rien acheter. Alors nous nous sommes réfugiés dans le foyer rural. Il n'était pas fermé à clé, et il n'y avait personne à l'entrée ; une tirelire était posée sur une table à l'entrée, avec les frais d'admission notés à la main sur une carte. Nous sommes entrés quand même. Il n'y avait qu'un couple de personnes âgées qui jouait aux échecs ; ils ont relevé la tête, nous ont salués et ont parlé du temps qu'il faisait. Si les bleus d'Uman, les taches de sang sur son sweat ou le fait que nous ne soyons pas en classe les intriguaient, ils étaient trop polis pour le dire. Il y avait des rayons de livres, une table de ping-pong, un billard, des jeux de société, un jeu de quilles. Les murs étaient décorés avec des photos en noir et blanc du passé de Bryher : un canot de sauvetage prenant la mer, des hommes réparant des filets de pêche, des femmes portant d'énormes paniers remplis de gerbes de jonquilles, ce genre de choses.

Uman avait encore trop mal aux côtes pour jouer au ping-pong ou aux quilles, mais il pouvait jouer au billard à condition de ne pas trop se pencher sur la table. Après quelques manches, néanmoins, nous sommes passés au Scrabble.

Les jours suivants, le temps s'est amélioré, ainsi que la santé d'Uman. Sa santé physique, en tout cas. Nous faisions comme si nous étions en vacances : nous partions en promenade, nous paressions sur la plage, nous nagions dans la mer. Mais pour moi, cela ressemblait plus à la fin des vacances qu'au début, quand la perspective du retour à la maison plane sur vous. Je n'ai pas demandé à Uman s'il ressentait la même chose, au cas où il me répondrait oui.

L'inspectrice Ryan intervient :

— Qu'est-ce que vous mangiez ?

Je ne réponds pas.

— Gloria ? À ce moment-là, vous n'aviez plus d'argent…

— Nous faisions les poubelles derrière l'hôtel chic. Derrière les cuisines.

Maman soupire. Même dans ses pires cauchemars sur mes habitudes alimentaires, elle n'aurait jamais imaginé ça.

— Je pensais qu'ils jetteraient beaucoup de nourriture, mais ce n'était pas le cas. On trouvait surtout du pain rassis.

— Vous deviez avoir tellement faim, tous les deux, dit maman.

— On était carrément affamés.

— Pourquoi n'avez-vous pas simplement recommencé à voler ? demande l'inspectrice Ryan.

Je hausse les sourcils.

— Vous voulez dire qu'on aurait dû le faire ?

Elle rit.

— Ça sonnait un peu comme ça, en effet, admet-elle avant de reprendre son sérieux. Alors… ?

— Je ne voulais pas le faire. Et je ne voulais pas qu'Uman le fasse non plus.

— Pourtant monter à bord du ferry sans ticket revenait à voler le prix du billet, et tu avais déjà volé une fois dans la boutique. Pourquoi t'arrêter là ?

— C'est exactement ce qu'Uman a dit.

— Et qu'as-tu répondu ?

— Que je ne voulais pas être comme ça. Je ne voulais pas qu'on soit comme ça. (Je hausse les épaules.) C'était l'un de nos sujets de querelle, vers la fin.

— Il y en avait d'autres ?

Tout était lié, en réalité, lui expliqué-je. Je ne sais pas à quoi on s'attendait quand on s'était enfuis ensemble ; à vivre une aventure, je suppose, mais rien de plus précis que ça. Pendant un moment, c'est ce que ça avait été. Mais à Bryher, c'était devenu autre chose. Une épreuve, plutôt.

Le distributeur qui avait avalé nos cartes, Uman qui s'était fait tabasser et dépouiller, sa grosse déprime, le manque de nourriture, avoir tellement faim tout le temps… On aurait dit que la chance avait tourné. Nous ne pouvions pas utiliser les douches ou la buanderie du camping, car un gardien nous avait repérés la première fois qu'on avait essayé et nous n'osions pas y retourner. Nous sentions mauvais. Nos vêtements sentaient mauvais. La tente sentait mauvais, et elle était humide et boueuse à cause de toute la pluie qui était tombée. Pris séparément, chacun de ces problèmes aurait pu être supportable, mais tous ensemble, ils me sapaient le moral. Même si j'avais éprouvé un frisson d'excitation en volant les cartes d'embarquement et les provisions, la culpabilité n'avait pas tardé à faire son apparition. J'avais honte de moi. Encore un point négatif.

— Ça ne me dérange pas d'être une fugitive, disais-je à Uman, mais je ne veux pas être une voleuse.

— Que croyais-tu qu'il allait arriver ? On allait forcément se retrouver à court d'argent à un moment ou à un autre.

— Je ne croyais rien. Je n'y avais pas pensé.

— Alors que suggères-tu ? Qu'on meure de faim ?

Non, bien sûr qu'on ne pouvait pas se laisser mourir de faim. Mais la seule alternative était de voler à manger à l'épicerie ou de nous livrer à la police. Même si notre fugitiverie n'avait plus grand-chose d'amusant, je n'étais pas prête à retourner à ce que j'en étais venue à considérer comme mon ancienne vie. Les Jours d'Avant. J'étais loin d'être prête à affronter mes parents, Tierney, l'école, la police, les médias, et tout ça – les conséquences de ce que nous avions fait. Une avalanche qui nous ensevelirait dès l'instant où nous ne serions plus en fuite. Mais surtout, et malgré tout, je n'étais pas prête à ne plus être avec Uman, rien qu'avec lui.

Alors nous faisions semblant d'être en vacances. Nous nous comportions comme si tout allait bien, comme si nous pouvions continuer ainsi indéfiniment, vivant d'eau et de pain rassis. Si Uman essayait de parler d'argent, ou de nourriture, ou de la grande question – « et ensuite ? » –, je refusais toute discussion. Ou alors nous nous disputions. Pour finir, il a arrêté d'en parler. Je crois qu'à ce stade, nous étions tous les deux dans le déni.

Par un matin venteux, nous sommes allés dans la petite crique surplombée par le cottage où je séjournais autrefois pendant les vacances. J'avais passé des centaines d'heures de mon enfance à cet endroit – à barboter, chercher des coquillages, escalader les rochers, faire des ricochets, construire des châteaux de sable, faire du cerf-volant, manger des glaces ou des sandwichs incrustés de sable. Mes jours heureux. Quelque part en chemin, ma famille avait oublié comment être comme ça. Ou alors, c'est moi qui avais oublié. Alors qu'Uman et moi faisions des morpions dans le sable humide, avec des bâtons, je contemplais la courbe de la plage balayée par le vent, et j'avais l'impression que cet endroit était hanté par les fantômes de cette époque. Moi à sept ans, agenouillée au bord de l'eau, une pelle rouge en plastique à la main, creusant un canal pour diriger les vagues dans le trou que j'avais fait avec mon frère, puis allant chercher de jolis coquillages pour décorer la bordure de notre « lagon ».

Ces images me semblaient si réelles que j'avais du mal à croire qu'il ne s'agissait que de souvenirs.

— À ton tour, a dit Uman en me montrant la grille remplie de ronds et de croix.

— Tu crois que les gens laissent leur empreinte dans les lieux ?

— Après leur mort, tu veux dire ?

J'ai tracé une croix dans un carré.

— Non, après être allés quelque part. (Je lui parle des flash-back de mon enfance.) C'est arrivé plusieurs fois depuis que nous sommes à Bryher. Comme si l'île était couverte de traces de moi venant du passé.

— C'est peut-être le cas.

Il a fait un rond, remportant la partie.

— Ce serait bizarre si on laissait des millions d'ombres de nous-mêmes partout où on va, tu ne trouves pas ?

Il a eu l'air d'y réfléchir un peu.

— Et s'il y avait plutôt des millions d'ombres de nous dans tous les endroits du monde où nous ne sommes pas encore allés ? a-t-il dit. Attendant juste qu'on les rende réelles ?

J'ai froncé les sourcils.

— Je ne vois pas comment.

— Oh, parce que ton idée est plus réaliste, peut-être ?

— Oui. Si tu marches sur cette plage, ai-je expliqué en désignant le sable humide, tu vas laisser des traces de pas derrière toi, mais tu ne peux pas en laisser devant toi.

— Non, pas littéralement. (Il avait effacé le jeu et dessinait une autre grille pour le suivant.) Mais là-dedans, a-t-il repris en se tapotant la tête, tu peux laisser des empreintes de pas où tu veux.

Autrefois, ces différences de raisonnement

créaient un terrain d'entente où nous pouvions nous rencontrer, ou du moins nous rapprocher. Mais ces derniers temps, ni l'un ni l'autre ne parvenait à saisir où l'autre voulait en venir. J'essayais de me convaincre que c'était parce que nous ne mangions pas correctement. Notre faim constante nous rendait irascibles, voilà tout.

Nous avons fait notre dernière partie de morpion plus ou moins dans le silence.

Mes souvenirs de vacances me faisaient penser à mes parents. Ce message que j'avais laissé sur le répondeur semblait remonter à une éternité. Plusieurs fois, j'avais failli les appeler : à Church Stretton, Bristol, Penzance. Chaque fois, j'avais renoncé. Qu'est-ce que je leur faisais endurer ? Ivan, aussi. Je savais ce que j'aurais ressenti si mon frère avait disparu, et pourtant, je lui avais infligé ça. Je le lui infligeais encore.

— Je suis tellement égoïste, ai-je dit.

Uman m'a regardée.

— Comment ça ?

Je lui ai expliqué.

— Si tu étais égoïste, a-t-il répliqué, tu serais trop égoïste pour te rendre compte que tu es égoïste.

C'était le genre de choses qu'il sortait parfois : intelligentes, drôles et sages au premier abord, mais pas si profondes que ça quand on y regardait de près. J'ai laissé filer, cependant.

Il y avait de plus en plus de vent, alors j'ai proposé de marcher jusqu'au cap. C'était impressionnant là-haut, les jours de grand vent, lui ai-je dit. On pouvait regarder les grosses vagues déferler de l'Atlantique et s'écraser sur les falaises.

— Allons-y, alors, a-t-il dit. J'irai où tu iras.

Nous avons escaladé les rochers au bout de la crique et nous sommes glissés à travers les barrières renversées au sommet. Uman a écarté les barbelés pour que je puisse passer, puis je lui ai rendu la pareille. Mais il avait encore du mal à se courber et sa manche est restée accrochée au fil barbelé.

— Ne bouge pas, tu aggraves les choses, lui ai-je dit en retirant la pointe de son imperméable et de la manche de son pull, en dessous.

— Merci, a-t-il dit quand je l'ai eu libéré. J'aurais pu rester coincé là pendant des jours.

Nous étions tout près l'un de l'autre, à côté de la barrière. Je ne sais pas si on se serait embrassés, sinon. Mais nous l'avons fait. Avec précaution, à cause de sa lèvre. Et avec nervosité, aussi. Comme si c'était notre première fois. Ou comme si on avait oublié comment faire.

Ensuite, alors que nous suivions le sentier

irrégulier qui montait jusqu'au sommet de l'île, Uman m'a posé une question qui m'a surprise :

— Est-ce que tu regrettes d'être venue à Bryher ?

— Non, pourquoi ?

— Tous ces souvenirs.

— Oui, mais ce sont de bons souvenirs.

— C'est bien ce que je veux dire. C'est l'endroit qui te rendait heureuse. Il aurait peut-être mieux valu ne pas y toucher.

— C'est ce que tu penses, qu'on a fait une erreur en venant ici ?

Nous étions presque arrivés au sommet de la pente raide qui menait au terrain plus rocailleux de Shipman Head Down, qui s'étirait devant nous comme un long doigt noueux. Là-haut, le vent était encore plus fort, agitant nos cheveux et fouettant nos visages. L'un des boutons en plastique des cordons qui fermaient mon imperméable n'arrêtait pas de me taper la joue.

— On devrait faire des choses nouvelles, pas anciennes, a-t-il dit.

— C'est nouveau, être ici ensemble.

— Nous avions l'occasion de faire ce qu'on avait toujours voulu faire.

— C'est toi qui as suggéré de tirer dans un chapeau l'un de nos endroits favoris.

— C'était une tasse, à vrai dire.

Une rafale soudaine m'a prise de côté, et j'ai trébuché sur le sol rocheux.

— Tu n'aimes pas Bryher, c'est ça ? ai-je demandé en retrouvant l'équilibre. C'est trop calme pour toi, trop barbant.

La conversation a continué comme ça, sans jamais se transformer en véritable dispute. Peut-être que, quel que soit l'endroit où nous aurions pu aller après son passage à tabac, sa baisse de moral l'aurait empêché de s'y sentir bien. Mais selon moi, son problème avec cette île, c'est que c'était la mienne, pas la sienne – il se sentait exclu par tous mes souvenirs et tout ce qu'elle évoquait pour moi, mes récits d'enfance et de vacances. Nous étions là ensemble, mais cet endroit ne pouvait pas nous appartenir à tous les deux. J'avais beau lui avoir dit le contraire, il avait raison : je commençais à regretter qu'on soit venus à Bryher.

Quoi qu'il en soit, nous étions bloqués là. Fauchés, affamés, pris au piège. Querelleurs.

Shipman Head nous a réduits au silence. Littéralement, avec le rugissement du vent dans nos oreilles, nous arrachant nos mots – notre souffle – dès que nous ouvrions la bouche pour parler.

Nous arrivions à peine à marcher sans nous faire emporter. C'était incroyable. Et carrément terrifiant.

Là-haut, tout au bout de l'île, perchés au bout de son doigt, aussi près du bord de la falaise que nous osions nous en approcher, nous étions presque entièrement entourés par la mer, totalement exposés à la puissance du vent d'ouest qui faisait rage. Les unes après les autres, de grandes vagues se cabraient à quelques centaines de mètres de la côte et déferlaient sur nous avant de se fracasser en des milliards de morceaux sur les rochers – envoyant des explosions d'embruns si haut dans les airs que l'eau s'arquait au-dessus de nous avant de retomber sur terre comme une averse de pluie. Nous avons été trempés en un clin d'œil. Nous avions à peine le temps de nous remettre d'une de ces douches avant que survienne la suivante, puis la suivante.

Accrochés l'un à l'autre, les jambes solides, les pieds plantés dans le sol rocheux, nous tressaillions à chaque retombée des vagues. Nous étions tellement frêles face à l'assaut du vent, comme s'il risquait de nous soulever dans le ciel à tout moment, tels deux cerfs-volants, et de nous emporter vers la mer.

Nous poussions des cris, des acclamations, des couinements… et on riait, riait, riait.

On aurait dit que se tenir sur ce cap – fouettés par le vent, récurés par les embruns – avait arraché toutes les saletés de ces derniers jours, nous laissant vifs, frais et vigoureux. Je ne m'étais jamais sentie aussi vivante que là-haut, avec Uman, et cette sensation a couru en moi tout le reste de cette journée, et une bonne partie du lendemain. Nos dernières heures sur l'île.

Pareil pour lui. Je le voyais dans ses yeux.

Pareil pour nous. Comme si nous avions été réduits en morceaux puis reconstitués.

— C'est tellement vide ! a beuglé Uman au sommet de la falaise, la bouche pressée contre mon oreille, mais devant quand même crier pour se faire entendre.

Il parlait de l'océan. Partout ailleurs, sur Bryher, on voyait les îles voisines, les rochers au large, un phare ou deux, même la fine ligne grise du continent, à l'horizon. Mais du haut de ce cap, il n'y avait rien d'autre que la mer dans toutes les directions, se déployant sur des centaines, des milliers de kilomètres : jusqu'en Irlande, en France, au Groenland, ou même jusqu'au Canada et aux États-Unis. Jusqu'à l'Amérique du Sud et l'Antarctique.

— C'est le bout du monde ! ai-je répondu en hurlant.

À ce moment-là, cependant, on se sentait au début de quelque chose. Comme si toutes les possibilités s'ouvraient devant nous sur la surface de cet océan – comme si, loin d'être bloqués, loin d'être parvenus à notre destination finale, nous pouvions faire tout ce dont nous avions envie, aller là où nous le voulions, être ceux que nous voulions être.

Je me suis autorisée à le croire pendant un jour et demi.

Q20
TU VIENS AVEC MOI ?

La journée suivante a été splendide. Le vent s'était calmé, le ciel s'était éclairci et l'île scintillait à la lumière matinale. Nous avons pris un petit déjeuner dehors – la fin du pain rassis que nous avions récupéré la veille au soir dans les poubelles de l'hôtel. Je me sentais tellement bien, tellement en forme, que je l'ai même trouvé mangeable. En provenance de Great Par, les cris aigus des huîtriers se répandaient sur les champs de jonquilles abandonnés, comme si les oiseaux nous appelaient, nous invitaient à leur rendre visite une fois encore.

— Ce qui est bien, avec le pain artisanal, a dit Uman en examinant son crouton, c'est que le moisi pourrait tout aussi bien être un bout de noix ou d'olive.

— Ne dis pas de mal du moisi. C'est notre seule source de protéines.

Il m'a décoché un de ses sourires en coin – encore plus de travers maintenant qu'un côté de sa bouche avait guéri plus rapidement que l'autre. Au moins, ses points de suture s'étaient dissous, et on n'avait plus l'impression qu'il avait une fermeture éclair sur la lèvre supérieure. Son nez était moins enflé, quoique toujours rouge et un peu tordu, et les bleus sous ses yeux avaient viré au jaune verdâtre pâle. Le soir, alors que nous sombrions dans le sommeil, allongés l'un à côté de l'autre, j'avais pris l'habitude de caresser ses blessures, passant le bout des doigts sur son visage, comme pour effacer les dégâts par magie. Parfois aussi dans la journée. Je l'ai fait ce matin-là, au petit déjeuner.

— On dirait que mon visage est recouvert d'un message en braille, a-t-il dit doucement. Ou que tu essaies de mémoriser mes traits au cas où tu oublierais à quoi je ressemble.

— Chut, ai-je dit en posant un doigt sur ses lèvres.

Il s'agissait de notre dernière matinée, même si nous l'ignorions. Du moins, je l'ignorais, moi. Et si Uman le savait déjà, il le cachait bien. Ou peut-être que je ne me permettais pas de remarquer la différence en lui.

Nous avons passé les heures suivantes à nager et prendre le soleil à Green Bay. Nous avions la plage presque pour nous tout seuls. La baie était parsemée de bateaux de différentes tailles. Certains passaient d'une île à l'autre ou prenaient la mer, d'autres se trouvaient à une courte distance de la côte et ballotaient sur les flots, à l'ancre. Pendant ce qui aurait été notre déjeuner si nous avions eu quelque chose à manger, Uman m'a montré certains bateaux, les identifiant par types et m'indiquant leurs « spécifs ».

— Qu'est-ce que ça a de drôle ? a-t-il demandé comme j'échouais à garder un visage sérieux.

— Rien.

— Ça veut dire « spécificités ».

— J'avais compris. Mais j'aurais préféré que tu me préviennes que tu étais un geek avant que j'accepte de partir avec toi.

— Un *geek* ? *Gloria in excelsis !* Ils étaient à court de gènes geek quand je suis né, si bien qu'ils ont dû me donner des gènes extra-cool à la place.

— Comment se fait-il que tu saches autant de trucs sur les bateaux, d'abord ? Oh, attends, laisse-moi deviner. Ton père avait un yacht.

— Deux, à vrai dire. Un pour les vacances en famille, l'autre pour des raisons fiscales.

Il m'a dit qu'il avait appris à naviguer à l'âge de huit ans. Je pensais qu'il parlait de voiliers, mais il parlait en fait de bateaux à moteur, comme ceux qui étaient à l'ancre dans la baie. En y repensant, je vois bien où il voulait en venir ; mais à cet instant, ce n'était que l'une des nombreuses choses dont nous avons parlé sur la plage ce jour-là. D'ailleurs, j'ai alors repéré un frisbee à moitié enterré dans le sable. Il s'était décoloré, passant du rouge au rose, et il en manquait un bout, mais on pouvait toujours jouer avec. Suffisamment bien pour me faire sortir les bateaux de la tête.

— Regarde, ai-je dit. J'ai les mains qui tremblent.

Uman a pris mes mains dans les siennes.

— Hypoglycémie, a-t-il dit.

J'étais épuisée après avoir joué au frisbee. Je commençais à avoir des crampes d'estomac et je me sentais si faible qu'on avait dû arrêter la partie pour s'asseoir. J'avais des sueurs froides. Uman m'a dit qu'il éprouvait la même chose, même s'il avait l'air en bien meilleure forme que moi. Nous avons bu toute l'eau que nous avions apportée avec nous ; elle était tiède, même si nous avions laissé la bouteille à l'ombre, dans une piscine naturelle, entre les rochers, et il n'y en avait pas assez pour nous donner l'impression d'avoir le ventre plein.

— Tu te sens capable de marcher jusqu'à l'hôtel ? a demandé Uman.

— En plein jour ?

Nous n'avions fait les poubelles qu'à la nuit tombée.

— C'est soit ça, soit « emprunter » de la nourriture à la boutique.

J'ai secoué la tête.

— Tu es sûre, ô, affamée ?

— S'il te plaît. On ne vole plus.

— OK. Et si on t'amputait une jambe avec mon couteau suisse et qu'on se faisait un barbecue, ici même, sur la plage ?

— Pourquoi pas toi, plutôt ? Il y aurait plus de viande.

— On peut juste te couper le mollet, si tu ne veux pas la perdre en entier, a-t-il proposé.

Je me suis laissée aller contre lui, serrant mes bras sur mon ventre, parce que rire me faisait trop mal.

Nous sommes partis ensemble en direction de l'hôtel, mais je ne suis parvenue qu'à mi-chemin, tant j'étais faible. Tant j'avais le vertige. J'ai dû m'arrêter et vomir au bord du chemin, même si je n'avais pas grand-chose à rendre. Uman m'a portée jusqu'à la tente puis, lorsque j'ai été installée dans mon sac de couchage, il est parti « chercher le pain » tout seul.

Quand je me suis réveillée, il me caressait les cheveux en répétant mon prénom. C'était encore l'après-midi, à en juger par la lumière se déversant par les rabats ouverts de la tente, même si j'avais l'impression d'avoir dormi pendant des heures.

— Tu as trouvé du pain ? ai-je demandé, revenant lentement à moi.

— J'ai fait mieux que ça.

Je me suis forcée à m'asseoir. Il fouillait dans un sac en plastique, dont il a sorti deux cannettes de Coca, deux Mars, deux pommes et un paquet de crackers.

— Tu as volé tout ça à la boutique ?

J'étais déchirée entre la colère et l'envie de tout dévorer sur-le-champ.

— Pas exactement. Après tout, ils ne donnent pas de sacs plastique aux voleurs.

— Quoi, alors ? Tu ne peux pas l'avoir acheté.

— J'ai pris l'argent dans la tirelire du foyer rural. Il n'y avait que quelques livres, sinon j'aurais acheté plus de trucs.

— Elle n'était pas fermée à clé ?

— Pas après que je l'ai emportée dans un coin discret et que je l'ai fracassée avec une pierre.

Après avoir mangé, nous avons marché jusqu'à Great Par et nous sommes assis sur les rochers d'où nous avions observé les huîtriers. Il n'y en avait pas cette fois-ci, juste des mouettes. C'était presque le crépuscule, et la mer prenait des teintes de miel à la lumière déclinante de la fin d'après-midi.

— Est-ce que ça arrangerait les choses si je m'excusais encore ? a-t-il demandé.

Depuis la première fois que j'avais posé les yeux sur lui, lorsqu'il était entré dans la classe sans frapper, il ne s'était jamais comporté comme les gens pensaient qu'il devait le faire. C'était l'une des raisons pour lesquelles je l'appréciais autant. Mais quand même.

— On prend les décisions ensemble, ai-je répondu. C'est le deal. Ça a toujours été le deal.

— C'est vrai, mais parfois…

— Parfois, non ?

— Oui, parfois, non. C'est joliment dit.

— Je suis ravie qu'on soit d'accord sur ce point.

— Bref, le plus important… c'est ça, a-t-il dit en me tapotant le ventre.

Je me demande si son ventre était aussi gonflé que le mien. Nous n'avions pas beaucoup mangé, en réalité, et je l'avais fait lentement, me réfrénant pour faire durer, savourant chaque bouchée. Et pourtant, je me sentais aussi repue que si j'avais participé à un banquet. Je me suis allongée sur le dos sur le rocher plat, contemplant le ciel alors que les premières étoiles apparaissaient. Ça me rappelait la fois où nous avions partagé sa pizza, sur un banc du collège. Uman s'est allongé aussi et a posé sa main gauche contre ma main droite, de sorte que nos petits doigts se touchaient.

— Pourquoi je n'arrive pas à être en colère contre toi ? ai-je demandé.

— Parce que je t'ai emberlificotée à coups de calories.

C'était vrai. Je me sentais tellement reconnaissante pour toute cette nourriture que j'aurais pu pleurer.

— Emberlificotée. J'aime bien ce mot.

— Quand j'ai fait ma rentrée dans mon ancien établissement, mon père m'a offert un agenda sur cinq ans pour que je puisse, je cite, *garder une trace de mon passage de l'enfance à l'âge adulte.* Mais je ne m'en suis jamais servi que pour rassembler de nouveaux mots. Tous les matins, je feuilletais le dictionnaire et je notais le Mot du Jour. Plus il était obscur, mieux c'était. Puis, le reste de la journée, je l'employais à la moindre occasion.

— Je parie que les profs adoraient ça.

— Franchement, les *maîtres* trouvaient mes démonstrations d'autodidacte un brin ostentatoires.

J'ai souri.

— Tu le fais toujours ? Écrire un nouveau mot tous les jours ?

Après une pause, il a répondu :

— L'agenda était dans la maison.

La maison que son père avait incendiée.

Nous n'avons rien dit pendant un moment. Le rocher était dur, mais pas inconfortable ; il conservait encore un léger résidu de chaleur après être resté des heures au soleil pendant la journée. Ou peut-être était-ce ma propre chaleur que je sentais. Je m'apprêtais à demander à Uman quelle était l'hypothèse la plus probable des deux quand il a dit :

— Il faut qu'on parte, Gloria.

Cette remarque sortait de nulle part. Pourtant, au moment où il l'a dite – avec une telle désinvolture –, on aurait dit que toute la conversation nous avait menés là.

— Je sais, ai-je répondu.

— On ne peut pas rester ici comme ça.

Il voulait dire affamés. À se disputer.

— J'ai dit « je sais ».

Je l'ai entendu soupirer.

— Je suis vraiment désolé. J'ai gâché l'endroit qui te rendait heureuse.

— Uman, tu n'as pas à être désolé. C'était une bonne idée de venir ici, quand on l'a décidé – et puis finalement, non. C'est tout. (J'ai accroché son petit doigt avec le mien.) De toute façon, l'endroit ne fait pas le bonheur. On doit transporter son bonheur avec soi, ou en faire une autre fournée où qu'on soit. (J'ai ri.) Mince, qu'est-ce que je suis prétentieuse !

Il s'est tourné sur le côté, face à moi, son visage penché au-dessus du mien avec une sorte d'émerveillement dans les yeux, comme s'il n'en revenait pas de me trouver là, juste à côté de lui.

— Non, tu es extraordinaire, a-t-il dit avec tellement de sentiment que je n'ai pas pu m'empêcher de rougir.

— C'est vrai, n'est-ce pas ? Extraordinairement extraordinaire.

— Je suis sérieux. Toute la journée, j'ai hésité à le dire, ce « Il faut qu'on parte », et quand je le fais, tu réponds, « Oh oui, ça ». Comme si nos pensées étaient synchronisées.

Je lui ai donné un petit coup sur la poitrine.

— Alors je suis extraordinaire quand je suis d'accord avec toi ?

Il s'est penché pour m'embrasser. Il avait un goût de chocolat et de Coca. Je ne parle pas du baiser à maman et à l'inspectrice Ryan, je ne leur dis pas combien de temps nous nous sommes embrassés, ni rien de ce genre. Ni ma suggestion de simplement rester allongés là à s'embrasser jusqu'à ce que la police nous trouve. En fait, ce baiser s'est arrêté lorsqu'il a été secoué par une quinte de toux.

— On doit transporter son bonheur avec soi, ou en faire une autre fournée, a-t-il dit après s'être remis. J'aurais aimé y penser moi-même.

— Je ne suis pas sûre que j'y aurais pensé si je ne t'avais pas rencontré.

— Oh, je suis sûr que si.

Nous avons laissé cette idée faire son chemin en nous. Nous étions assis désormais, et ma paume me picotait encore après lui avoir massé le dos pendant qu'il toussait. Au bout d'un moment, il a sorti le jeu de cartes de sa veste et l'a posé entre nous.

— Qu'est-ce que c'est que ça ? ai-je demandé.

— Ça, ce sont les Cartes du Destin. Je pensais que tu les reconnaîtrais, depuis le temps.

J'ai regardé les cartes, puis je l'ai regardé.

— Nous avons plusieurs solutions ?

— Ouaip. Le plan A et le plan B. Il y a toujours un plan B.

— Je suppose que le plan A, c'est d'abandonner. De se rendre à la police.

— Exactement. C'est le plan A en résumé.

Il n'a rien ajouté, assis en tailleur, se frottant les mains si vigoureusement sur les genoux que j'aurais juré qu'il allait se brûler.

— Euh, j'ai besoin d'un peu d'aide pour deviner le plan B.

— Oh, oui, bien sûr, a-t-il dit en désignant le jeu de cartes. Le plan B, c'est de voler un bateau et de déguerpir en France comme un couple de desperados.

J'ai ri. Puis j'ai vu qu'il était extrêmement sérieux, et j'ai ri de nouveau.

— Uman !

Il avait pensé à tout, pourtant.

Quand il serait si tard que tout le monde serait endormi sur l'île, nous nous introduirions par effraction dans la boutique, forcerions la caisse et prendrions un paquet de liquide (et un peu de nourriture, tant qu'on y serait). Puis nous descendrions à Green Bay et pataugerions jusqu'à l'un des bateaux. On monterait à bord, on lèverait l'ancre et on ramerait jusqu'au chenal entre Bryher et Tresco. Dès qu'on serait suffisamment éloignés de la côte, on démarrerait le moteur. Puis on naviguerait jusqu'en France. De là, toute l'Europe s'étendrait devant nous : un vaste terrain de jeux où brouiller les pistes, d'aventure en aventure.

— *Vive* les brouilleurs de pistes ! a-t-il lancé, les yeux brillants. *Je* brouille les pistes, *tu* brouilles les pistes, *nous* [1] brouillons les pistes.

— OK, outre le fait que nous n'allons pas nous introduire dans la boutique et fracasser la caisse… Et s'il y a une alarme ?

— On est à Bryher. C'est encore les années cinquante, ici.

— Bref, comment comptes-tu démarrer le moteur ?

— Les épiceries n'ont pas de moteur, Gloria.

Je me suis contentée de lui décocher un regard mauvais.

— Bon, d'accord, l'un des bateaux par là-bas, a-t-il dit en agitant vaguement la main dans la

1. Les mots en italique sont en français dans le texte.

direction de Green Bay, de l'autre côté de l'île, n'est guère plus qu'un canot amélioré, mais assez solide pour prendre la mer. Et il ressemble au modèle que possédait mon père avant de s'en acheter un plus gros. C'est hyper facile de forcer l'allumage quand on sait ce qu'on fait.

— Et tu estimes pouvoir le conduire jusqu'en…

— Le piloter.

— Le *piloter* jusqu'en France. En pleine nuit.

— Nous avons notre fidèle boussole, a-t-il dit avant de désigner le ciel, puis la mer. Nous avons les étoiles, une lune de trois quarts… la mer est calme. (Il a toussé.) Le plus difficile sera de trouver un endroit sûr où accoster sans se faire repérer en arrivant en France. Sans parler de la quantité d'ail qu'ils mettent dans leurs plats, par là-bas.

— Uman, c'est tellement dingue que c'en est au-delà du dingue. Même pour toi.

— Dans le bon ou dans le mauvais sens du terme ?

— Dans le mauvais sens du terme. Du genre où on pourrait se retrouver morts au fond de la mer.

— Je pourrais piloter cette merde les yeux fermés. Pas littéralement, évidemment. Tu sais à quel point il est difficile de faire chavirer un de ces trucs ? Dans le pire des cas, les gardes-côtes nous arrêtent. On passe quelques heures dans une cellule de commissariat français et on rentre à la maison auréolés de gloire.

— *Piloter cette merde ?* ai-je répété au bout d'un moment.

— Désolé, je deviens vulgaire quand je suis excité.

J'ai ri.

— OK, efface « dingue » et remplace par « incroyablement stupide ».

— Alors tu préférerais t'en tenir au plan A ? On révèle notre identité à quelqu'un et on lui demande d'appeler la police pour qu'ils viennent nous chercher. On rentre à la maison. C'est incroyablement pas dingue et pas excitant.

J'ai gardé une voix calme :

— On n'ira pas en France.

— Tout ce qu'on va faire, c'est consulter les Cartes du Destin. Elles pourraient choisir le plan A.

— Je m'en fiche. Je ne ferai pas le plan B.

— Gloria…

— Écoute, ces deux dernières semaines ont été géniales – la meilleure période de ma vie, et de loin. Même les moments pourris. Et je t'aime énormément. Vraiment.

J'ai observé son visage au clair de lune pour voir

si ça le touchait. Ses yeux vitreux me rappelaient ceux de Tierney quand je lui parle avant de me rendre compte qu'elle écoute son iPod.

J'ai posé la main sur son genou, voulant qu'il se concentre.

— Après tout, abandonner ne veut pas dire qu'on ne pourra plus être ensemble ?

— Mais on est comme ça, maintenant. On vit comme ça.

— On n'est pas forcément que ça. On peut être ce qu'on veut.

Il n'a pas répondu. Il a simplement pris les cartes, les a sorties du paquet. Les a battues.

— Tu te souviens du proverbe arabe qui dit qu'il faut vivre comme une rivière ? a-t-il demandé. Sans jamais s'immobiliser ni retourner en arrière, mais toujours couler vers l'avant ?

J'ai répondu par l'affirmative. Je lui ai dit que je me souviendrais toujours de cette histoire, et du matin où il me l'avait racontée. Juste avant que ce type apparaisse et mette un terme à notre séjour dans les Stretton Hills. À ce moment-là, cependant, il n'y avait eu que la beauté d'un nouveau jour ensemble et le récit d'une rivière parvenant à la bordure d'un désert.

— Gloria, voilà notre désert, a-t-il poursuivi en

parlant de l'océan entre Bryher et la France. On peut arrêter. Abandonner. Retourner là d'où nous venons. Ou on peut se transformer en nuages et flotter au-dessus du désert. (Il a remué les doigts dans les airs.) Et retomber sous forme de pluie pour former une nouvelle rivière, de l'autre côté.

À ce moment-là, je me suis imaginé dire oui, un sourire s'étirant sur mon visage alors que je me jetterais dans ses bras et lui dirais ce qu'il voulait entendre.

Oui oui oui.

Mais doucement, presque dans un murmure, j'ai dit :

— Il s'agit de la vraie vie, Uman. Pas d'un proverbe.

Il a continué quand même, ses mains comme deux oiseaux pâles au clair de lune. Il a encore battu les cartes, puis il a coupé le paquet en deux et posé les deux tas sur le rocher. Un pour lui, un pour moi. Même si, pour toute l'attention qu'il me portait, j'aurais aussi bien pu ne pas être là. La fraîcheur du soir m'a fait frissonner, et j'ai resserré ma veste autour de moi. Je voulais juste le prendre dans mes bras, le faire s'arrêter.

— Je ne veux pas qu'on fasse ça, Uman.

— La carte sur le haut de ton paquet, c'est le

plan A : on abandonne. La mienne, c'est le plan B : la France. La plus forte l'emporte.

— Est-ce que tu m'écoutes ?

— En cas de match nul, on retourne la carte suivante, d'accord ?

— Non, pas d'accord.

Le plus simple aurait été de me lever et de partir, de refuser de jouer. Mais qu'est-ce que ça pouvait faire, de toute façon ? Dans tous les cas, je n'allais pas obéir aux cartes.

J'avais les doigts froids et engourdis quand je l'ai retournée.

Cinq de trèfle.

Il a hoché la tête.

— Seulement un cinq à battre, a-t-il dit.

J'ai cru qu'il allait faire durer le suspense en mettant un temps fou à retourner sa carte. Mais il l'a fait aussitôt, rapidement, nettement, comme s'il s'arrachait un pansement.

— Deux de carreau.

On rentrait à la maison.

Uman a fixé la carte du regard pendant un très long moment, puis il les a toutes rassemblées – toutes – et il les a lancées en l'air, comme si c'était des miettes de pain pour les mouettes.

— Donc tu as gagné ? demande l'inspectrice Ryan.

— Ce n'est pas l'impression que j'ai eue. J'ai eu l'impression qu'on avait tous les deux perdu.

Depuis ce soir-là, je n'ai cessé de me poser cette question : *Et si ?*

Et si j'avais demandé qu'on joue en trois manches, en cinq manches, en sept manches ? Si j'avais dit à Uman de laisser tomber le plan A et de choisir le plan B, et au diable les Cartes du Destin ?

Et si on était partis ensemble sur ce bateau ?

Après deux semaines de fugue avec lui – à dire « oui » à tout –, j'étais devenue le genre de personne qui aurait pu dire oui à ça aussi.

Qui aurait pu. Mais je ne l'ai pas fait.

Finalement, quand ça comptait vraiment, je n'étais pas aussi téméraire, pas aussi transgressive que je m'étais imaginé l'être. J'avais fait quelques pas sur le fil de funambule, je l'avais senti se balancer sous mes pieds. J'avais regardé le sol, tout en bas. J'avais reculé.

Je crois qu'Uman avait toujours pensé que les choses se passeraient comme ça. Qu'à un moment donné, il devrait continuer tout seul. Que je n'étais pas vraiment la fille à rayures roses et violettes qu'il espérait.

Comme je l'ai détesté pour ce qu'il a fait lors de cette dernière nuit à Bryher.

Pour avoir mis un terme à tout ça, comme ça. Pour avoir laissé tant de choses en suspens. Après tout ce que nous avions vécu ensemble, je ne comprenais pas comment il avait pu me faire ça. Une partie de moi le déteste toujours, même si on peut dire qu'il m'a sauvé la vie. Parce que la réponse à la question *Et si ?*, je le sais maintenant, c'est que je serais « portée disparue, présumée morte » aussi. Ou un corps rejeté par les vagues sur une plage française.

Mais je l'ignorais, à l'époque. Cette nuit-là, s'il me l'avait demandé de nouveau – s'il m'avait dit ce qu'il allait faire – j'aurais dit *oui oui oui*, c'est certain, si l'alternative avait été de le perdre. Mais il n'a rien dit. Et quand j'ai fini par découvrir le plan C, il était trop tard.

Dans mon sac de couchage, j'ai rêvé qu'on marchait sur un chemin en verre, suspendu au-dessus du sol, s'insinuant dans des forêts obscures et entre des montagnes enneigées, traversant des plaines herbeuses et des champs de blé, des vignobles, des oliveraies et des vergers aux arbres alourdis par de gros agrumes, longeant des ruisseaux à fort débit et des grands lacs placides, passant dans des villages en jouets où de minuscules personnages en plastique s'alignaient pour nous saluer et nous proposer des paniers remplis de pain sortant du four. À un moment donné, le sentier devenait doré et je me rendais compte que je me voyais comme Dorothée dans *Le Magicien d'Oz*.

Le rêve s'est à nouveau transformé, virant au cauchemar. Ou peut-être que le cauchemar est venu plus tard.

Il m'a réveillée, en tout cas. Nous naviguons dans le désert quand une soudaine tempête de sable se déchaîne et brise le canot en morceaux… et je me retrouve à la dérive, à moitié aveuglée par la poussière, toussant, hurlant le prénom d'Uman, le cherchant désespérément dans ce naufrage. Mais chaque silhouette fantomatique dont je m'approche en rampant, chaque bras ou main que j'attrape s'avère n'être que d'autres morceaux de bateau.

Uman ! Était-ce dans mon cauchemar, ou avais-je vraiment hurlé son prénom ?

Tout mon corps était couvert de sueur. J'ai ouvert les yeux, mais il faisait presque aussi noir que lorsqu'ils étaient fermés ; seule la légère lueur de la lune était visible derrière la toile gris sombre de la tente. Quand j'ai tenté de m'asseoir, mon sac de couchage était entortillé autour de moi comme une corde et, dans cet état de demi-sommeil, plus je m'agitais, plus je m'emmêlais.

Quand j'ai fini par me libérer, j'étais à la fois essoufflée et paniquée.

— Uman ?

Pas de réponse. Rien. Pas même le sifflement de ses poumons abîmés par la fumée ou sa forme dans l'obscurité, ou sa présence chaude, endormie, son odeur de moisi.

J'ai tendu la main pour le toucher, mais il n'était pas là.

Alors même que je cherchais la lampe torche à tâtons et sortais précipitamment de la tente en l'appelant, je savais que je me mentais. Il était sorti faire pipi, voilà tout. Il était sorti prendre l'air. Non. Il était sorti pour réfléchir, pour songer à notre dernière nuit de fugueurs avant qu'on se rende. Je le trouverais assis sur un mur, ou sur un rocher, ou au milieu de l'ancien champ de jonquilles, assis en tailleur comme Bouddha, baigné par le clair de lune.

Rien de tout ça n'était vrai. Et je le savais.

J'avais été tellement pressée d'enfiler mes bottines et de tirer sur les lacets, les attachant n'importe comment, que j'ai failli en perdre une alors que je courais à toute vitesse en direction de Green Bay. J'ai dû m'arrêter pour la remettre. Chaque seconde perdue palpitait dans mon cerveau. *Allez !* Je suis repartie en courant, la lumière de ma lampe torche frappait le sol, mon souffle me brûlait la gorge.

Il a laissé la tente. Je me rappelle avoir pensé ça. Y avoir vu un signe de… de quelque chose. D'espoir. La subite bouffée d'espoir me soufflant que si Uman n'avait pas pris la tente, il ne pouvait pas vraiment quitter l'île sans moi. Ni s'en aller du tout.

Encore l'un des mensonges que je me racontais.

Il avait abandonné la tente parce qu'il ne pouvait pas l'emporter avec lui sans me réveiller, sans me dire ce qu'il allait faire. Il avait abandonné la tente justement parce qu'il voulait partir sans moi.

Avec quel soin, quelle discrétion il avait dû sortir pour ne pas me déranger. Pour ne pas avoir à me demander : « Tu viens avec moi ? »

Pour ne pas avoir à me dire au revoir.

Des larmes coulaient sur mon visage quand j'ai traversé en trébuchant les broussailles et les dunes bosselées derrière la plage. Je me suis arrêtée, les mains sur les hanches, essoufflée, scrutant la côte. Aucun signe de lui. Pas de silhouette sombre traversant la plage, ou pataugeant dans l'eau peu profonde ; aucun signe de mouvement à bord des bateaux à l'ancre ; pas de bruit de rames fendant l'eau. Sans le clapotis des vagues, tout aurait été parfaitement immobile et silencieux.

Je me suis essuyé le visage sur ma manche. J'ai continué à le chercher, à tendre l'oreille.

— Uman !

Mon cri m'a paru d'un volume obscène dans le silence de la nuit.

Pas de réponse.

Depuis combien de temps était-il parti ? Je n'en avais aucune idée. Pour ce que j'en savais, il pouvait déjà être à mi-chemin de la France. Ou en train de forcer la porte de la boutique.

Voilà où il était, forcément.

Je n'avais qu'à faire demi-tour et emprunter le sentier jusqu'à l'épicerie et je le trouverais là-bas, ou je l'intercepterais, en route pour la baie. Alors même que j'entretenais ces pensées, j'ai entendu ce qui ressemblait à une tronçonneuse qu'on démarre, quelque part derrière moi, sur l'île. Ce bruit m'a fait sursauter. Il aurait pu provenir d'une dizaine ou d'une centaine de mètres. Alors que j'essayais de le localiser, le son est devenu plus aigu et plus intense, puis a baissé, se transformant en ronronnement régulier. C'est alors que j'ai compris que ce que j'avais entendu derrière moi était un écho dans les collines de Bryher et qu'en fait, le bruit venait de la direction opposée. Du chenal aux eaux plus profondes au-delà de Green Bay. J'ai aussi compris que c'était le moteur d'un hors-bord.

Son prénom est remonté dans ma gorge, mais cette fois, il est resté coincé là.

Quel intérêt ? Il n'aurait jamais pu m'entendre crier par-dessus le vrombissement du moteur, alors qu'il était si loin.

Je n'ai pas vu le bateau, le canot, ou la quelconque embarcation qu'il avait prise. Je n'ai pas vu Uman aux commandes. Sur un fond de mer d'encre et de la longue bande noire de l'île voisine, tout ce que j'ai distingué – la dernière vision que j'ai eue de lui – a été la ligne grisâtre de son sillage dérangeant la surface de l'eau pendant quelques secondes avant de se dissoudre dans l'obscurité.

Uman ne m'avait sans doute pas vue non plus.

Il ne pouvait même pas savoir que j'étais là,

à moins qu'il ait regardé la côte à ce moment précis et remarqué le disque de lumière pâle sur le sable, entre mes pieds.

UNE DERNIÈRE QUESTION

Voilà les Jours d'Après. Ils nous paraissaient tellement loin, quand Uman et moi partagions les Jours de Maintenant et où une vie de fugitiverie sans fin était envisageable.

Ça fait un mois qu'ils ont retrouvé le bateau.

Ils n'ont toujours pas trouvé ce qui reste d'Uman Padeem.

Demain, nous nous envolons pour New York : maman, papa, mon frère et moi. Plus tard que prévu, mais quand même : *dix jours à New York*. Je devrais être excitée. Je suis excitée. Presque autant que les gens s'attendent à ce que je le sois. Uman est mort, mais je devrais trépigner d'impatience ?

Tierney est bien assez à fond pour deux. Elle n'arrête pas de me répéter que j'ai de la chance, de prendre un accent américain atroce, de me demander si je veux du ketchup avec mes œufs, de me dire dans quelles boutiques je dois me rendre (alors qu'elle n'y est jamais allée).

— Il faut que tu prennes un selfie devant le Central Perk, me dit-elle.

— Le Central Perk n'existe pas, Tier.

Elle prend une expression à la Rachel, du genre *Qu'est-ce que tu racontes ?* Je ne peux pas m'empêcher de rire.

Nous sommes assises sur les rochers au-dessus de la carrière désaffectée, aux Pierres pendues, et nous regardons les alpinistes. Du moins, c'est ce qu'on avait prévu. Sauf qu'il n'y en a pas aujourd'hui. Nous restons quand même assises là à discuter, boire du Pepsi, et faire comme si rien n'avait changé entre nous. C'est un jour de classe, mais on a séché – moi parce que je suis *un cas spécial* et qu'on me laisse à peu près tout passer en ce moment (non pas que j'en abuse) ; elle parce qu'elle n'aime pas que je traîne toute seule. Je lui ai fait remarquer qu'être seule n'était pas la même chose que se sentir seule, mais, à sa tête, j'aurais aussi bien pu dire qu'un lézard est un légume.

Je m'attendais à ce qu'elle me déteste. Mais le lendemain du jour où la police a été à court de questions, elle m'a rappelée et m'a demandé si elle pouvait passer.

— Il y a encore des photographes devant chez nous, l'ai-je prévenue.

— Je sais. Pourquoi tu crois que j'ai envie de venir ?

Tierney avec un i et un e, l'ai-je entendu leur lancer depuis le pas de la porte. *Sa meilleure amie depuis l'école primaire.* Une fois entrée, j'avais à peine refermé la porte qu'elle me prenait dans ses bras et éclatait en sanglots. Nous étions toutes les deux dans le même état, pour être honnête. Nous avons passé les deux heures suivantes allongées sur mon lit – tête-bêche, comme toujours – et nous avons juste parlé et parlé encore.

La gêne a mis un peu plus longtemps à nous trouver. Elle est encore là, aux Pierres pendues.

— Je suis venue ici avec Uman, un jour, dis-je en désignant la bouche de la carrière. Un type l'a traversée sur un fil. Il n'était même pas atttaché.

Tierney ne m'écoute pas vraiment. Nous avons eu beau parler énormément depuis mon retour, elle a montré étonnamment peu de curiosité à l'égard d'Uman et de ma fugue avec lui. Comme si elle et moi formions un couple, que je l'avais trompée et que, maintenant que nous étions de nouveau ensemble, elle essayait d'oublier que c'était arrivé.

Elle se rapproche du sujet, alors.

— C'est seulement pour ça que tu as voulu venir ici aujourd'hui ?

— Non.

Je vois bien qu'elle ne me croit pas.

La psychologue scolaire estime que ces visites dans les endroits où Uman et moi sommes allés ensemble ne me sont d'aucun secours. Le parc au bord de la rivière, les Douze Disciples, le banc où nous avons mangé la pizza. Je suis même passée chez sa grand-mère, mais elle ne m'a pas comprise, et elle n'avait pas la moindre idée de qui j'étais. Je n'ai pas pu voir Fatima non plus, car la vieille femme l'avait enfermée dans le salon avant d'ouvrir la porte d'entrée. Je l'ai entendue japper, gratter la porte pour qu'on la laisse sortir, mais c'est tout. L'autre jour, pendant que mes parents étaient au travail, j'ai pris le train pour Shipley et j'ai marché le long du canal, jusqu'au bois de l'Ours chuteur. Dans la clairière où nous avions campé, j'ai trouvé un piquet de tente tordu au milieu des feuilles, au pied d'un arbre. Il est sur mon étagère, dans ma chambre.

— On dirait que tu te tortures, me dit Tierney, gentiment, sans dureté.

Pourtant, il y a une vague trace de critique dans sa voix.

Je me contente de secouer la tête.

Il y a un peu de vent. Le gris froid des rochers a déteint sur le ciel. On n'aurait pas dû venir. Du moins, j'aurais dû venir toute seule.

— Il n'est pas là, Glo-Jay.

— Je sais.

— Alors pourquoi ?

Il ne s'agit pas de « trouver » Uman ni d'être « proche » de lui, ni rien de tout ça. Il ne s'agit pas de déni, ou de refus de passer à autre chose. J'ai essayé de l'expliquer à la psychologue. J'essaie de l'expliquer à Tierney, maintenant.

— Il ne m'a pas dit au revoir, dis-je en jouant avec le bouchon de la bouteille de Pepsi. C'est ma façon de lui dire au revoir. Endroit par endroit.

Elle ne comprend pas. Elle hoche la tête comme si elle comprenait, mais ce n'est pas vrai.

— New York est exactement ce dont tu as besoin, dit-elle.

Un endroit qui n'évoque aucun souvenir d'Uman, doit-elle vouloir dire. Mais je me souviens de ce qu'il a raconté sur la plage à Bryher – qu'on peut laisser des empreintes devant nous sur la plage, en plus d'en laisser derrière nous. D'ailleurs, Uman (ou mon « épisode Uman ») est précisément la raison pour laquelle nous allons à New York.

Comment pourrais-je ne pas l'emporter avec moi ?

Je me demande quelle est la distance entre New York et les chutes du Niagara. L'un de ses endroits spéciaux – du côté canadien, en tout cas – même si je ne vois pas en quoi un côté d'une cascade peut bien être différent de l'autre. Je ne m'étais pas posé la question avant. Maintenant, je ne pourrai jamais le lui demander. Et il n'ira jamais là-bas.

Je n'irai pas aux chutes du Niagara quand nous serons à New York.

— Il y avait tant d'endroits qu'il voulait visiter, tant de choses qu'il voulait faire, dis-je.

Tierney ne répond pas.

— Après l'incendie, on aurait dit qu'il avait tant de… tant de vie débordant de lui. Trop, peut-être. Tu crois que c'est possible ?

— Je ne sais pas, dit-elle doucement.

J'essaie de mieux m'expliquer, mais les mots restent coincés dans ma gorge. Je me détourne pour qu'elle ne voie pas mes yeux pleins de larmes. Nous sombrons dans le silence.

Au bout d'un moment, elle passe les doigts dans mes cheveux.

— Le blond aura presque disparu à ton retour, dit-elle. Tu vas les reteindre ?

— Je ne pense pas.

Elle me caresse encore les cheveux. On faisait beaucoup ça, autrefois, se papouiller comme des chimpanzés. J'envisage de l'embrasser sur la bouche, mais je repousse aussitôt cette idée. Je n'en ai pas vraiment envie, j'aimerais juste voir sa réaction. Et la mienne.

— Tu vas me manquer, dit-elle en laissant retomber sa main sur ses genoux.

— Toi aussi.

Mais en réalité, ma capacité à éprouver un sentiment de manque pour quelqu'un est quasiment épuisée.

Tu m'as tellement manqué. Voilà ce qu'elle a dit, entre deux sanglots, quand elle m'a serrée dans ses bras, dans le couloir. J'avais manqué à l'appel. Et j'avais manqué à mes proches.

Parmi les centaines de questions qu'on m'a posées depuis que ça s'est terminé, personne – pas une seule personne – n'a pensé à me demander : *Est-ce qu'il te manque ?*

Ce qui est étrange, cependant, c'est que chaque fois que je retourne dans un endroit où nous sommes allés ensemble, l'absence d'Uman est un réconfort plutôt qu'un tourment. C'était des moments heureux, des endroits heureux. Rien ne peut effacer ça. Il est parti, mais il était là, avec moi, et rien ne peut effacer ça non plus.

Les médias me laissent tranquille, désormais. J'ai donné une conférence de presse, des interviews – « jette-leur quelques os et ils arrêteront d'aboyer », m'a conseillé l'inspectrice Ryan – et au bout de deux semaines, ils étaient passés à autre chose. Tout s'est embrasé de nouveau pendant un jour ou deux, quand le journaliste d'un tabloïd a traqué cette fille – Dominique – du pensionnat chic d'Uman, qui a avoué qu'elle avait tout inventé. Uman ne l'avait pas enlevée, ni séquestrée, ni rien fait de ce dont elle l'avait accusé. *Qu'est-ce que cela m'inspirait ?* avait voulu savoir la presse. Cela ne m'inspirait rien, si ce n'est que j'aurais préféré qu'elle raconte ça quand il était encore en vie. J'avais toujours su qu'Uman n'était pas celui qu'ils pensaient.

Les médias n'en parleront plus jusqu'à ce qu'on retrouve son corps.

L'inspectrice Ryan m'a téléphoné l'autre jour.

— Ce n'est pas à propos d'Uman, a-t-elle dit aussitôt, percevant sans doute mon angoisse dans mon « allô ? ».

Elle voulait juste savoir comment j'allais. Ce qui était gentil de sa part. Je crois qu'elle a commencé à m'apprécier au bout de notre deuxième jour d'entretien. Nous avons parlé quelques minutes, c'est tout, le téléphone devenait chaud et humide dans ma main. Sa voix me ramenait à la salle d'interrogatoire. Comme si elle lisait dans mes pensées, elle a fini par dire :

— Je suis désolée d'avoir été aussi dure avec toi, Gloria.

— Je m'apprêtais à vous dire exactement la même chose, ai-je répondu.

Aux Pierres pendues, je dis à Tierney :

— C'est moi que je cherche.

Elle me lance un regard perplexe.

— Quand je viens dans ces endroits… Si je cherche quelqu'un, ce n'est pas Uman. C'est moi.

— Je ne comprends pas, dit-elle.

Moi non plus, pensé-je. Ces mots se sont déversés de ma bouche alors que ma pensée se formait encore dans ma tête.

— Je ne suis plus la même, dis-je en posant la bouteille de Pepsi à moitié vide sur le rocher, à côté de moi. J'essaie juste de comprendre de quelle manière j'ai changé. Qui je suis maintenant. Tu comprends ?

Elle semble regretter d'être venue avec moi.

Je ris.

— Ce n'est pas notre truc, hein, les discussions trop sérieuses ?

Elle rit aussi.

— Pas si on peut éviter.

— C'est pourtant vrai, non ? Je suis différente ?

— On doit encore être sérieuses ?

— S'il te plaît, Tier.

Elle pousse un soupir.

— Tu n'es pas différente. Pas vraiment. Pas au fond.

— Tu crois ?

— Écoute, quand on tombe amoureuse d'un garçon, on devient un peu comme lui. (Elle hausse les épaules.) Et puis finalement, on redevient soi-même.

Je retourne tout ça dans ma tête, un peu plus tard. Nous mangeons une glace, assises à une table, à l'extérieur du snack, sur le parking de l'ancienne carrière. Nous parlons des vacances, de nos projets pour l'été. Je n'en ai aucun après l'été, alors Tierney me parle des siens. Le bronzage intégral semble haut placé sur la liste de ses priorités. Son téléphone bipe et elle interrompt ce qu'elle dit pour ouvrir le message. Je la regarde alors qu'elle tape une réponse. Elle éternue deux fois, et je me demande si son rhume des foins refait son apparition, malgré la fraîcheur de cette morne journée.

Mon amie danoise. Sommes-nous seulement encore vraiment amies, ou est-ce par habitude ?

Le vent gagne en puissance, faisant claquer les drapeaux sur leurs mâts, à l'entrée du parking. Le drapeau rouge et blanc de l'Angleterre, la rose blanche du Yorkshire. Un drapeau italien, aussi, parce que le propriétaire du snack est originaire d'Italie. Tier en pince pour son fils, qui vient parfois lui donner un coup de main. Il ne travaille pas aujourd'hui.

Quand on tombe amoureuse d'un garçon, on devient un peu comme lui.

C'était vrai : j'étais tombée amoureuse d'Uman ; j'étais devenue un peu comme lui. Mais j'étais devenue un peu plus moi-même, aussi – l'esprit libre que j'étais, petite. Avec Uman, j'avais redécouvert cette facette de moi-même. J'avais oublié à quel point j'aimais ce « moi ».

On ne peut avoir sept, huit, neuf ou dix ans toute sa vie, pourtant. On ne peut pas s'enfuir, non plus. Pas pour toujours, ni même très longtemps. Pas quand on a quinze ans. Peut-être pas du tout. Le monde que m'a montré Uman était faux, je le comprends maintenant. De faux espoirs.

De fausses promesses. Je ne pouvais pas déborder de vie comme lui – je ne pouvais pas être aussi intense, aussi transgressive, me moquer autant de vivre ou de mourir.

Certes, nous avions été heureux pendant un moment, mais ce bonheur n'avait eu aucun avenir.

— Tu vois tout en noir et blanc pour l'instant, m'a dit la psychologue lors de notre dernière séance. La rébellion ou le conformisme, la liberté ou la contrainte. L'aventure totale ou le manque total d'aventure.

Avec le temps, je distinguerai les nuances de gris, selon elle. *Les nuances de rose et de violet,* voilà ce qu'elle a dit.

Avec le temps, je serai assez âgée pour colorer ma vie de la couleur que je veux.

Avec le temps, je trouverai un chemin entre le noir et le blanc. Et ce sera mon chemin – pas celui d'Uman, pas celui d'Uman et moi.

— Tu n'as pas besoin d'Uman pour être libre, Gloria. (Elle m'appelle par mon prénom. Je le lui ai demandé.) Tu n'as besoin de personne. Seulement de toi.

Elle a vraiment le chic pour me dire des choses que j'ai déjà comprises toute seule.

Tierney éteint son téléphone et le pose sur la

table. Elle a presque fini sa glace, mais j'ai à peine touché à la mienne. J'arrache un peu d'enrobage au chocolat avec mes dents et le laisse se dissoudre sur ma langue. Tout est calme ici, aujourd'hui ; seule une autre table est occupée – une jeune maman, coupant des bouts de feuilleté à la saucisse et les donnant à un bambin aux cheveux frisés dans une poussette. Sur le chemin menant à la carrière, deux randonneurs s'arrêtent pour consulter une carte protégée par une pochette plastique transparente. L'espace d'un instant, je suis de retour dans les Stretton Hills avec Uman, cherchant notre prochain campement.

— Tu veux qu'on aille chez moi ? propose Tierney. Qu'on regarde un film, ou autre chose ?

— Il faut que je fasse mes bagages. On doit être à l'aéroport à une heure débile demain matin.

— J'ai des bagels à la cannelle. Et des brownies triple chocolat.

Dans sa poussette, le petit garçon me dévisage. Il a une miette collée à la lèvre supérieure, comme si une mite s'y était posée. Je lui souris, mais il ne me rend pas mon sourire.

Je n'irai pas chez Tierney.

Elle m'en voudra. À une époque, cela aurait eu de l'importance pour moi.

Demain, je serai à des milliers de kilomètres d'ici. New York me paraît soudain très réel et imminent, et pourtant terriblement loin et incroyable. Mais après tout, tout est comme ça. Les endroits où je vais (ou pas), les gens que je fréquente (ou pas), les choses que je fais (ou pas). Chaque moment de chaque heure de chaque journée du reste de ma vie dépend d'une carte (imaginaire) – suspendu entre ce qui arrive et ce qui n'arrive pas. Entre les questions auxquelles je réponds « oui » et celles auxquelles je réponds « non ».

Je suis la somme de mes choix. Ai-je lu ça quelque part, ou entendu quelqu'un le dire, ou y ai-je pensé moi-même ?

Nous sommes la somme de nos choix.

Quand on voit les choses ainsi, il est possible d'être qui on veut, de vivre la vie dont on veut. Plus ou moins.

J'avais le choix, lors de cette dernière soirée sur Bryher, quand Uman a parlé de voler un bateau. Tout ce que j'avais à faire, c'était dire le mot qu'il espérait entendre.

Oui.

J'avais le choix, plus tard cette nuit-là, alors que, sur la plage, j'entendais ce bruit de moteur et scrutais l'obscurité pour l'apercevoir une dernière fois.

Tout ce que j'avais à faire, c'était lever la torche. La braquer sur lui. Lui faire des signes avant qu'il soit trop tard.

Reviens me chercher. Emmène-moi.

Ces choix ont disparu. Mais il y en aura d'autres. Des milliers et des milliers d'autres.

Au bout du sentier piéton où Uman nous avait piégées, Tierney et moi nous serrons dans nos bras et nous disons au revoir avant de partir chacune de notre côté.

Me voilà seule, remontant la rue, remontant l'allée, remontant les marches, sortant les clés de ma poche et entrant dans la maison.

Le calme règne. Mes parents sont tous les deux au travail et mon frère n'émergera pas de son lit avant au moins le milieu d'après-midi. J'ai envie de gaufres maison. J'ai envie d'un long bain chaud si profond que l'eau débordera quand je me glisserai dedans. J'ai envie de Van Morrison dans mon iPod.

Je ferme la porte d'entrée derrière moi et ramasse le courrier sur le paillasson. Les mêmes prospectus en papier glacé, les mêmes dépliants et publicités barbantes pour des cartes de crédit, ainsi qu'un journal gratuit et un sac pour les dons. J'empile tout ça sur le meuble prévu à cet effet.

C'est alors que je remarque une carte postale, à demi cachée entre deux pubs.

Je la prends.

La photo montre une gorge aux pentes abruptes avec un sentier étroit sinuant le long de la face rocheuse, et un ruban d'eau blanche loin, loin dessous. Dans une bande de ciel bleu clair, en haut, le texte dit :

El Caminito del Rey, Andalusia.

Mes mains tremblent si fort que je manque de lâcher la carte en la retournant.

Je n'ai vu son écriture qu'une fois – sur les bouts de papier où il avait écrit ses « endroits heureux » et qu'il m'avait montrés après que nous avions tiré « Bryher » –, mais je la reconnaîtrais entre mille.

Quatre mots. Un souligné. Et un point d'interrogation.

Tu aimerais être là ?

REMERCIEMENTS

Au tout début, ce roman devait s'appeler *Le Quatrième Vœu* et parler d'un génie, comme celui d'Aladin. Alors que j'en étais encore à ébaucher le plan de ce livre, je me suis rendu au collège de Scisset, près de Huddersfield, dans le West Yorkshire, pour diriger des ateliers d'écriture. J'ai alors invité les élèves à prendre part à un concours en répondant à cette question : « Si vous pouviez faire trois vœux, que demanderiez-vous ? » Le prix ? Je choisirais ma réponse préférée et donnerais à l'un des personnages de mon roman le nom du gagnant.

Au final, j'ai choisi deux gagnantes : Jade Ellis (« La capacité de me voir dans le futur pour pouvoir travailler sur les choses que je n'aimerais pas ») et Tierney Rhodes (« Être capable de voir mon avenir pour décider si je changerais quelque chose »). Et ainsi naquirent Gloria Jade Ellis et sa meilleure amie Tierney. Le roman s'est transformé de manière radicale en devenant *S'enfuir* (*20 Questions for Gloria*, en version originale) – pas de génie, pour commencer, et pas de voyage dans le temps –, mais les 243 vœux produits par les 81 élèves qui ont participé au concours sont devenus un élément précieux de cette transformation. Je suis donc très reconnaissant à ces jeunes gens de Scissett et à leur formidable professeure d'anglais, Maura Ryan (dont un personnage porte aussi le nom) pour leur soutien enthousiaste.

Mes remerciements les plus sincères vont également à mon agent au Royaume-Uni, Stephanie Thwaites, pour avoir remis ce roman sur les rails alors que je m'étais égaré, à mon éditrice londonienne, Mara Bergman, et à mes éditrices newyorkaises, Wendy Lamb et Dana Carey, pour leurs notes incisives au moment des corrections.

Finalement, et surtout, je suis reconnaissant envers les deux personnes qui ont lu ce livre avant tout le monde et m'ont dit ce qu'elles en pensaient : ma femme, Damaris, et ma fille Polly.

L'AUTEUR

Martyn Bedford a eu plusieurs vies. Journaliste de formation, il a beaucoup voyagé, a travaillé comme correspondant de presse, banquier, professeur d'anglais à Hong Kong, avant de se rendre compte que ce qu'il aimait par-dessus tout, c'était écrire. Il donne aujourd'hui des cours d'écriture à Leeds Trinity University et intervient régulièrement dans les écoles pour des rencontres ou des ateliers d'écriture. Il vit dans le West Yorkshire, en Angleterre, avec sa femme et ses deux filles.

www.martynbedford.com

ENVIE DE DÉCOUVRIR
DES EXTRAITS D'AUTRES ROMANS ?
ENVIE DE PARTAGER
VOS AVIS SUR VOS LECTURES PRÉFÉRÉES ?
ENVIE DE GAGNER DES ROMANS EN EXCLUSIVITÉ ?
REJOIGNEZ-NOUS SUR

www.lireenlive.com

ET SUIVEZ EN DIRECT L'ACTUALITÉ
DES ROMANS NATHAN

MIXTE
Papier issu de sources responsables
FSC® C022030

N° éditeur : 10216052
Achevé d'imprimer en France chez CPI en avril 2016
N° impression : 3017397